KB242980

금단의 페트

금단의 페트

금단의 페트 5
배진국 판타지 장편 소설

초판 1쇄 찍은 날 § 2004년 8월 28일
초판 1쇄 펴낸 날 § 2004년 9월 8일

지은이 § 배진국
펴낸이 § 서경석

편집장 § 문혜영
편집책임 § 유경화
편집 § 장상수 · 김민정 · 최하나
마케팅 § 정필 · 강양원 · 이선구 · 김규진 · 홍현경

펴낸곳 § 도서출판 청어람
등록번호 § 제1081-1-89호
등록일자 § 1999. 5. 31
어람번호 § 제1-0532호

주소 § 경기도 부천시 원미구 심곡1동 350-1 남성B/D 3F (우) 420-011
전화 § 032-656-4452   팩스 § 032-656-4453
http://www.chungeoram.com
E-mail § eoram99@chollian.net

ⓒ 배진국, 2004

ISBN 89-5831-224-6 04810
ISBN 89-5831-107-X (SET)

배진국 판타지 장편 소설

금단의 펫

The forbidden pet

5 약속

완결

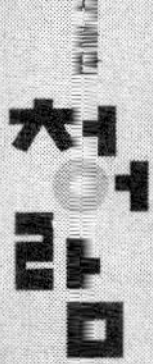

목차

5
약속

내일을 향해 쏘라

내일을 향해 쏴라

“이제 정신이 좀 들어?”

물에 빠진 생쥐마냥 꼴사나운 몰골을 하고 있는 베리를 향해 한 아이가 입을 열었다. 슬그머니 눈을 뜨고 그렇게 잠시 멍하니 자리에 누워 있었던 베리는 무거운 몸을 일으키고 어디 다친 곳은 없는지 온몸의 신경을 곤두세웠다.

물기 때문에 체온이 심하게 내려간 것과 타박상이라도 입은 것인겨 허리 쪽에 미약한 통증이 느껴지는 걸 제외하면 불행 중 다행으로 크게 상처 입은 곳은 없었다.

“옷만 말리고 바로 출발하자!”

멍하니 모닥불을 쬐며 온몸을 녹이다가 더 이상 지체해 봤자 좋을 것이 없다는 생각에 베리는 그렇게 모두를 향해 외쳤다.

그 '미친 거북이' 녀석이 힘을 써준 까닭에 믿을 수 없을 만큼 빠른 속도로 호수 반대쪽까지 도달할 수 있었다. 하지만 여러 가지 뒤처리할 일이 많이 생겼으니 따지고 보면 오히려 정상적으로 간 것보다 시간을 더 허비하는 꼴이 된 것이다.

"크하하하! 한 번 더 탈 수는 없을까?"

건강한 몸이 최고의 강점. 말 그대로 쌩쌩한 몰골로 카루는 아이들과 함께 대화를 나누고 있었다.

진력이 난 표정으로 베리는 그런 카루의 모습을 훑어보았다. 자신은 까딱하면 몸살이라도 날 것 같은데, 저 녀석은 오히려 평소보다 활기찬 꼬락서니를 하고 잡담을 나누고 있으니, 새삼 자신이 약골이 된 듯한 느낌이 들었기 때문이다.

그래도 무리해서 몸을 움직이다가는 정말 큰 탈이라도 날 것 같았기에 허세를 부리는 것은 포기하고 베리는 천천히 모포를 뒤집어쓴 채 숨을 가다듬었다.

정말 이제는 거북이의 '거' 자만 들어도 온몸에 신경이 곤두서는 느낌이다. 그냥 얌전히 물에 잠겼다가 헤엄쳐서 일행이 있는 배로 이동하는 쪽이 지금 생각해 보면 훨씬 더 효율적이었을 듯했다. 괜히 바보처럼 들떠서 한바탕 소동을 벌이고, 또 쓸데없이 마법을 낭비한 꼴이 되어버린 것 같아 이래저래 베리의 가슴은 무거웠다.

자신이 리더만 아니었더라도 속 편하게 생각하고 넘어갔을지 모른다. 하지만 이것은 보통 환상도 아니고 대대적으로 실력을 테스트하는 '시험'이며, 두 번의 기회라는 것은 절대 존재하지 않았기 때문에 1점에 벌벌 떠는 베리로서는 새삼 입술을 깨물며 속으로 투덜거릴 수밖에 없었다.

'어떻게든 시간을 만회해야…….'

이번 시험에서 제일 중요한 건 역시 시간이었다.

다른 반 아이들보다 제일 먼저 목적지에 도착하고, 그렇지 못한다 해도 최대한 빠르게 임무를 완수해야 한다.

인원적인 측면에서 다른 반에 비해 숫자가 적긴 했지만 그것이 꼭 마이너스라고 볼 수는 없었다. 아니, 생각하기에 따라선 장점으로 볼 수도 있는 문제였다.

기동성, 식량, 식수, 대열, 동료들 간의 커뮤니케이션과 팀워크 같은 것들은 오히려 사람이 적을수록 조절하기가 편했으니 말이다. 게다가 반복된 환상에서의 훈련을 통해서 베리의 반은 다른 어떤 반보다 환경에 대한 학습 능력이 뛰어났다. 기후, 지형, 도주, 습격 등 어떤 지독한 상황이 닥쳐도 최소한 패닉 상태가 되진 않는다는 뜻이다.

이번 시험에서 자신의 반이 최고의 성적을 받지 못한다면 레가스 선생의 모습은 영영 이 학교에서 볼 수 없게 된다. 끔찍한 환상은 피할 수 있겠지만 베리는 왠지 모르게 그를 놓치고 싶지 않았다.

"……?"

조용히 여러 가지 생각을 곱씹으며 반성하던 베리가 고개를 들어 다른 쪽으로 시선을 돌리려던 순간 아이들 사이에서 피어오르는 이질감을 느꼈다.

"쿡쿡."

자기들끼리 조용히 귓속말을 하질 않나 얼굴에 뭐라도 묻었는지 훔쳐보며 쿡쿡 웃음을 터뜨리질 않나, 무슨 어린애들 놀리는 것도 아니고 노골적으로 베리를 따돌리기 시작한 것이다.

잠시 멍하니 그런 기류를 탐색하던 베리가 얼굴을 찡그리며 카루를 향해 말했다.

"야, 무슨 일 있었어?"

"……."

"니가 아무 말도 안 하니까 더 불안하잖아. 무슨 일인지 빨리 말해 봐."

"아, 아무 일도 없었어."

"거짓말할래?"

"모르는 게 너에게 더 좋을 텐데……."

"그쯤 해두고 본론을 말해 봐."

"내 입으론 말 못하겠으니까 다른 애한테 듣도록 해."

"별 싱거운 놈 다 보겠네."

투덜거리며 베리는 몸을 일으켜 아이들과 수다를 떨고 있는 스테빈의 엉덩이를 걷어차며 말했다.

"무슨 일이 있었길래 카루가 저런 소리를 하는 거야?"

"나, 난 아무것도 몰라!"

"……."

"정말 난 아무것도 못 봤어."

"너까지 왜 그래? 단체로 약이라도 먹은 거냐?"

스테빈마저도 귀를 틀어막으며 입을 다물자 베리는 신경질적으로 눈살을 찌푸렸다. 안 그래도 기분이 그다지 좋지 않은데 벌써부터 무엇인가 안 좋은 징조가 보이기 시작하니 짜증이 나는 것도 무리는 아니었다.

"다들 이리로 모여봐!'

베리의 외침에 아이들은 슬금슬금 움직여 하나둘 모여들었다. 타원의 중심에 선 베리는 한숨 한 번 쉬고는 피곤한 표정으로 입을 뗐다.

"그동안 많이 경험해 봐서 알잖아, 무슨 일이 있더라도 우리끼리는 비밀이 있으면 안 된다는 거. 그리고 불신만큼 무서운 적도 이 세상에 없다는 거."

이렇게 말을 했음에도 불구하고 아이들은 조개처럼 굳게 입을 다문 채 베리의 눈을 피했다. 분명 무슨 일이 벌어지긴 한 것 같았다.

긴 시간 동안 기절한 것도 아니고 차 한 잔 마실 정도로 아주 잠시 정신을 잃은 것뿐이다. 그사이에 도대체 무슨 일이 생겼기에 아이들이 저러는지 눈치없는 베리로서는 눈곱만큼도 추측하기 힘들었다.

"……"

"……"

한참의 시간이 지나고 참을성없는 매쉬 녀석이 기어이 신경질적으로 머리를 긁으며 입을 열었다.

"젠장. 어차피 알게 될 거 그냥 말해 버린다?"

평소에는 그렇게 한없이 밉게만 보였던 매쉬 녀석이지만 정말 사막의 오아시스라도 만난 사람처럼 베리는 미소 띤 얼굴로 고개를 끄덕였다.

조금 불안한 표정으로 아이들은 매쉬의 얼굴을 바라브았다. 모두의 시선을 느낀 매쉬는 잠시 뒤통수를 긁적이며 뜸을 들이더니 궁금함이 가득 차 있는 베리의 는을 바라보며 말했다.

"니가 기절해서 이, 인공호흡을 했다고."

베리는 순간 온 세상이 새하얗게 사그라지는 것 같은 극도의 상실감을 맛볼 수밖에 없었다. 잠시 동안 눈 깜빡이는 소리도 들릴 정도로 지독한 침묵이 아이들 사이를 맴돌았다. 간신히 의식의 끈을 붙잡으며 베리는 매쉬를 향해 조용히 물었다.

"설마 니, 니가?"

"미쳤냐!"

"휴."

"뭐야, 그 안도의 한숨은!"

"그럼 누가 했는데?"

"……."

"뭐라고 안 할 테니까 빨리 말해 봐. 뭐, 어차피 환상이니까."

"펠시가 했어. 됐냐?"

짜증스러운 말투로 매쉬는 고개를 돌리며 말했다. 한 손으로 잠시 머리를 짚고 혼란스러운 마음을 진정시키던 베리는 짐짓 아무렇지도 않다는 듯 아이들을 향해 입을 열었다.

"뭐, 벼, 별거 아닌 일이네. 숨을 쉬지 않으면 죽을 수밖에 없으니까 말야."

"동요하고 있군."

"첫 키스였나?"

제 딴에는 냉정한 투로 한 말이었지만 붉게 상기된 얼굴에는 혼란의 빛이 가득했다.

카루와 스테빈이 쿡쿡 웃음을 터뜨리며 수군거리다가 살기에 가득 찬 베리의 시선을 느끼고는 슬쩍 입을 다물었다. 흠흠, 하고 헛기침을 한 번 하더니 베리는 모두를 향해 말했다.

"여하튼 그럼 다 쉬었으면 다시 출발하자고. 갈 길은 아직 멀고도 멀다."

"펠시의 입술은 상큼한 딸기 맛이지 않았을까?"

"오우~ 그거 그럴싸한걸?"

"거기! 잡담하지 말고 어서 전진해!"

"네네."

모두 킥킥 웃으며 한 걸음씩 앞을 향해 전진하기 시작했다. 베리는 새빨갛게 상기된 얼굴을 하고 뒤쪽에서 그런 아이들을 노려보다가 땅이 꺼져라 한숨을 한 번 쉬더니 털레털레 걸음을 옮겼다.

'이건 환상이니까……'

마음만이라도 일단 그렇게 생각하고 싶었다. 입술을 매만지며 베리는 아이들과 어느 정도 거리를 유지하고 천천히 걸어가는 펠시의 뒤통수를 바라보았다.

언제나 그렇듯 그녀는 표정 하나 바꾸지 않고 묵묵히 자기 할 일을 다하고 있었다.

'사내 녀석보단 백배 낫지만……'

카루나 스테빈 같은 기분 나쁜 남정네들과 인공호흡을 한다는 건 분명 죽기보다 더 끔찍한 일일 것이다. 솔직히 상대가 평범한 여성이었다면 오히려 감사의 인사를 전한 후 웃으며 대충 넘어갈 수 있었을지도 모른다.

아무렇지도 않은 얼굴을 하고 있는 걸 보니 그녀는 자신에게 일말으 감정도 가지고 있지 않은 듯했다. 아니, 오히려 속이 상했을 수도 있다. 댄스 파티 사건 이후로 눈에 띄게 베리를 기피했던 펠시였으니까.

'차라리 그냥 죽는 게 나았을 수도……'

곰곰이 생각해 보니 더 더욱 골치가 아파졌다. 이런 일은 빨리 잊고 넘어가는 게 상책이겠지만, 그것도 긴 시간이 흘러야 가능할 것 같았다.

나중에 감사 인사라도 한마디 해야겠다고 다짐하며 베리는 천천히 아이들을 추월하기 위해 걸음 속도를 올렸다.

검은 수염의 사내가 수정구를 바라보다 말고 고개를 돌려 그의 안색을 살폈다. 시간이 한참 흘렀는데도 탐스러운 긴 회색 머리를 아무렇게나 늘어뜨리고 표정 하나 바꾸지 않은 채 그는 수정구의 안을 뚫어져라 바라보고 있을 뿐이었다.

탑의 관리자, 학교 내 숨겨진 권력의 일인자라고 불리는 검은 수염의 사내로서는 친구의 진지한 눈빛에 피식 웃음을 터뜨릴 수밖에 없었다.

일 년 전쯤 난데없이 찾아와 그가 학교 선생이 되겠다고 했을 때 처음에는 웃으며 넘어가려 했었다.

하지만 그는 마음을 굳힌 듯 의외로 단호하게 재차 내기를 지킬 것을 요구했던 것이다. 그런 그의 표정은 뜬금없는 황당한 말과는 달리 진중하기 그지없어 관리자인 검은 수염의 사내는 순간 아무런 대답조차 할 수 없었다.

레가스, 어느 것에도 구속받기 싫어하는 늑대 같은 남자. 자유롭게 이곳저곳을 유랑하는 걸 좋아하던 그가 기사 양성 학교의 선생이 되겠다니?

레가스를 조금이라도 아는 사람이라면 고개를 가로저으며 믿지 못하고 부정할 정도의 대사건이었다.

그는 잠시 동안 수많은 고민을 해야 했고, 날카로운 레가스의 눈을 바라보다 결국 고개를 끄덕일 수밖에 없었다.

그는 아이들이 레가스의 수업 방식을 따라오지 못해 결국 반 전체가 와해될 것이라 추측했다. 예상대로 많은 아이들이 얼마 지나지 못해 학교를 떠났다.

모든 수업 시간에 탑의 환상 마법을 이용해 아이들에게 가능한 지독한 환상을 심어줄 것을 그는 요구했다. 끈질기게 거듭된 레가스의 부탁에 관리자인 그는 결국 고개를 절레절레 저으며 승낙할 수밖에 없었다.

자퇴하는 아이들이 하나둘 늘어났지만 레가스의 표정은 자신감으로 가득 차 있었다. 승부든 일이든 철저한 독종 기질을 가지고 있는 그였으니까.

그리고 결국 여기까지 오게 된 것이다. 또 소문으로는 어처구니없는 내기를 벌였다고 하니, 레가스를 추천한 검은 수염의 사내로서는 이래저래 한숨만 내쉴 수밖에 없었다.

"궁금한 것이 하나 있는데 이야기해 줄 수 있겠나?"

레가스는 수정구에서 눈을 돌리고 조용히 사내의 얼굴을 마주 보았다.

"그때 왜 갑자기 선생이 되고 싶다고 한 건가? 즉흥적인 생각이었나? 아니면 처음 방문했을 때부터 그런 목적이 있었던 것인가?"

"……."

"그동안 많은 생각을 해보았지만 도저히 답이 나오지 않더군. 아마 자네에게 제일 어울리지 않는 일 중 첫 번째를 꼽으라면 바로 선생이란 직업일 테니 말일세."

"그렇겠지."

"혹시 저 베리라는 소년과 연관이 있는 건가?"

"왜 그렇게 생각하지?"

"글쎄, 직감이라 해도 좋네."

쿡쿡 하고 웃음을 짓더니 레가스가 다시 입을 열었다.

"트로겐, 반 정도는 정답이라고 말해 주지."

"이유를 물어봐도 될까?"

짧은 정적이 어두운 방 안을 맴돌았다. 레가스가 쉽사리 입을 열지 않자 트로겐은 슬쩍 턱에 난 수염을 매만지며 눈살을 찌푸렸다. 그가 쉽사리 입을 열지 않는다는 것은 생각 외로 이 문제가 가볍지 않다는 말과 같았기 때문이다.

"자네도 기르디라는 녀석에 대해 좀 알고 있겠지?"

"그래, 수도에 정착하고 살았을 때부터 계속 주시하고 있었지. 저 베리라는 소년이 그의 검술 제자인 것도, 예전에 말했다시피 물론 알고 있고 말이야."

"베리 아버지의 부탁 때문에 기르디도 군말없이 검술을 지도하고 있지. 자룬 왕자의 검술 스승도 그 아버지라는 작자와 모종의 관계가 있는 걸로 추측되고."

"그건 확실한 정보인가?"

"절반 정도는 내 추측일세."

"계속해 보게."

목이 타는 듯 테이블 위에 올려놓은 포도주를 한 모금 입에 털어 넣고 레가스는 말했다. 트로건은 엉망으로 흐트러진 퍼즐을 조금씩 완성하는 것처럼 주의 깊게 말들을 머리 속에 각인시키기 시작했다.

"아버지란 자의 정체는 아직 확실히 모르겠지만, 그 얼프의 식당에는 의심스러운 게 많아."

"기르다란 녀석이 식당을 경영하고 있다는 것 자체가 의심스러운 일 아닌가."

"쿡쿡, 따지고 보면 그것도 일리가 있군. 여하튼 수도 내의 치외법권이 형성되었다고 해도 좋을 정도로 대단한 공간이기도 하지."

"그건 또 무슨 말인가?"

"그곳에 엄청난 존재들이 몰려 있고 또 무언가를 지키고 있다는 것. 그 외엔 말해 줄 수 없네."

"왕의 명령이 있었나?"

"개인적인 내 호기심이라고 하는 게 맞아. 더 깊이 파고들면 위험해진다는 건 분명한 사실이고."

"하긴 자네가 명령을 내린다고 곧이곧대로 들을 사람도 아니지."

"쿡쿡."

"왕자쯤 되는 사람이 그런 곳에서 지낸다는 사실 자체가 난센스일 테니 말일세. 하지만 이상하게 위에선 조용한 것 같더군."

"아직 확실한 것은 아무것도 없지만."

　레가스는 생각 외로 많은 것을 알고 있는 트로겐의 정보력에 감탄했다. 아니, 어쩌면 자신보다 그가 더 이번 사건에 깊게 관여하고 있을지도 모른다는 예감이 들기도 했다.

　"그나저나 여기까지만 보면 상당히 괜찮은데? 낙오자도 없고 충실하게 시험에 임하고 있는 듯하군."

　갑작스레 화제를 바꾼 트로겐은 수정구 쪽으로 시선을 돌렸다. 미소 띤 얼굴로 한 걸음씩 부지런히 앞으로 이동하고 있는 아이들의 모습이 커다랗고 푸르스름한 수정구 안을 가득 메우고 있었다.

　레가스는 아무런 말도 하지 않고 감시하는 듯 그 풍경을 바라볼 뿐이었다. 대답을 바란 것은 아니었던 모양인지 트로겐은 다시 입을 열었다.

　"상당히 괜찮아. 그동안 경험이 워낙 많았으니까 어느 정도 예상은 했지만 말야."

　"공정하게 평가했으면 좋겠군."

　"물론 시험관의 한 사람으로서 최대한 객관적인 시각을 하고 있는 거야. 막말로 자네가 이 학교에서 나가는 쪽이 나한테 도움을 주는 일 아닌가. 골칫덩어리 하나가 사라지는 것일 테니."

　"흐흐."

　더 이상 아무런 말도 하지 않고 두 사람은 조용히 수정구를 바라보았다. 그곳에는 베리의 반을 비롯한 수많은 아이들의 영상이 차례차례 비춰지고 있었다.

　회색 머리에 가려진 레가스의 얼굴에는 평소의 무표정함과는 달리 묘한 기대감 같은 것이 스며들어 있었다. 물론 그것을 알아낼 수 있는 존재는 세상에 몇 없겠지만.

인간인 이상 어느 정도의 감정은 가질 수밖에 없다. 수없이 많은 전투를 치르고 피 냄새가 진동하는 아비규환 같은 곳에서 살과 뼈를 가르며 생사를 넘나들었던 레가스에게도 그것은 해당되는 사실이었다.

결국 최후까지 사람을 지탱하게 해주는 건 믿음이다. 쉽게 사람을 신용하는 만큼 위험한 것도 세상에 몇 없겠지만, 누구도 믿지 않는 자는 반대로 누구에게도 믿음을 얻지 못하는 법이다.

레가스는 그동안의 경험으로 그걸 뼈저리게 알고 있었다. 그리고 그는 어느 정도 베리를 신용하고 있었다. 정확히 말하자면 그의 반 전체를 말이다.

그는 자신의 선택과 행동을 믿는 사람이었다. 실패한다 해도 절대 후회는 하지 않을 것이다. 아주 조금 아쉬움은 남을지 모르겠지만, 슬슬 다른 각도에서 정보를 수집하는 것도 나쁘진 않을 것이란 생각이 들었으니까.

"……."

부지런히 진군하고 있는 학생들을 바라보는 레가스의 건조한 표정에는 아주 희미하고 흐릿한 미소가 떠올라 있었다.

*　　　*　　　*

사람 키보다 더 큰 풀들이 아무렇게나 쑥쑥 뻗어나 있었기 때문에 몸을 움직이는 데 이래저래 불편함이 많았다. 이동이나 대열이 엉망인 것은 둘째 치더라도, 수없이 날아드는 날벌레와 함께 두꺼운 옷을 입고

있음에도 피부를 뚫고 들어오는 가시 같은 잎새들의 존재는 참으려 해
도 저절로 스트레스 게이지 상승 효과를 불러일으켰던 것이다.

숨이 거칠어지고 비 오듯 땀이 쏟아지는데, 열나게 팔을 휘두르며
조금씩 조금씩 앞으로 전진한다는 것은 정말 전쟁에 비유할 수 있을
정도로 힘겨운 일이었다.

방금 전에 한차례 비가 쏟아져서인지 습기로 인해서 가만히만 있어
도 등에서 축축이 땀이 찰 정도였으니까, 환경적으로도 그렇고 이래저
래 앞장서서 몸을 움직이는 베리의 표정은 어둡기 그지없었다.

게다가 방금 전 벌어졌던 충격의 인공호흡 사건으로 인해 정말 시험
이고 나발이고 후닥닥 어디론가 도망가 버리고 싶다는 마음이 들 정도
로 괴로웠다.

"나 처음이니까 부드럽게 해줘."

"인공호흡이니까 그렇게 의식하지 마. 자, 그럼 시작한다."

"아앗! 혀까지 넣을 필요는 없었잖아!"

뭔가 상당히 위험한 수위의 말을 하며 카루 녀석은 스테빈을 향해
살짝 뒷걸음질쳤다. 손톱이 손바닥을 파고들 정도로 베리는 두 주먹을
불끈 쥔 채 잠시 그것을 노려보다가 혀를 차며 고개를 좌우로 흔들고
는 앞으로 걸어갔다.

힐끔 곁눈질해 봐도 펠시의 표정은 건조하기 이를 데 없었다. 조금
은 화를 내주는 쪽이 베리에게는 덜 슬픈 일이겠지만, 의식하기는커녕
불쾌하다는 기색도 전혀 느낄 수 없으니 어떻게 대처해야 할지 막막하
기만 한 베리였다.

펠시에게 말을 건네보고 싶었지만 주위의 눈이 너무 많았다. 계속

이렇게 지내자니 그것도 그것 나름대로 참기 힘들 정도로 어색하고 괴로웠다.

결론적으로는 시험을 끝내고 좀 한가해지면 기회를 틈타 아무렇지 않게 말을 꺼내야 한다는 것인데.

"……."

같이 지낸 시간이 적지 않아서 그런지 눈치 없는 베리라고 해도 지금 펠시가 풍기는 기운쯤은 읽을 수 있었다.

'말 걸지 마.'

사실 저런 반응 때문에 더 무섭고 어색했던 것이지만 말이다. 생긴 것도 이질감이 느껴질 정도로 비정상적으로 단정한 소녀인데, 저런 오라를 물씬 풍기면 정말 평민들은 저절로 주눅이 들 정도로 접근하기 힘들었다.

똑같은 표정이라 해도 사실 펠시에게는 '지금은 말 걸어도 괜찮아'와 '말 걸어봤자 대답 안 한다' 모드 두 개가 존재하고 있다는 걸 베리를 비롯한 다른 아이들도 어렴풋이 눈치 채고 있었다.

그러니까 지금 말을 걸어도 두 글자 이상의 대답을 얻는 것은 힘들겠지. 쓴웃음을 지으며 베리는 그렇게 생각했다.

찌는 듯한 더위 속에서 그렇게 이동이 계속되자 아이들 사이에는 언제부터인가 침묵이 찾아들었다. 떠들기를 밥 먹는 것보다 좋아하던 카루 녀석도, 조금만 괴로워도 쉴 새 없이 힘들다 투덜거리던 스테빈 녀석도 아무런 말도 하지 않고 묵묵히 풀숲 너머를 향해 한 발 한 발 힘겹게 걸음을 옮기기 시작했다.

기계적인 느낌이 들 정도로 그렇게 한참을 턱까지 차 오른 숨을 흘떡거리며 앞으로 나아가고 있을 때, 선두에 서서 움직이고 있던 펠시가 눈을 빛내며 아이들 쪽으로 고개를 돌렸다.

"앞에 뭔가 있다."

모두는 이젠 정말 지쳐 쓰러지고 싶다는 생각만 하고 있던 참이었다. 펠시의 말에 베리는 어깨를 치켜올리며 팔 소매로 땀을 스윽 닦고는 거칠어진 숨을 가다듬고 눈을 가늘게 뜬 채 앞쪽을 노려보았다.

피처럼 붉디붉은 거대한 건축물이 나무 사이 풀숲 너머로 희미하게 보였다. 거리가 굉장히 떨어져 있음에도 이렇게 눈에 들어올 정도면 필시 그 크기와 규모가 쉽게 가늠하지 못할 정도로 거대할 것이다.

'푸른 거북의 호수. 그 다음은 붉은 광신도의 사원이었던가?'

확실히 한 장의 편지에는 그렇게 행동하라고 적혀 있었다. 처음에는 지도 한 장 주지도 않으면서 무슨 수로 찾아가라는 거냐 투덜거렸던 모두였지만, 뭐랄까… 인과의 법칙이 확실히 적용되는 환상이라고 할까? 분명히 그런 것이 존재하고 있었기 때문에 베리는 무작정 앞으로 나아갔던 것이다.

이쪽에서 어떠한 '작용' 을 보내면 환상도 그에 대응하는 '반응' 을 보인다. 사실 그러한 기술적인 법칙이 존재하지 않는다면 정말 '또 다른 세상' 이라고 할 만큼 완벽한 환상이었지만 말이다.

경험하면 할수록 조금씩 현실과는 다른 일정한 규칙과 약속이 뒤엉켜서 이질감을 내뿜는다는 것을 얼마 전부터 베리는 눈치 채고 있었다. 마법과 환상에 대한 지식이 전무한 아이들은 당연히 이 사실을 좁쌀만큼도 알지 못했다.

존재 자체가 반칙이라고 할 정도로 거대했던 거북이 녀석. 광신도라는 명칭에 걸맞게 이번에는 포악하고 잔인한 녀석들이 저 너머에 즐비할 거라고 모두는 예상했다. 피를 연상시키는 그로테스크한 붉은 건축물이 물씬물씬 풍기는 그 이미지처럼.

"……."

일단 가야 할 곳이 정해졌으니 조금 페이스를 가다듬을 필요가 있었다. 녹초가 되어 있는 일행이 제대로 검을 휘두를 가능성은 찾기 힘들 테니 말이다.

"조금 쉬어가도록 하자."

베리의 말이 떨어지기가 무섭게 아이들은 눈을 빛내며 적당한 장소를 뒤져 찾은 다음 보초를 정했다. 그리고 정말 꿀맛 같은 휴식을 취하며 달아오른 몸을 식혔다.

휴식이 끝나고 아이들은 다시 붉은 사원을 향해 다시 걸음을 옮겼다.

"정말 더럽게 기분 나쁜 건물이구만. 안 그래, 스테빈?"

"사람 하나 살지 않는 곳에 저런 게 존재하고 있다는 사실 자체가 기분 나빠."

카루의 말에 슬며시 고개를 끄덕이며 스테빈은 그렇게 긍정했다.

"사원이란 것 자체가 사람들이 많은 곳에 세워져야 하는 법이니까 말야. 아무도 믿지 않는 신 따위는 의미가 없을 테니까."

"그럼 저건 막말로 돈 낭비라는 거군."

"게다가 저 센스는 뭐야, 도대체. 아무리 악신(惡神)이라 해도 불결한 건 싫지 않겠어? 운영을 소홀히 한다고 해도 겉치장은 좀 그럴듯하게 해둘 것이지."

"불결함과 외로움의 신을 경배하는 사원일지도 모르잖아."

"그럼 카루 니가 신이게?"

"오냐, 그럼 이 카루신님의 천벌을 받아보거라!"

'정말이지, 저 두 녀석은 아무리 앞으로 착한 일을 많이 하더라도 천당은 가지 못할 거야.'

겉으로 내색하진 않았지만 베리는 그렇게 속으로 중얼거렸다.

"근데 사람도 없는 것 같은데? 꼭 안으로 들어가서 조사해 봐야 하는 거야?"

겁이 많은 스테빈답게 내뱉은 말 안에는 불안함이 가득 들어 있었다.

베리는 살짝 고개를 끄덕여 주고는 이끼와 풀로 엉망이 된 지 오래된 바닥을 바라보았다.

비가 내려서 그런지 바닥은 미끄럽기 그지없었다. 사람들의 왕래가 끊긴 지는 가늠하기 힘들 정도로 오랜 시간이 흘렀을 듯했다.

아이들의 표정은 한결같이 어두웠다. 음습하고 기분 나쁜 저 거대한 건축물 안에 플러스적인 무언가가 있으리라고는 눈곱만큼도 생각하기 어려웠으니까.

"뭐, 죽어봤자 본전이니까 가보자고."

쾌활하게 말했지만 카루 자신도 영 내키지 않는 듯한 표정이었다. 분명 이 환상 자체가 시험이 아니었다면 그냥 다른 곳으로 피해 이동했을 것이다.

한참을 이동해서 겨우겨우 거대한 사원의 입구에 들어선 아이들은 잠시 숨을 멈추고 거대한 철문을 노려보았다.

"저거 잠긴 것 같은데?"

웅장한 철문에는 그에 걸맞게 엄청난 크기의 자물쇠가 걸려 있었다. 스테빈의 말에 다시 한 번 고개를 끄덕여 준 베리는 천천히 문 앞으로 향했다.

"거인이 들어가도 될 것 같네."

정말 어마어마한 크기의 사원이었다. 한참 계단을 올라 겨우겨우 문까지 도달하자 카루가 질린 눈으로 그렇게 베리를 향해 말했다.

베리는 대답도 하지 않고 손을 뻗어 적당한 힘으로 문을 밀었다.

예상한 것처럼 녹슨 철문은 미동조차 하지 않았다.

"자물쇠나 경첩을 해체하는 데만 하루 꼬박 걸릴 것 같은데? 어떻게 하지?"

카루의 말대로 이 문의 크기는 상식을 벗어나 있었다. 힘으로 박살 내는 것은 말할 필요조차 없이 불가능했고.

"다른 통로를 찾아보자."

무식하게 큰 사원인만큼 분명 정문 외에도 다른 곳으로 출입하는 입구가 있을 것이다. 베리의 말에 아이들은 서넛으로 흩어져 사원 주위를 살피기 시작했다.

그리고 잠시 후 과연 사원 옆쪽 근처에 지하로 통하는 계단 같은 것을 발견할 수 있었다.

스테빈은 핼쑥해진 눈을 하고는 마치 지옥으로 통하는 비상구와 같은 지하 계단을 노려보다가 베리의 눈총을 받고는 천천히 일행의 맨 뒤에서 계단을 내려가기 시작했다.

습기와 이끼가 어우러져 바닥은 환상적으로 미끄러웠다. 거기다가 급조해서 만든 횃불 두어 개 정도밖에 빛이 없으니 시야를 확보하는 것조차 힘에 겨웠다. 이래저래 위태롭게 일행은 좁은 계단을 따라서 주욱 아래로 내려가다가 녹슨 철문을 앞에 두고 걸음을 멈출 수밖에 없었다.

"잠긴 것 같은데?"

스테빈의 말에 베리는 피식 웃음을 터뜨리더니 검을 뽑아 들고 온 힘을 다해 녹슬어 빠진 경첩을 연달아 가격했다.

엉망진창으로 녹이 슨 건 둘째 치고 세월의 풍파에 찌들어 철은 자기 한 몸 간수하지 못할 정도로 부식된 상태였다. 한 많은 속세를 등지고 하늘로 올라가 버린 낡은 경첩을 무감정한 눈빛으로 바라보던 베리는 다시 한 번 폭력을 사용해 문을 그대로 넘어뜨리기 시작했다.

쿠웅!

발길질 몇 번에 그대로 쓰러진 문짝을 향해 잠시 애도의 눈빛을 보낸 사람은 일행 중에서 스테빈 하나뿐이었다.

"무단 침입도 참 당당하게 하는군."

"이왕이면 견학이라고 해줘."

"세상에 문짝을 박살 내면서 하는 견학도 있나?"

"신전이라면 모름지기 고뇌하는 청소년을 구원해 줘야 하지 않겠어."

투덜거리는 스테빈의 어깨를 두들겨 주고는 베리는 다시 앞장서서 문 안쪽을 향해 가기 시작했다.

깊게 들어갈수록 아이들의 불안감은 점점 커져 가고 있었다. 어둠

너머에서 누군가 자신을 엿보는 느낌, 등 뒤에서 무엇인가가 천천히 다가오는 압박감이 피로와 어우러져 조금씩 조금씩 걸음을 무겁게 했던 것이다.

"정말 기분 나빠."

시체처럼 창백한 얼굴을 하고 스테빈은 조심조심 아이들을 좇아 몸을 움직였다. 몸이 피곤한 것은 둘째 치고 시궁창 같은 냄새와 불빛을 향해 몰려드는 날벌레들은 정말이지 참기 힘들 정도로 괴로웠다.

부지런히 움직여도 아이들과의 거리는 좁혀지기는커녕 멀어지기만 하고 있었다. 숨은 점점 거칠어지고 심장은 미칠 듯이 쿵쿵거렸다. 잠시 고개를 숙이고 지친 숨을 고르던 스테빈은 차라리 이대로 죽는 쪽이 더 편할 것이라는 생각을 했다.

'처음부터 무리였던 것일지도 몰라.'

아버지의 강요라는 족쇄에 얽매여서 이 학교에 들어온 것도, 어거지로 힘을 짜내어서 그동안 버텨왔던 환상들도 모든 것이 다 자신에게는 어울리지 않는 일들뿐이었다.

자신은 단지 평범하게 살고 싶었을 뿐인데, 가족과 친구들은 '특별한 것'이 돼야 한다고 늘상 그렇게 강요했다.

또래 남자 아이들보다 눈에 띄게 더 작은 체구, 어려움이 닥치면 당당하게 맞서지 못하고 자연스레 회피하려는 나약한 마음. 그 외에도 기사와는 어울리지 않는 여러 가지 단점들이 산재해 있었다. 하지만 스테빈은 그런 주위의 시선 때문에라도 억지로 힘을 짜니어서 간신히 하루하루를 버티어내고 있었다.

'시험만 끝내면…… 학교를 관두는 게 좋겠어.'

그렇게 생각하니 홀가분해졌다. 횃불의 불빛은 희미할 정도로 멀어져 가기 시작했지만, 걸음을 완전히 멈춘 스테빈은 가벼운 마음으로 시간이 흐르고 시험이 끝나길 기다렸다.

발걸음 소리도, 불빛들도 모든 것이 사라지고 남은 것은 어둠뿐이었다. 소매로 흥건히 젖어 있는 이마의 땀을 닦아내고는 그 자리에 주저앉았다.

뒤처지지 않게 필사적으로 아이들의 등을 좇던 방금 전의 자신이 우스울 뿐이었다. 게다가 언제부터인지 서늘한 바람이 천천히 좁은 통로를 따라 불어오고 있었다. 이대로 눈을 감고 잠들었다가 환상이 끝나면 깨어나는 게 좋겠다라고 생각하고는 벽에 기대어 앉은 채 조용히 눈을 감았다.

"……."

막 잠이 들려고 하는 찰나, 무엇인가 질척한 것이 벽을 타고 목 뒤를 지나 발끝까지 따라 흐르는 것을 느꼈다. 그대로 그냥 잠에 들었으면 좋았을 텐데 스테빈은 서서히 눈을 뜨고 보이지 않는 천장을 향해 반사적으로 고개를 들었다.

그곳에는 타오르는 듯한 붉은 점 두 개가 존재하고 있었다.

잠시 후 어둠에 익숙해지자 스테빈은 그것이 무엇인가의 눈이라는 걸 알 수 있었다.

서서히 '그것'이 자신을 향해 접근하고 있다는 걸 감지한 순간, 스테빈은 이대로 가만히 있으면 자신은 저 괴물에게 꼼짝없이 죽임당할 것이란 걸 절감했다.

하지만 몸을 움직일 수가 없었다. 잔뜩 독이 오른 독사 앞의 생쥐가 미동조차 하지 못하고 포식자를 노려보는 것과 비슷한 원리였다.

붉은 눈, 그리고 붉은 혓바닥. 벽을 타고 흐르는 액체는 녀석의 몸에서 나온 것이 틀림없었다. 지금은 그렇게 배가 고프지 않은 모양인 듯, 거대한 녀석은 한결 여유로운 눈으로 천장에 매달려 스테빈을 노려보고 있었다.

환상이니까 죽어도 상관없잖아? 학교를 나갈 테니까 성적 따위도 별로 중요하지 않을 테고.

스테빈은 미친 사람다냥 떨고 있는 자신을 향해 그렇게 자위하고는 눈앞에 찾아온 죽음을 당당하게 받아들이기 위해 노력했다.

하지만 어떻게 해석을 한다 해도 두려움은 점점 더 커져 가고 있었다. 척추 대신 얼음을 박아놓은 것 같은 느낌. 그리고 온몸을 타고 흐르는 것은 피가 아니라 전기다.

시간이 흘러도 미동조차 하지 않는 사냥감을 조용히 관찰하다가 녀석은 몸을 움직이기 위해 온몸을 잔뜩 수축시켰다. 곧 녀석이 자신을 향해 덮쳐 올 것이라 직감한 스테빈은 눈을 질끈 감고 고통에 대비했다.

쉬이익—

바로 그 순간, 무엇인가가 괴물의 머리를 향해 바람을 가르고 쇄도했다. 짧게 으르렁거리더니 괴물은 반대쪽 벽을 향해 몸을 날렸다.

챙!

단검은 벽에 맞고 당으로 추락했다. 어둠 속에서 생활한 만큼 청력

하나는 비정상적으로 발달한 녀석은 먹잇감에서 시선을 돌리고 새로 등장한 방해꾼들을 노려보았다.

이번에도 역시 인간이었다. 얌전히 뱃속에 들어가야만 할 녀석들이 겁에 질리기는커녕 투기로 가득한 눈으로 자신을 쏘아보고 있었다.

순간 괴물은 굉장히 기분이 나빠졌다. 인간은 벽을 타고 오르지 못한다는 걸 알고 있었던 녀석은 빠른 속도로 매끄럽게 천장을 타고 접근하더니 목을 물어뜯기 위해 아가리를 벌렸다.

순간 한 인간이 불가능할 것 같은 거리를 점프해 자신의 앞까지 뛰어올랐다. 자신보다 빠른 것은 평생 보지 못했던 괴물이 잠시 당황한 것도 무리는 아니었다.

한줄기 빛이 자신의 머리 지척까지 도달했다 싶은 순간, 커다란 괴물은 고통을 느낄 새도 없이 그대로 바닥에 처박혀 절명했다.

그리고 괴물의 머리에서 피가 사방으로 솟아올랐다. 검을 한 번 천에 문질러 닦아낸 그는 천천히 스테빈을 바라보았다.

스테빈은 당장이라도 쓰러질 것 같은 피로감을 이겨내고 정말이지 간신히 몸을 일으킬 수 있었다.

"베리?"

어두워서 잘 구별할 수 없었지만 확실히 같은 반 일행은 아닌 듯했다. 오만 가지 생각을 하면서 스테빈은 눈을 가늘게 뜨고 희미한 횃불의 빛을 따라 괴물을 해치운 사람의 얼굴을 살폈다.

"베리를 알고 있나? 넌 누구지?"

"나, 난 스테빈이라고 해."

"낙오된 건가? 아니면 길을 잃은 건가?"

“…….”

스테빈이 고개를 숙이고 대답을 않자 그는 능숙한 솜씨로 검을 검집에 꽂고 말을 이었다.

“뭐, 아무래도 좋아. 시간이 없으니 우린 이제 가봐야 할 것 같은데.”

그의 말에 스테빈의 안색은 다시 창백해졌다. 이대로 이곳에서 멍하니 있다가는 저런 괴물이 언제 또 나타날지 모르는 일이었기 때문에.

“보호해 줄 수는 없지만… 따라오는 걸 말리진 않겠다.”

희미한 미소를 짓고 그렇게 말한 그는 자신의 일행에게 가볍게 턱짓을 하고 어두운 통로를 따라 앞으로 걸음을 옮겨갔다.

“…….”

한참을 멍하니 그 뒷모습을 바라보고 있던 스테빈은 화들짝 놀라 정신을 차리고는 새로운 무리의 뒤를 좇았다.

왠지 모르게 아까보다는 덜 피곤한 느낌이었다. 아무래도 몸이 피곤한 것보다 의지가 약해진 것이 자신의 걸음을 더디게 한 요인임이 틀림없었다.

묵묵히 앞장서던 그가 스테빈에게 말했다.

“그러고 보니 내 이름을 말해 주지 않았군. 난 자룬이라고 한다.”

어둠보다 더 검은 흑발을 허리까지 늘어뜨리고 일반적인 소년의 것과는 차원이 다른 검술을 소유한 자는 확실히 학교 안에서 단 한 명뿐이라 할 수 있었다.

어렴풋이 그의 존재를 예감하고 있었던 스테빈은 슬쩍 고개를 끄덕이며 예를 표했다. 상황이 상황인만큼 정식으로 인사를 건넬 수는 없겠지만, 그래도 가문의 명예를 위해 최소한도로 신경 쓴 마지노선이라고 할까. 어찌 됐든 자룬은 슬쩍 미소 지으며 스테빈을 보더니 빠른 걸음걸이로 성큼성큼 걸어나갔다.

"빛이다."

실낱같은 빛이 앞으로 전진할수록 점점 강해지고 있었다. 이 끔찍한 어둠에서 벗어날 수 있다는 사소한 사실에 감동하며 아이들은 자기도 모르게 발끝에 힘을 싣고 속도를 올렸다.

피곤함도 잊어버리고 부지런히 움직인 탓에 모두는 신전 내부로 통하는 계단까지 단시간에 도달할 수 있었다. 아이들에게 기다리라고 한 뒤 베리는 조심스레 주변을 살피고 홀로 계단을 올랐다.

바닥이 미끈거렸지만 크게 거슬리는 정도는 아니었다. 아니, 지금은 미끄럽다는 것 자체에 어느 정도 면역이 생긴 터였다. 거북이 등에 비하면 이 계단은 천국이라 해도 좋을 정도였으니까.

예상한 것처럼 문이 있었다. 아까 전에 박살 낸 것과 비슷한 종류로 중앙이 자그맣게 뚫려 쇠창살이 쳐져 있는, 말하자면 소설에서 흔히 주인공이 감옥에 갇혔을 때 등장하는 그런 옵션이 추가되어 있는 문이었다.

쇠창살 너머에서 빛이 새어 나오고 있었다. 베리는 빼꼼히 고개를 들이밀어 신전 내부 상황을 살폈다. 하지만 불행히도 T 자형 길의 벽을 마주 보고 있는 모양인지 붉은색 벽돌만이 시야에 잡힐 뿐이었다.

최대한 고개를 기울여서 오른쪽이나 왼쪽 통로를 살피려 했지만 문 넓이도 있고, 조명이 부실한 것도 있고 해서 제대로 된 염탐은 할 수 없었다. 단지 하나 깨달은 게 있다면 이 신전은 겉보다 안 치장을 더 붉게 했다는 것이다.

땅이 꺼져라 한숨을 내쉰 후 베리는 계단을 따라 내려와 아이들에게로 돌아갔다. 그리고 다시 경첩을 박살 내기 위해 검을 뽑아 들었다.

"잠깐."

막 검을 내려치려는 순간, 펠시가 베리의 행동을 저지하고 나섰다. 의아한 눈으로 모두가 그녀의 행동을 주시하자 그녀는 아주 간단히 그들의 머리를 하얗게 비우게끔 했다.

"이거 열려 있는 것 같은데?"

펠시의 말대로 철문은 잠겨 있지 않았다, 녹이 슨 때문인지 몇 번 힘을 써야 열리긴 했지만.

"우리가 너무 사태를 폭력으로 해결하려는 버릇이 든 것 같군."

"그동안 겪었던 일들이 너무 엄청났으니까."

싱거운 웃음을 터뜨리며 카루는 베리의 말에 대꾸했다. 젊어서 고생은 사서 한다고들 하지만, 확실히 그동안 아이들이 환상에서 경험했던 사건들은 일반적인 상식을 넘어선 것들이 대부분이었다.

"잠깐."

막 아이들이 문 안쪽으로 몸을 움직일 찰나였다. 이번에도 펠시가 아이들의 걸음을 멈추게 했다. 역시 의아한 표정으로 모두가 그녀를 바라보자, 그녀는 슬쩍 모두를 자세히 한 번 훑어보더니 갈을 이었다.

"스테빈이 없어졌다.'

그녀답지 않게 조금 허둥지둥한 면이 있는 듯해서 모두가 더 궁금증을 느끼고 있던 참이었다. 예상한 것처럼 보통 일이 아닌 사건이 벌어지자 인상을 구기며 아이들은 스테빈의 자그마한 몸을 찾았다.

하지만 없었다. 장난치는 것을 좋아하던 녀석이기도 했지만, 이런 상황에서 이런 악질적인 행동을 할 만큼 대담한 녀석은 아니었다.

아이들은 조용히 베리의 얼굴을 주시했다. 입술을 깨물며 잠시 고민하던 베리가 모두를 향해 말했다.

"시험이 아니라면 수색했겠지만 지금은 시간이 너무 없다. 운이 좋다면 다시 합류할 수 있겠지. 그 녀석도 생각만큼 바보는 아니니까."

한마디 한마디 내뱉는 것이 고통이었다. 카루는 그런 베리의 어깨를 툭툭 건드려 주고는 천천히 문 안쪽으로 걸어갔다. 그리고 그 뒤를 하나둘씩 아이들이 따랐다.

"바보 녀석 같으니."

작게 구시렁거린 베리는 맨 뒤에서 아이들을 좇았다. 그건 스테빈보다는 자신에게 향하는 질책의 의미가 더 컸다. 아무도 모르게 습격당했다면 그것 나름대로 문제가 있는 거고, 낙오되거나 무슨 사고를 당했다 해도 일행의 리더인 자신의 잘못이 어느 정도 있는 것이었으니까.

다른 의미에서 스테빈은 반 전체의 큰 전력이었다. 잘 싸우고 체력이 강한 것은 당연히 아니었지만, 분위기를 이끌었던 것은 물론이고 머리도 제법 똑똑한 편이었으니 말이다.

정신적인 지주라고 과장해서 말할 수는 없겠지만, 그래도 그가 있기 때문에 반 전체의 균형이 맞아떨어지는 것은 부정할 수 없는 사실이었다.

그래서인지 아이들의 표정에는 방금 전보다 더욱 불안감이 감돌았다.

　베리는 오른쪽과 왼쪽 어느 쪽으로 먼저 갈까 잠시 고민하다가 일단 오른쪽부터 수색하기로 결심하고 벽에 희미한 표시를 남겼다.

　종이와 펜이 있다면 간단한 지도라도 작성했겠지만, 일단 급한 대로 이렇게 지나간 길을 표시해 두는 것이다.

　사방이 붉은 벽으로 뒤덮여 있어서 그런지 신전 내부의 분위기도 을씨년스럽기 그지없었다. 게다가 의도해서 그렇게 제작한 것인지는 잘 몰라도 건물 안으로 햇빛이 잘 들어오지 않았다. 물론 지하 통로에 비교할 수는 없겠지만, 해가 쨍쨍 떠 있는 밖에 비해 꽤 어두운 편이었다.

　베리는 실용성이라고는 찾으려 해도 찾을 수 없겠다 생각하곤 천천히 통로를 따라 걸어나갔다.

　함정이나 적의 습격이 있을지도 모른다. 당연히 최악의 상황까지 고려해서 철저히 경계하며 움직일 수밖에 없었다. 넓은 신전을 수색하려면 굉장한 시간이 필요하겠지만, 죽는 것보단 거북이 걸음으로 이동하는 것이 백배 이득이니 어쩔 수 없는 선택이기도 했다.

　통로를 따라 부지런히 움직이다 보니 얼마 안 가 문들이 보였다. 문이 규칙적으로 주욱 나열된 것을 보니, 아마도 개인용 침실쯤 되는 듯했다.

　"하나 열어볼까?"

　"그래라."

　예상한 것처럼 내부는 평범하기 그지없었다. 방 주인쯤 되는 듯한 해골 몇 구가 덩그러니 침대 위나 바닥에 쓰러져 있다는 것을 제외하면.

　만약의 사태를 대비해서 베리는 모든 방을 수색해 보기로 하고 아이들을 나누어서 방 안쪽을 탐사하게끔 했다. 간혹 가다 잠긴 문이 있긴 했지만 역시 다른 방들도 별다른 특징은 없었다.

　"해골만 있는데?"

　"이쪽도 마찬가지야."

　대충 고개를 끄덕여 준 베리는 다시 통로를 따라 걸어갔다. 수십 개의 방을 지나치고 한참을 이동하자 드디어 복도의 끝이 보였다.

　"막혀 있는데?"

　"헛수고한 셈이군. 반대쪽을 뒤져 보는 수밖에."

　카루의 말에 톡 쏘듯이 뚱땡이 매쉬 녀석이 대꾸하자 베리도 몸을 돌리고 반대편으로 걸어가기 시작했다.

　뭐, 이쪽 방향은 조사하지 않아도 되고 안전한 범위다, 라는 정보를 얻은 것만 해도 큰 수확이었다. 근처 붉은 벽에 단검을 휘둘러 X 표시를 그어놓고 펠시는 맨 뒤쪽의 아이를 따라서 천천히 걸음을 옮겼다.

　길잡이 역할도 중요하지만 퇴로를 확보하고 기습에 대비하는 일도 그에 못지않게 중요했다. 사실은 거치적거리는 것이 싫다는 단순한 이유가 더 컸지만, 일행보다 앞장서서 걸어가는 그녀를 나무라는 사람은 아무도 없었다.

　한참을 심드렁한 눈으로 아이들이 걸음을 옮기고 있을 때였다.

　"자, 잠깐!"

　갑작스레 선두에 서서 움직이던 매쉬가 걸음을 멈추고 아이들을 향해 외쳤다. 카루가 신경질적으로 왜 멈췄냐고 질문하자 대답 대신 매쉬는 경악한 얼굴로 팔을 올려 앞쪽을 가리켰다.

그의 검지손가락이 가리키는 방향에는 절대 있어서는 안 되는, 자연의 섭리를 역행한 끔찍한 일들이 벌어지고 있었다.

"해, 해골이……!"

"움직이고 있어!"

방을 뒤지기 위해 문을 열어둔 것이 화근이었다. 먼지가 쌓인 퀭한 눈의 해골들은 부자연스럽기 그지없는 몸짓으로 벽에 기대어 서서 몸의 균형을 맞추더니, 눈은 비록 없지만 살기가 가득한 위압감을 내뿜으며 아이들 쪽으로 천천히 걸어오기 시작했다.

서너 개 정도에 불과한 해골들의 숫자도 시간이 흐를수록 점점 늘어나고 있었다. 게다가 엎친 데 덮친 격으로 퇴로까지 막힌 상황이니 베리는 잠시 머뭇거리며 결단을 내리는 것을 주저할 수밖에 없었다.

개중에는 완벽하지 않은 해골들도 더러 있었다. 하체가 없는 해골은 팔을 휘저어 기어왔고, 양쪽 팔이 없는 시체는 딱딱한 동료의 허벅지 뼈를 턱으로 물어서 간신히 균형을 맞추고 몸을 일으켜 걸어왔다.

설명할 수 없을 정도로 끔찍한 주변의 광경에 아이들은 벌린 입을 다물지 못하고 그대로 석상처럼 굳어져 있었다. 많은 환상을 겪어왔었지만 '언데드'를 직접 눈으로 본 것은 이번이 처음이었다.

"베리야!"

카루의 말에 화들짝 정신을 차린 베리가 검을 뽑아 들고 아이들을 향해 외쳤다. 이대로 멍하니 있다가는 저 해골들에게 몰살당할 것이 분명했다.

"앞으로 돌파하자! 나와 카루, 그리고 매쉬가 앞장설 테니까 나머지 사람들은 겁먹지 말고 뒤따라서 달려와!"

"왜, 왜 내가 앞장서야 하는 거야!"

기합을 내지르며 카루와 베리가 해골을 향해 미친 듯이 뛰쳐나가자, 울며 겨자 먹기 식으로 매쉬도 뒤따라 달려갈 수밖에 없었다.

어떤 무기도 가지고 있지 않았지만 예상외로 해골들은 맹렬히 합심해서 자신들의 몸을 이용해 아이들의 돌진을 방해했다.

"죽으려면 곱게 죽을 것이지, 왜 산 사람을 방해하는 거야!"

칼을 휘두르면서 입을 나불대는 것은 학교 내에서 카루만한 아이가 없었다. 그야말로 쉴 새 없이 나불거리며 검을 휘두르고 몸을 날려 카루는 해골들의 벽을 허물어갔다.

박살 낼 필요도 없이 일단 넘어뜨리기만 하면 된다라는 각오로 아이들은 기술보다는 힘에 의지해서 몸을 날려 무식한 방법으로 시체들을 쓰러뜨렸다. 팔이 없는 해골을 어깨로 밀어 넘어뜨리고는 맹렬히 앞으로 돌진하던 베리가 아이들을 향해 외쳤다.

"싸우지 말고 일단 앞만 보고 뛰어!"

완벽한 해골들이라고 해도 움직임은 아이들보다 한참이나 느렸다. 긴 잠에서 깨어나 아직 비몽사몽인 탓도 있겠지만, 죽은 쪽이 사기(邪氣)가 흘러넘친다면, 산 쪽은 활기(活氣)가 넘쳐흐르는 것이 당연하다면 당연한 이치일 테니 말이다. 말 그대로 고정관념이라 할 수도 있겠지만.

해골의 벽을 무너뜨린 뒤론 그야말로 일사천리였다. 뭉그적거리며 아이들을 뒤따라서 해골들도 필사적으로 몸을 움직였지만, 뼈와 뼈가 엉키고 쓰러진 몸을 추스르는 녀석만 해도 부지기수였기 때문에 뛸 필요성조차 느끼지 못할 정도로 아이들은 비교적 여유있는 걸음걸이로 앞으로 나아갔다.

지하 계단으로 이어지는 곳까지 도착하고 잠시 지친 숨을 고른 뒤 반대쪽 통로를 뒤져 보기 위해 아이들이 걸음을 옮긴 것은 그로부터 조금 시간이 흐른 뒤였다.

위로 가는 계단은 끊겨 있었다. 아래쪽으로 주욱 이어지는 계단도 엉망진창으로 망가져 정상적이라고는 하기 힘든 상태였지만 밑으로 내려가 보지 않으면 더 이상 시험을 진행할 수 없을 테니 일행에겐 다른 선택의 여지가 없었다.

"붉은 광신도의 사원, 그리고 지하 미궁."

베리는 자신만 들을 수 있을 정도로 조그맣게 속삭이고는 제일 먼저 앞장서서 계단 아래로 걸어갔다. 비가 내리지 않는 굳은 토양의 바닥에 죽죽 금이 간 것처럼 미세한 균열 같은 것이 셀 수 없을 정도로 많은 계단이었지만, 베리는 이 계단이 위험을 일으킬 가능성은 적다고 생각했다.

어찌 됐든 예상대로 무사히 밑까지 도달할 수 있었다. 그 뒤로 안도한 아이들이 하나둘씩 천천히 베리를 좇아서 계단을 내려가기 시작했다.

계단은 내려갈수록 양팔을 뻗으면 벽에 손이 닿을 정도로 점점 좁아졌다. 계단은 예상한 것보다 조금은 더 가파르고 길어서 행여 실수로 미끄러지지 않을까 주의하며 아이들은 걸음을 옮겼다.

말 그대로 미궁이었다. 한참을 내려가서 도착한 지하에는 앞과 오른쪽, 왼쪽, 그리고 대각선 방향 두 곳까지, 정말 머리가 헷갈릴 정도로 다양하게 길이 뻗어져 있었다.

다행스러운 점이 있다면 그래도 펠시라는 아이가 있다는 것, 그리고 마법적인 붉은 벽이 희미한 빛을 내뿜고 있어서 걸음을 옮길 수 없을 만큼 어둡지는 않다는 것이었다.

어떤 훈련을 하고 어떤 경험을 한 것인지는 알 수 없었지만 길을 찾는 것과 기억력 하나만큼은 비상하게 뛰어난 펠시. 앞장서서 주가를 부르며 검을 휘두르는 카루가 겉으로 드러나는 일행의 대들보라면, 펠시는 보이지 않는 범위 내에서 일행의 안전을 지키는 파수꾼 같은 존재였다.

그리고 자신은 부정하고 있었지만 베리의 능력도 저 두 사람에 뒤지지 않을 정도로 뛰어났다. 실전적인 간결하고 날카로운 검술과 마법 능력, 그리고 순간적인 재치까지, 분명히 말해 베리는 아이들을 이끄는 리더로서의 자기 몫을 톡톡히 해내고 있었다.

베리는 아무런 말도 않고 조용히 생각에 빠져 있는 펠시의 옆모습을 바라보았다.

살짝 고개를 내리고 고운 턱 선을 매만지는 그녀의 모습은 표현하기 힘들 정도로 단정했다. 희고 매끄러운 피부에 오뚝 솟은 코, 앵두처럼 붉은 입술은 가까이 있다면 당장 키스해 버리고 싶은 충동이 생길 정도로 탐스러웠다.

키스해 버리고 싶은 붉은 입술, 그리고 인공호흡.

베리는 자신의 시선과 생각이 상당히 편협한 지점까지 도달해 있다는 것을 자각하고 잠재 의식을 넘어서서 순간적인 욕망과 충동의 차원까지 치솟아오른 마음을 진정시키기 위해, 그리고 그것이 '연정'의 경계선까지 도달하지 않게 하기 위해 다시 한 번 마음을 다잡으며 어지러운 머리 속을 비울 수밖에 없었다.

"한 벽의 방향으로만 주욱 나아가면 언젠가는 끝에 도달할 수 있을 거야. 다른 방해가 없다면."

펠시의 말에 살짝 고개를 끄덕이고 제일 오른쪽 벽에 시선을 고정시킨 아이들은 걸음을 옮기기 시작했다.

이제부터는 흔적을 남기는 것도 그만두기로 했다. 표시는 자신도 볼 수 있지만 다른 적들도 볼 수 있었고, 별도의 암호를 정해둔 것도 아니었으니까.

좁은 통로 때문에 대열을 다시 짜기로 합의했다. 제일 앞장서서 움직이는 건 역시 펠시, 그 다음은 베리와 카루, 후미를 사수하는 것은 매쉬와 아네스가 하기로 했다.

"매쉬와 아네스라……. 참 잘 어울리는 한 쌍 같은데?"

또래의 여자라고는 할 수 없을 만큼 근력이 대단한 아네스. 비대한 몸에 걸맞게 매쉬의 힘도 상당히 강한 축에 속했다.

속삭이듯 하는 카루의 말에 베리는 살짝 웃음 지었다. 긴장이 풀리는 것은 위험한 일이었지만, 그래도 어느 정도는 정신을 느슨하게 해두는 편이 실전에 더 도움이 되었다.

평소라면 스테빈 녀석이 있어서 카루와 함께 주절주절 수다를 늘어놓았겠지만, 그 녀석은 어디로 사라진 것인지 행방불명된 까닭에 일행은 처음에 비해 외적으로나 심적으로나 많이 침체된 상태였다.

베리는 그 점이 왠지 모르게 마음에 걸렸기 때문에 미궁을 벗어나면 아이들을 잠시 쉬게 해주어야겠다고 생각했다.

정신적으로 피곤한 건 둘째 치더라도 식수도 거의 다 떨어졌고, 음식물은 말할 필요조차 없이 동이 난 지 오래였다. 금강산도 식후경이라고, 일단 먹어야 제대로 된 힘을 쓸 수 있었으니까 어떤 수를 써서라도 음식을 확보하는 것이 중요하다고 할 만했다.

아직은 그래도 버틸 만하지만 최악의 경우에는 오줌을 받아서 마셔야 할지도 모른다. 건강한 사람의 신선한 소변은 생각 외로 깨끗한 편이었으니까.

펠시가 갑자기 걸음을 멈추고 아이들을 향해 살짝 손바닥을 펴 보였다. 말할 필요조차 없이 저건 움직이지 말라는 신호였다.

"함정."

아이들에게 간단하게 말하고 그녀는 조금 더 자세히 살펴보기 위해 정신을 집중했다.

함정이라 해도 종류는 셀 수 없을 만큼 다양했다. 천장에서 맹독의 가스가 분출된다거나, 벽에서 독침이 쏟아져 나오는 것은 예상 범위 내의 함정이고, 심한 경우에는 주위의 인간을 적으로 인식하게 만드는 마법이나, 앞서 말한 여러 가지의 것을 혼합한 악질적인 종류의 것들도 비일비재했다.

자신의 스승과 함께 여행하며 어느 정도 다양한 함정을 경험했던 펠시. 그러나 방심은 곧 죽음과 직결하기 때문에 저급한 함정이라 해도 쉽사리 경시해서 받아들일 수 없었다.

"……."

다행히 이번에는 정말로 보잘것없는 함정이었다. 바닥을 밟으면 벽에서 창이 튀어나오고 방심한 침입자의 배를 쑤시는 평범한 시나리오.
세월의 풍파에 찌들어 함정 자체도 많이 녹슬어 있었지만, 생각없는 무
식한 적에게는 어느 정도 먹혀들어 갈지 모르는 그저 그런 수준의 장
치라고 할 수 있었다.

안전하게 해체하는 것이 제일 좋겠지만, 아쉽게도 지금은 그럴 시간
이 없었다.

간단한 설명과 함께 아이들을 물러나게 한 뒤 힘껏 벽을 밟고 후닥
닥 뒷걸음질치는 펠시. 옆쪽 벽에서 슈웅 하고 바람을 가르는 소리와
함께 긴 창이 몇 개 날아 들어왔지만, 그것은 애꿎은 반대쪽 벽만 때릴
뿐이었다.

간단하게 무용지물로 만들고 다시 열심히 앞으로 나아가기 시작했
다. 그리고 얼마 못 가 막혀 있는 벽을 보고 대열을 바꾸기 위해 펠시
는 아이들을 스쳐 지나 선두 쪽으로 향했다.

잠시 흐트러져 있는 균형을 맞추고 다시 한 번 벽을 따라서 주욱 나
아갔다.

지루하다 싶을 정도로 그런 것의 반복은 계속되었다.

벽이 막혀 있으면 돌아서 주욱 보이지 않는 벽의 선을 따라 이동한
다. 이 미궁이 얼마나 넓을지는 모르지만 계속 이렇게 나아가다 보면
곧 끝에 도달할 수 있을 것이 분명했다.

훌륭한 도적(Rogue)의 경우에는 이런 저급한 미궁 따위는 당장 벗어
나 보물을 찾아냈겠지만, 아쉽게도 일행 중 그런 특출한 능력을 가지고
있는 사람은 아무도 없었다. 펠시도 스승의 어깨너머로 경험해서 배운
것이 전부였기 때문에 보다 고차원적이고 자세한 기술은 가지고 있지

않았다.

피로를 넘어서서 짜증의 수준까지 도달할 정도로 아이들의 정신이 피폐해졌을 때, 일행의 등 뒤로 거대한 그림자 두 개가 서서히 접근해 오기 시작했다.

녀석의 움직임은 비대한 몸집에 비해 예상외로 재빨랐다. 머리를 들이밀어 세우고 쿵쿵 앞쪽으로 뛰쳐나오더니, 제일 뒤쪽에 있는 매쉬의 복부를 향해 자신의 뿔을 그대로 들이받았다.

"조심해!"

순간 아네스의 기적적인 발차기가 없었더라면 바닥에 내장을 줄줄 쏟아냈을지도 모른다. 가죽을 뚫고 기다란 상흔을 남기긴 했지만, 어찌 됐든 매쉬는 목숨을 부지할 수 있었다.

아픔보다는 두려움이 강했다. 매쉬는 분노는커녕 싸울 의지도 상실해 버린 채 벽에 박힌 자신의 뿔을 빼려고 발버둥 치는 거대한 소머리의 괴수를 바라보았다.

"미노타우르스……."

미궁의 감시자, 힘과 몸집은 인간과 비교할 수 없을 정도로 강하고 성질은 더럽기로 유명한 몬스터.

"나, 난 소고기 별로 아, 안 좋아하는데."

정말이지 매쉬답지 않은 재치 넘치는 개그였다. 질린 눈을 하고 아네스는 매쉬의 뒷덜미를 붙잡은 채 앞쪽으로 뛰기 시작했다.

"앞쪽에 싸울 만한 공간이 있어. 신사를 부드럽게 에스코트 해주세요, 아네스 기사님!"

다급한 상황답지 않게 카루의 목소리는 생동감이 넘쳤다. 아니, 어쩌면 그러는 인간 자체가 핀치에 유별나게 강한 것일지도 모른다.

벽에 박힌 자신의 뿔을 빼려고 한 녀석이 용쓰고 있을 때 다시 뒤쪽에서 다른 한 놈이 쿵쿵거리며 일행을 뒤쫓았다.

"나, 난 투우사가 아니라구!"

졸지에 황야의 카우보이가 된―세상에서 제일 어설프겠지만―매쉬는 코를 씩씩거리며 엄청난 스피드로 자신의 뒤를 쫓는 미노타우르스에게 말했다.

"옆쪽으로 방향을 틀어!"

막 매쉬의 등을 미노타우르스의 뿔이 그대로 들이박을 순간이었다. 매쉬는 수치 같은 것은 판 차원 밖으로 집어 던지고 틈이 생기자마자 곧장 옆쪽으로 몸을 날려 데굴데굴 굴렀다.

"이야, 참 잘 구르네."

카루가 졸지에 공이 되어버린 불쌍한 매쉬 녀석을 보며 낄낄거려 댔다. 스피드는 무식하게 빠르지만 방향을 선회하는 것에는 매우 약한 듯 미노타우르스는 한참이나 일행을 가로질러서 앞쪽으로 뛰쳐나갔다.

간신히 뿔을 벽에서 빼낸 미노타우르스 한 마리가 분노에 찬 괴성을 한 번 내지르고 다시 일행 쪽으로 쿵쿵 걸어왔다.

좁긴 했지만 이 정도면 어느 정도 싸워볼 만할 듯했다. 베리는 잠시 머리를 굴리며 효율적으로 적을 멸살시키는 방법을 생각해 보다가, 옆쪽의 카루와 아이들을 향해 대뜸 명령을 내렸다.

"움직이지 말고 가만히 기다리고 있다가 숙녀가 탭댄스를 추기 시작하면 정중히 장미를 던져."

“오케이!”

제대로 알아듣기는 한 것인지 카루가 슬쩍 미소 지어 보이며 힘차게 대답했다.

“온다!”

당연히 적은 말할 여유조차 주지 않았다. 무식, 무대책, 무작전. 그야말로 삼무정신(三無精神)에 입각해서 미노타우르스는 제일 뒤쪽에 널브러져 있는 매쉬 녀석을 향해 돌진했다.

막 매쉬가 녀석에게 짓밟히려는 찰나였다. 동시에 베리가 재빠르게 붉은 바닥을 향해 주문을 시전했다.

“그리스(Grease)!

갑작스레 참기름을 뿌린 것마냥 붉은 돌바닥이 질척하고 미끄러워지자 미노타우르스는 균형을 잡지 못하고 그대로 바닥을 향해 곤두박질쳤다. 카루의 쯧쯧 혀를 차는 소리가 주위에 작게 울려 퍼졌다.

“가슴은 뜨거울망정 머리는 차갑게 식혔어야지.”

그야말로 온몸이 과녁판이나 마찬가지인 상태였다. 복권 당첨 표를 향해 화살을 날리는 것마냥 가뿐한 마음으로 아이들은 나자빠져 있는 괴수에게 각자 소유하고 있는 무기를 내던졌다.

몇 개는 괴물이 열심히 온몸을 뒤척이는 바람에 애꿎은 땅만 때리고 지나쳤지만, 몸 여기저기에 단검이 박힌 미노타우르스는 거대한 신음을 내질렀다.

“……”

아무런 예고조차 하지 않고 펠시는 미노타우르스를 향해 몸을 날렸다. 아직 마법이 발동 중이라 바닥은 지나칠 정도로 미끄러웠지만, 그녀는 마치 스케이트 선수처럼 몸을 잔뜩 낮추고 멋지게 미끄러져서 미노타우르스가 널브러져 있는 곳까지 단숨에 도달했다.

두 손으로 단검을 움켜쥐고 온 체중과 근력을 다해 단검을 수직으로 내리찍었다. 붉은 벽에 반사된 것인지 미노타우르스의 피가 묻은 것인지 순간 그녀의 눈은 지옥의 악마마냥 붉었다.

끄에에에에엑!

단검은 정확히 미노타우르스의 미간에 파고들었다. 그야말로 귀신 빱칠 정도로 정확한 솜씨였다. 뇌수에 금속을 박아 넣고 삶을 영위할 정도로 생명력이 철철 넘치는 괴물은 아닌 모양인지, 미노타우르스는 피를 사방으로 쏟으며 즉사했다.

거친 숨을 몰아쉬며 켈스는 눈가를 가득 적시는 붉고 뜨거운 피를 닦았다. 남은 한 마리마저 목숨을 끊기 위해 그녀는 미노타우르스의 몸에서 튕겨져 나온 후 주변을 살폈다.

"으아악—!"

미노타우르스가 동료의 원수를 갚으려는 듯 거대한 도끼를 휘둘러 한 아이의 머리를 가르자 그 아이의 입에서 비명 소리가 터져 나왔다. 언제 보아도 동료의 죽음은 끔찍했다. 베리는 인상을 잔뜩 찌푸리고는 날카로운 기합을 내지르며 앞으로 뛰쳐나갔다.

카루가 가벼운 상처를 잔뜩 하체에 남기는 바람에 녀석은 고혈압으로 쓰러질 정도로 흥분한 상태였다. 동료의 첫 죽음을 경험한 아이들은 분노가 가득한 표정으로 인정사정없이 미노타우르스의 등과 옆구리를 공격해 갔다.

가랑비에 옷 젖는다고 어느새 미노타우르스의 몸에는 크고 작은 상처가 가득했다. 피를 줄줄 바닥에 쏟으며 녀석은 최후의 발악이라도 하는 것마냥 거대한 도끼를 양손에 고쳐 잡고 체중을 실어서 옆으로 베어 넘겼다.

엄청 큰 허점을 남겼지만 어찌 됐든 거대한 도끼는 한 아이의 배를 때렸다. 마치 야구 선수가 홈런을 날리는 것마냥 거대한 궤적을 그리고 저만치 날아가는 인간을 향해 다시 한 번 미노타우르스는 긴 울부짖음을 토했다.

하지만 카루를 비롯한 다른 아이들이 그 허점을 놓칠 리 없었다. 동료의 목숨과 맞바꾼 다시없는 찬스였다.

끄에!

분수처럼 피가 사방으로 요동쳤다. 하나, 둘, 셋, 넷……. 자신의 몸에 박힌 검의 개수를 조심스레 훑어보던 미노타우르스는 앞서 죽은 동료를 좇아 바닥에 널브러졌다.

하얗게 질린 얼굴을 하고 베리는 다시 한 번 미노타우르스의 몸에 박힌 검을 뽑아 정수리를 내리찍었다. 끔찍하고 더러운 일이었지만 확실하게 마무리 짓지 않는다면 또 애꿎은 목숨만 낭비하게 될 것이 분명했다.

"젠장."

붉은 바닥에 질척한 피까지 더해지니 그야말로 모든 세상이 붉어 보였다.

목숨을 잃은 아이가 둘, 부상을 입은 아이가 하나, 가벼운 경상을 입은 아이는 다행히 몇 없었지만 전력에 차질이 생긴 것은 두말할 필요없는 사실이었다.

게다가 무기가 부족했다. 거대한 도끼에 맞아서 못 쓰게 된 검만 해도 세 개였고, 어디론가 사라져 버린 단검도 적지 않았다.

"……."

시체를 뜯어먹는 하이에나 같다는 생각이 들었지만, 어찌 됐든 베리는 죽은 미노타우르스의 몸을 뒤졌다. 도끼는 너무나 거대해서 인간이 쓰기에는 적당하지 않았고, 그나마 쓸 만한 것이 정체를 알 수 없는 약병 몇 개와 가죽 주머니에 든 물 조금이었다.

죽은 아이들의 시체를 정리하고 대열을 정비한 뒤 지체없이 베리는 앞을 향해 걸음을 옮기기 시작했다.

살아 움직이는 거대한 보물 상자, 거미마냥 천장에 붙어서 예고도 없이 아군의 목을 낚아차는 검은 표범, 갑작스레 벽에서 쏟아지는 독사 떼 등등 수없이 많은 난관을 극복하고 아이들은 드디어 마지막 일전만을 남겨두고 있었다.

붉은색으로 이루어진 또 다른 세상에서 단 하나뿐인 거대한 검은 철문. 그것은 적색 일색인 신전과 미궁의 모든 것들과는 달리 검고 검은 위압감을 내뿜으며 일행의 앞길을 막아서고 있었다.

어느새 아이들의 숫자는 절반으로 줄어들어 있었다. 큰 부상을 입어서 아군의 등에 매달리다시피 해 움직이는 아이도 두어 명 있었고 자잘한 상처를 입은 아이는 전부라고 해도 좋을 정도로 많았다.

시간이 어느 정드나 흐른 것인지도 잘 몰랐다. 밤이 되었을 수도 있고, 아침 해가 떴을지도 모른다. 보이는 것은 빌어먹을 끔찍한 붉은빛

뿐이니 개념이 모호해지는 건 어찌 보면 당연한 일이었다

피와 땀으로 엉망이 된 얼굴을 하고 베리는 조용히 거대한 철문에 손을 얹었다.

금속의 차가운 느낌, 그리고 불길함.

절대 이 문을 열어서는 안 돼! 머리 속에서 무언가가 끊임없이 그렇게 속삭이고 있었지만 여기에서 지체할 수는 없었다.

예상외로 매끄럽게 철문은 열렸다. 거친 싸움을 증명하는 듯 날이 많이 상한 검을 고쳐 잡은 베리는 제일 먼저 앞장서서 문 안쪽으로 뚜벅뚜벅 걸어 들어갔다.

바닥에 깔린 검은 카펫이 앞으로 주욱 이어져 있었다. 저 앞에는 분명히 뭔가가 있다, 상대하지 못할 정도로 거대하고 강한 녀석이. 아이들은 본능적으로 직감했지만 별 저항 없이 베리의 뒤를 좇아서 몸을 움직였다.

불로 뛰어드는 불나방이라고 해도 좋다. 죽은 아이들의 몫까지 최대한 힘을 내야겠다는 기사다운 대의명분이라고 해도 좋다. 중요한 것은 부글부글 끓어오르는 속을 식혀줄 '적'이 눈앞에 있다는 진실.

거친 싸움의 반복으로 온몸은 삐거덕거리고 무기는 너덜너덜해졌지만 조금도 망설일 이유는 없었다.

빨리 이 지겨운 싸움, 환상을 벗어나서 따뜻한 햇살을 받으며 휴식을 취하고 싶다는 생각을 하며 지옥의 아가리를 향해 인도하는 검은 카펫을 좇아서 아이들은 천천히 걸음을 옮겼다.

"……"

얼마나 발을 움직였는지, 얼마나 먼 거리를 이동했는지조차 이제 가

물가물했다.

구불구불 끊임없이 이어져 있는 카펫을 따라 한없이 걷던 아이들이 도착한 곳은 화려한 장식을 한 문 앞이었다.

문을 열고 들어간 아이들을 맞이한 '그'는 핏빛보다 붉은 포도주 잔을 손에 들고 미소 띤 얼굴로 말했다.

"어서들 오게."

어둠으로 가득한 거대한 방의 이쪽과 저쪽 끝에 서서 잠시 서로의 얼굴을 훑어보다가 베리가 먼저 입을 열었다.

"처음 뵙겠습니다."

"아주 예의 바른 아이로군."

"당신도 적치고는 꽤 신사적이시군요."

"고맙네. 그런데 날 적이라고 단정 짓는 이유는 무엇인가?"

"이곳에 이렇게 존재하고 있으니까요."

"존재 자체만으로? 그것참, 위험한 선입견이군."

"적이 아닙니까?"

"아니, 맞네. 난 분명 너희의 적이다. 미궁을 넘어서서 이곳에 도달한 모든 존재가 나의 적이지. 그러나……."

잠시 말을 멈추고 그는 한 손에 든 포도주 잔을 어루만졌다. 별거 아닌 행동이었지만 동시에 묘하게 아름다웠다.

조금은 슬픈 어조로 그가 말을 이었다.

"아군이 될 수도 있어, 큰 도움을 줄 수는 없겠지만."

"왜죠?"

"조금 긴 이야기가 될 듯하군. 들어주겠나?"

"시간이 많은 건 아니지만…… 모자란 것도 아니니까요."

"그럼 시작하도록 하지. 난 내가 누구인지 모르네. 왜 이곳에 존재해 있는 것인지조차 모르겠어. 정확히 언제인지는 모르지만 눈을 떴을 때 이곳으로 접근해 오는 모든 것을 죽여야만 한다는, 그런 말도 안 되는 집착과 생각만이 들었을 뿐이야."

괴로운 듯 한 손으로 자신의 얼굴을 감싸 쥐고 끊임없이 그렇게 그는 속삭였다. 작고 가냘픈 목소리였지만 각인되는 것마냥 거대한 파장을 그리며 아이들의 머리 속으로 울려 퍼졌다.

"이 신전에 있는 무언가를 지켜야 해. 침입자를 죽여야만 해. 하지만 이유는 몰라. 그냥 쓸쓸히 덩그러니 그 저주받은 약속을 지키기 위해 몇 년, 아니, 몇백 년도 넘는 긴 시간 동안 이렇게 난 존재하고 있었던 거야. 그 얼마나 우스운 일인가?"

쨍그랑, 하고 포도주 잔이 바닥으로 떨어졌다.

아이들은 흠칫 놀라 그를 쳐다봤다. 그는 이제 완전히 자신의 얼굴을 손으로 감싸 쥔 채 흐느끼며 말했다.

"왜 난 이곳에 있는 걸까? 너무 외롭고 쓸쓸해. 아프고 고통스러워. 하지만 아무것도 없어. 그저 저 문을 열고 누군가 내게 말을 걸어주길 기다리고 있는 거야. 그 이상 내게 허용된 감정은 없으니까. 이곳을 떠나야 한다는 생각을 안 해본 건 아니야. 하지만 그럴 수는 없지, 절대! 저주가 내 몸을 결박하고 있으니까."

저 사내와는 이전에 얼굴을 마주친 적도 없었다. 대화를 나눈 시간도 길지 않았다. 하지만 몇몇 아이의 눈에는 어느새 눈물이 고여갔다. 이유는 알 수 없었지만 주체할 수 없는 슬픔이 가슴속에서 솟구쳐 올라 저절로 동정심이 싹트기 시작한 것이다.

한참이나 흐느끼며 아무런 말도 하지 않던 그는 간신히 감정을 추스르고 아이들을 향해 천천히 입을 열었다.

"자네들을 도와주는 조건으로 내 한 가지 부탁하지. 저 펠시라는 아이를 내게 넘겨주지 않겠나? 이곳을 벗어나는 것은 물론 내가 할 수 있는 모든 일을 지원해 줄 테니 말이야. 물, 식량, 무기, 편안히 쉴 수 있는 잠자리까지 뭐든지 말만 하게. 난… 난 너무 외롭네. 이대로 계속 살아갈 수가 없어."

아이들은 선뜻 대답하지 않고 조용히 베리의 안색을 살폈다. 그는 아까 전부터 한참 동안이나 고개를 숙인 채 끊임없이 무언가를 중얼거리고 있었다.

아이들, 심지어 당사자인 펠시마저 반쯤은 자신이 희생해야 한다고 생각하고 있었다. 그게 모두가 행복해질 수 있는 단 한 가지의 길이라고. 확실한 근거는 없었지만 그쪽이 더 좋을 거라고.

카루는 조용히 베리의 어깨에 손을 얹었다.

"베리야, 빨리 대답해."

매쉬와 아네스는 눈물을 줄줄 흘리며 얼굴을 숙인 채 흐느끼는 그를 동정했다.

"참 불쌍한 남자야. 우리가 도와줘야 해."

"펠시 자신도 그렇게 원하고 있을 거야."

감싸 잡은 어깨가 서서히 떨리기 시작할 때, 카루는 무엇인가 베리의 행동에서 이질감을 느꼈다.

"왜 그래?"

순간 카루의 시선이 베리의 몸을 훑다가 바닥으로 고정되었다.

몸을 타고 흐르는 붉은 피가 발 아래 검은 카펫을 흠뻑 적시고 있었다. 정신을 잃어도 이상하지 않을 만큼 피를 쏟아내고 있던 베리가 하얗게 질린 얼굴로 천천히 고개를 들었다.

흐느끼고 있는 것은 울어서가 아니었다. 참을 수 없는 웃음을 주체하지 못한 그 사내는 배가 아플 정도로 쿡쿡 웃음을 터뜨리고 있었던 것이다.

바닥에 쏟은 것은 포도주가 아니라 붉은 피였다. 슬픔을 감내하며 일행에게 동정을 호소하던 눈은, 사실 포식자를 바라보는 육식 동물의 그것과 다르지 않았다.

"넌 적이다."

정신을 빼앗기지 않기 위해 스스로 낸 상처에서 너무 많은 피가 흘러내리자 베리는 시야가 흔들리고 머리가 무거워지기 시작했다. 하지만 지독한 아픔에도 개의치 않고 베리는 그를 향해 확실히 말을 이어갔다.

"저주가 아니라 기쁨을 주는 사명에 불과할 테니까 말이야."

"자네, 지금 무슨 소리를 하고 있는 건가?"

짐짓 모르겠다는 듯 대꾸하는 그를 향해 베리가 쿡쿡 하고 비웃음을 터뜨렸다. 아까부터 중얼거리고 있던 것은 주문을 캐스팅하기 위해서라는 것을 이 방에 있는 그 누구도 알지 못했다.

그 순간, 빛의 구체가 떠올라 어두운 방 안의 모습을 환하게 비추기 시작했다. 순간 사내의 눈에는 마음에 들지 않는다는 듯 진한 살기가 흘러넘쳤다.

아무것도 없는 듯했던 공간엔 산처럼 가득히 시체가 쌓여 있었다. 피가 빨려 살가죽과 뼈다귀밖에 남지 않은 시체들. 얼마나 시간이 흘렀는지 애매할 정도로 으래된 것부터 비교적 멀쩡한 새로운 것까지 셀 수 없을 만큼의 시체가 거대한 방 전체를 가득히 메우고 있었다.

참을 수 없다는 듯 그는 웃음을 터뜨렸다. 자신의 마력을 벗어난 인간은 베리가 처음이었으니까 왠지 모르게 유쾌한 감정이 든 것이다.

"죽이기에는 아까운 인간이군. 하지만 어쩔 수 없지."

바닥을 흠뻑 적시는 붉은 피를 탐욕에 가득한 눈으로 한 번 훑어보다가 그는 씨익 하고 미소 지으며 아이들을 향해 천천히 걸음을 옮기기 시작했다.

"방금 전의 멍청한 것들처럼 편안하게 고통없이 죽는 쪽이 좋았을 텐데."

바닥에 뒹구는 싱싱한 시체가 다름 아닌 알고 지냈던 학생 중 하나였다는 걸 깨닫고 참지 못해 아네스는 바닥에 토악질을 했다.

"이런이런. 남의 방에 와서 함부로 그런 불결한 짓을 하면 안 되지."

눈에 보이지도 않을 정도로 몸을 움직여서 접근하던 그는 아네스의 머리를 통째로 잡아 들고 하늘로 치켜올렸다.

"그러니까 벌을 받아야겠지?"

뿌드득뿌드득.

뼈가 부서지고 피가 줄줄 쏟아지는 소리가 아이들의 귀로 울려 퍼졌다. 상대할 가치도 없다는 듯이 그는 순식간에 시체가 된 아네스를 시체 더미를 향해 집어 던졌다.

"개새끼!"

정신이 든 아이들은 무기를 들고 사내를 향해 달려나갔다.

날카로운 금속이 자신의 몸을 취하기 위해서 빠른 속도로 접근해 왔지만 그는 오히려 비웃음 가득한 얼굴로 피하지 않고 그것을 맞아갔다.

푸욱— 하고 검이 그의 몸에 박혔다. 피가 솟아 나오고 비명이 울려 퍼지길 기대했지만 아이들의 눈앞에 존재하고 있는 것은 공포스러운 자였다.

자신의 배를 후빈 한 아이의 목을 방금 전과 마찬가지로 간단히 분리한 사내는 질린 눈으로 자신을 바라보는 아이들을 한 번 스윽 훑어보곤 입을 벌려 통째로 흘러내리는 피를 마시기 시작했다.

꿀꺽꿀꺽, 목젖을 타고 피가 뱃속으로 흘러 들어가는 소리가 울려 퍼졌다. 무기가 통하지 않는, 결코 이길 수 없는 상대를 눈앞에 뒀을 때 느낄 수 있는 감정은 오직 공포뿐이었다.

쨍그랑, 검이 떨어졌다. 털썩 하고 그 자리 그대로 무릎을 꿇는 아이들도 있었다. 달아나고 싶었지만 굳은 것처럼 몸은 움직이지 않았다.

만찬을 눈앞에 둔 사람마냥 그는 입술에 묻은 피를 혀로 한 번 스윽 핥고는 탐욕에 젖은 표정으로 뚜벅뚜벅 걸음을 옮겼다.

미라처럼 쭈글쭈글해진 시체를 던지는 것과 새로운 먹이를 움켜잡은 것은 거의 동시였다. 아주 손쉽게 그것의 목숨을 빼앗고는 쯧쯧 혀를 차며 그는 말했다.

"이런이런, 아무래도 오늘은 보통 날이 아닌가 보군."

마음에 들지 않는다는 듯 빈정거렸지만 대조적으로 표정은 희열에 가득 차 있었다.

"세 번째 파티 손님이 오신 듯하네."

그의 말이 끝나기가 두섭게 화려한 문이 열렸다.

베리는 정신을 잃지 않기 위해 입술을 꽉 깨물고 조용히 그것을 관망했다.

흐릿한 시야 너머로 익숙한 두 얼굴이 보였다. 믿음직한 친구와 보고만 있어도 웃음이 피어오르는 녀석.

"마, 맙소사!"

문에서 나온 스테빈은 믿을 수 없을 정도로 끔찍한 주위의 풍경에 그렇게 소리 지를 수밖에 없었다.

비명을 내지르는 것은 아껴두기로 하고 자룬은 조용히 검집에서 검을 뽑았다.

"인사는 나중에 하기로 하지."

벽에 기대어 서서 피를 줄줄 쏟아내며 고통을 참아내는 베리를 향해 자룬 왕자는 무덤덤한 투로 그렇게 말했다.

제일 의지되는 사람 중 하나인 그를 만났으니 카루도 조금 싸워볼 마음이 들었다. 정신적으로나 육체적으로나 이제 한계라고 할 만큼 고통스러웠지만, 포기하는 것은 아직 너무 일렀다.

"아주 좋아. 먹이는 싱싱하게 날뛰는 쪽이 더 맛있는 법이거든."

뿜어져 나오는 피를 말끔히 마셔 없애고는 그는 정말 기쁜 투로 둑쿡 웃음을 터뜨렸다.

자룬 왕자는 뛰쳐나가며 검을 휘두르고 카루는 주가를 불렀다. 뒤따라온 아이들과 아직 비교적 정신이 멀쩡한 아이들도 지지 않고 무기를 고쳐 잡아 왕자의 뒤를 따랐다.

채를 쓰는 것마냥 무수히 정교한 칼침에 맞았지만 흡혈귀의 표정에는 태연함이 가득할 뿐이었다.

지금이라도 손쉽게 목숨을 취할 수 있겠지만 아무래도 그것은 그의 미학에 어긋나는 행위였다. 공포에 젖은 얼굴로 무기력하게 죽어 나가는 것. 그것이 벌레만도 못한 인간들이 그에게 줄 수 있는 유일한 기쁨이자 존재 이유였다.

얼마나 검을 휘두르고 시간이 흘렀는지조차 모른다. 자위와도 같은 공격만이 계속될 뿐, 흡혈귀가 상처를 입고 물러서는 일은 절대 있을 수 없을 듯했다.

사내는 탈진해서 쓰러지는 몇몇 아이의 피를 빨고는 귀찮다는 듯 자신의 몸을 후비는 아이들을 향해 손을 내리그었다.

바람을 가르는 예리한 파공성과 함께 아이들은 그대로 날아가 벽에 처박혔다. 이제 자신을 방해하는 것이 모두 사라지자 그는 접시 위의 음식을 집어 먹는 것처럼 여유로운 표정으로 아이들의 목숨을 취해갔다.

길가에 기어다니는 개미만도 못한 목숨. 겨우겨우 몸을 일으켜서 카루와 왕자가 다시 한 번 흡혈귀를 향해 검을 날렸지만, 그는 비릿한 웃음을 흩날리며 손을 내리그을 뿐이었다.

그 손짓 한 번에 반대쪽 벽에 처박힌 둘은 그대로 바닥으로 쓰러져 더 이상 몸을 일으키지 못했다.

흡혈귀는 느릿느릿 몸을 움직여서 펠시의 목을 부여잡았다.

"넌 특별히 내 피를 넣어주지. 그러면 영원히 내 꼭두각시로 살게 될 것이다."

정신을 빼앗기지 않기 위해 허벅지에 상처를 낸 것이 화근이었다. 동맥이라도 잘린 모양인지 감싸 쥐어도 꾸역꾸역 피가 새어 나왔다. 베리는 땅에 떨어진 검을 잡기 위해 기를 써서 아픔을 참고 몸을 움직였다.

"아직도 포기하지 않았나? 똑똑한 줄 알았는데 알고 보니 제일 멍청한 친구였군."

흡혈귀가 바람을 일으켜서 검을 저만치까지 튕겨 버렸다.

'무기가 없어!'

아니, 있더라도 흠집 하나 내지 못할 것이 분명했다. 이제 죽음을 기다릴 뿐이었다.

"아파."

뱃속이 미친 듯이 간지럽고 상처에서는 끊임없이 피가 흘러나온다. 시야는 흐릿해질 대로 흐릿해져서 이제는 제대로 앞을 바라볼 수도 없었다.

패배한 개에게 비웃음을 날리는 것마냥 즐거운 듯 흡혈귀는 웃음을 터뜨렸다. 그리고 조용히 기절한 펠시의 목을 향해 입을 벌렸다. 날카로운 송곳니가 붉은 피에 반사되어 사방으로 희미하게 반짝였다.

아파.

아파. 아파.

아파. 아파. 아파.

이 아픔은 환상이 아니야. 온몸의 신경이 불타는 듯 허벅지 쪽을 중심으로 쿡쿡 쑤셔오고 숨도 제대로 쉬지 못할 만큼 감각을 넘어서서 마음까지 새하얗게 지워 버린다.

진한 피 냄새, 그리고 다가오는 죽음을 고통스러워하는 불쌍한 아이들의 울부짖음. 거친 숨소리와 얽혀서 그 모든 것들이 벌레가 되어 조금씩 조금씩 생명을 갉아먹는다. 몸속에 수천, 수억 마리의 개미새끼가 날뛰는 것 같은, 정말 다시는 맛보고 싶지 않은 지독한 아픔이 패배감과 뒤엉켜서 의식을 흐릿하게 한다.

'이대로 죽는 것인가.'

절대 여기에서 죽을 수 없어! 한 번이라도 저 녀석의 엉망진창 구겨진 얼굴을 보고 싶어. 내 진짜 목숨을 바쳐도 좋아.

"무기가…… 없어."

그녀를 이대로 죽게 내버려 둘 수 없어. 환상이라 해도 저런 녀석의 꼭두각시가 된 그녀를 보고 싶지 않아. 미안하다는 사과 한마디 하지 못했는데.

"무기는……."

이게 설령 환상이라고 해도, 진짜 죽임을 당한다고 해도…….

"있어."

그래, 무기는 있어! 잊고 있었을 뿐이야. 방치하고 있었을 뿐이야.

"……."

확률이 1퍼센트라도 있다면, 헛수고로 개죽음을 당한다고 해도 이대로 패배감에 사로잡혀서 아무것도 하지 못하는 것보단 나아.

"크아아아!"

최후에 최후까지 힘을 짜내어서 몸을 날렸다. 가능한 몰래 접근해서 공격하는 쪽이 현명하겠지만 아무래도 고통을 참아내기 힘들었다. 바닥에 분수처럼 피가 흩뿌려졌다.

그가 불쾌한 표정으로 베리의 눈을 바라보았다.

끈질긴 것도 정도가 있어야지. 정말이지 진절머리가 나는 인간들이었다. 제일 기분 좋은 식사를 하려던 참에 이런 훼방을 놓는 것은 정말이지 기분 나빴다.

다시 한 번 바람을 날리려 손을 올렸다. 아무래도 확실히 목숨을 없애는 쪽이 나을 듯해 엉금엉금 기어오는 베리를 잠시 내버려 두었다.

팔이 뻗으면 닿을 정도로 둘의 거리는 가까워졌다. 베리는 참지 못하고 고인 피를 울컥 토했다. 쯧쯧 하고 혀를 차며 흡혈귀는 말했다.

"그냥 얌전히 있었으면 너의 목숨은 살려줬을지도 모르는데."

"……."

"하지만 난 바퀴벌레같이 끈질긴 녀석은 정말 싫거든? 아무리 배가 부르다 해도 그런 녀석은 확실히 죽여 버리는 게 나아."

"……."

"뭐, 여하튼 여기까지 오느라 수고했다. 살아서는 더 이상 볼 수 없겠지만 지옥이 있다면 나중에 또 보도록 하자구."

흡혈귀는 베리의 목을 움켜잡기 위해서 팔을 내뻗었다. 그러나 휘청거린 것인지 의도해서 피한 것인지 그의 시도는 수포로 돌아갔다.

"지옥에 가는 건, 네놈 혼자뿐이다앗―!"

퍽, 하고 흡협귀의 가슴에 녹슨 단검이 박혀들었다. 비웃음 가득한 흡혈귀의 표정이 경악으로 바뀌는 데는 긴 시간이 필요하지 않았다.

녹슨 단검은 사방으로 눈부신 빛을 내뿜었다. 태양보다도 강하고 태양보다도 밝게, 모든 것을 새하얗게 지우려는 듯, 그렇게 한참 동안이나 소리없이 자신이 가진 모든 빛을 밖으로 내뿜었다.

"이, 이런, 말도 안 되는……!"

빛에 휘말려 흡혈귀의 검은 육신도 서서히 불태워져 가기 시작했다.

"이 내가…… 저런 인간에게 당하다니……!"

단검은 부정한 검은 것을 말끔히 불태우고도 한참 동안이나 빛을 뿜어냈다. 그 빛은 너무 강해서 바닥에 얼룩진 피마저, 미라처럼 굳은 시체마저 태우고 서서히 스러져 갔다.

이제는 상처에서 피가 흘러나오지 않았다. 쿨럭거리며 기침을 토해내던 베리가 바닥으로 무너져 내렸다. 어두운 방에는 빛 한 줌 들어오지 않았지만 왠지 모르게 모든 것이 눈부시다는 착각이 들었다.

"부정한 것을 태초의 것으로 불태우게 만드는 귀중한 물건이네. 부디 목숨보다 소중히 여기도록 하게."

퍼즐처럼 엉켜 있던 촌장의 말을 떠올리며 베리는 그대로 눈을 감았다. 이제는 정말 쉬고 싶은 생각뿐이었다.

"마지막의 것은 다른 선생들에게 보이지 않았네. 미로를 벗어나는 지점부터."

트로겐의 말에 레가스는 살짝 고개를 끄덕였다. 미궁의 지배자, 흡혈귀 중에서도 상류층에 속하는 존재인 그것을 정말이지, 기적적으로 물리친 것이다.

"의도한 것이었나?"

레가스의 말에 트로겐은 설레설레 고개를 저었다.

"환상에서 벗어날 수 있는 힘은 오직 믿음과 의지뿐이라네. 그 아이는 어쩌면 그것을 알고 있었던 것일지도 몰라."

수정구 너머 바닥에서 조용히 잠든 것처럼 쓰러져 있는 베리의 모습을 바라보며 레가스는 살짝 고개를 끄덕였다.

"과거 일학년생 중에서 저기까지 한 녀석이 있었나?"

"아니, 아마 저 녀석이 최초일 거야."

"벌써부터 저런 잔인한 상황을 연출하면 학생들이 반감을 가질 것 같은데?"

"뭐, 전부 다 흡혈귀에 홀려서 감각도 못 느끼고 그대로 죽었는걸. 아니, 완벽히 미궁을 벗어난 반이 한 해에 손꼽힐 정도니까."

"올해가 적은 편이 아니었나 보군."

"올해는 풍작일세. 아티펙트 덕분이라고는 해도 말이야."

'팔칵스의 눈물'을 가진 그룹이 미궁에서 습격 한 번 당하지 않고 끝까지 도달한 건 정말 의외의 사건이었다.

"어찌 됐든 내기에서 이긴 걸 축하하네."

"흐음."

친구의 호의에 선뜻 답하지 않고 레가스는 헛기침을 터뜨렸다. 조금은 어색하게 당연한 것처럼 받아들이려 노력하는 모습이 정말 그답다면 그다운 반응이었다.

"첫 번째 코볼트의 습격에서 전멸한 반도 적지 않았는걸. 두 번째 과제를 완수한 반은 손에 꼽힐 정도고. 자네도 웬만하면 이번에는 아이들한테 칭찬 좀 해주라고."

“흥, 그래도 마지막을 깨진 못했으니까.”

“그건 카이리온 기사단도 힘겨워했던 환상 아닌가? 무사히 기사의 제단까지 도착한 것은 역대 통틀어서 자네 한 사람뿐이었고.”

레가스는 흥 하고 코웃음 치더니 수정구에서 슬쩍 고개를 돌렸다. 무뚝뚝한 친구를 미소 띤 얼굴로 잠시 바라보던 트로겐은 의자에서 몸을 일으키고 성적을 공개하기 위해 밖으로 걸어나갔다.

밝은 햇살이 어두운 탑 사이로 조금 스며들어 있었다. 맑은 날씨는 얼마 동안 계속 이어질 듯했다.

환상에서 깨어난 아이들은 충격 때문인지 얼마 동안 아무런 말도 할 수 없었다. 잠시 후 처음 환상을 경험한 대부분의 아이들은 감정의 희비를 극렬하게 드러내며 쇼크를 참지 못하고 저마다 개성적인 반응을 연출했다. 바닥에 토악질을 하거나 흐느끼며 울부짖는 아이들도 있었고, 심한 경우에는 발작 증세를 보이는 경우도 있었다.

미리미리 준비해 둔 것인지 진행 요원들과 선생, 그리고 양호실 관계자에서부터 신전에서 나온 성직자까지, 그야말로 다양한 인력들이 뛰어나와 아이들의 상태를 살폈다.

“휴.”

씁쓸한 미소를 지으며 베리는 아이들을 불러 모았다. 대충 줄을 짓고 검은 탑을 벗어난 후 주위 교사에게 이제 집에 돌아가도 되냐고 질문했다.

마지막으로 담당 교사에게 주의 사항을 듣고 종례를 받는 것이 원칙이지만, 베리 반의 사정을 익히 들어 알고 있는 그는 고개를 끄덕여

췄다.

사정을 알지 못하는 아이들은 환상을 벗어나고도 별 부작용 없이 무덤덤하게 걸음을 옮기는 '특별반' 아이들을 정말 괴물이라도 보는 것처럼 한참이나 질린 눈을 하고 쳐다볼 수밖에 없었다.

"자! 그럼 돌아가자고."

한결 가벼워진 표정을 한 아이들은 하나둘 학교를 벗어나 집으로 향하기 시작했다. 마지막까지 남아 있던 베리는 그제야 출석부를 정리하기 위해 교실 쪽을 향해 걸음을 옮겼다.

"스테핑? 너, 집에 안 가?"

스테빈은 뒤통수를 긁적이며 베리의 질문에 침묵으로 답했다. 뭐, 어지간히 할 일이 없는 것 같네. 가볍게 생각하고는 베리는 자신의 뒤를 좇는 그를 별다른 감정 없이 받아들였다.

드르륵.

베리와 스테빈이 교실 안으로 들어서자 예상치 못한 한 사람이 교실 구석에서 무감정한 얼굴로 둘을 향해 시선을 보내왔다.

"선생님?"

농땡이 부리고 여기에 숨어 있었나? 조금 심사가 뒤틀렸지만 베리는 겉으로 그것을 드러내지 않고 교탁 위에서 출석부를 집어 들었다.

"……"

막 필기 도구를 꺼내고 글을 기입하려 할 때 그것이 공백없이 말끔히 채워진 것을 깨닫고 베리는 잠시 멍청한 눈으로 선생의 표정을 살필 수밖에 없었다.

"설마 선생님이 작성하신 겁니까?"

선생은 천천히 팔을 뻗어 올려 기지개를 켜더니 베리의 옆으로 갔다.

그는 아무런 말도 하지 않고 베리의 머리를 툭툭 두들겼다.

막 선생이 문밖으로 완전히 모습을 감추려던 그 순간, 갑자기 스테빈이 의자에서 몸을 일으키고 소리 질렀다.

"선생님!"

막상 놀란 것은 선생이 아니라 베리였다. 아닌 밤중에 홍두깨도 아니고 조용히 있던 녀석이 갑작스레 꽥 하고 소리를 질러대니 찔끔 놀라 펜을 바닥에 떨어뜨릴 수밖에 없었다.

레가스는 잠시 걸음을 멈추고 스테빈을 바라봤다.

꿀꺽 하고 침을 한 번 삼키더니 상기된 얼굴로 스테빈은 입을 열었다.

"저… 이제부터는 결코 도망가지 않을 겁니다!"

"……."

"작고 약하지만 노력할 거예요. 믿지 않으셔도 좋습니다."

대답도 하지 않고 선생은 뚜벅뚜벅 복도로 걸어나갔다.

베리는 조금 당황한 눈으로 선생이 사라진 문 쪽을 한 번, 스테빈의 얼굴을 한 번 훑어보며 들리지 않을 정도로 작게 한숨 쉬었다.

정말이지 이상한 날이다. 싱거운 웃음을 한 번 지어 보이더니 베리는 스테빈의 머리를 툭툭 두들기고 선생이 사라졌던 문으로 다가갔다. 스테빈은 고개를 숙인 채 끊임없이 '도망가지 않을 겁니다' 라고 중얼거리고 있었다.

"뭐, 이제부터 슬슬 놀아볼까."

시험도 끝났으니 곧 방학. 조금은 한가해질 것이라는 생각에 마음의 짐이 덜어지는 기분이었다. 복도 창문에서 서서히 저물어가기 시작하는 해를 한 번 쳐다본 베리는 '가족'이 있는 식당을 향해 걸음을 옮기기 시작했다.

*　　　*　　　*

"아, 알겠네. 그걸 목에 매고 운동장을 열 바퀴 돌면 되는 거 아닌가?! 그, 그러니까 그 검 좀 내 목에서 치워주게나. 아, 아니. 치워주십시오!"

울음으로 엉망이 된 얼굴을 하고 바지까지 적신 한 선생이 '나는 바보입니다'란 팻말을 매달고 운동장을 일곱 바퀴 정도 돌다가 탈진해서 쓰러졌다는 사실은 은밀하고 조심스럽게 학생들 사이에서 퍼져 나갔다.

레이젠 선생이 십 년은 늙은 얼굴로 짐을 싸고 얼마 못 가 학교를 몰래 그만두었다는 소리를 들었을 때, 그는 아주 조금 인상을 찌푸리며,

"뭐, 조금 심했나?"

라고 중얼거리는 것을 끝으로 반성을 마쳤다고 한다.

그 회색의 악마가 앞으로 주욱 자신들을 지도하게 되었다는 걸 듣고 아이들의 표정이 쇼크로 인해 한동안 절망으로 가득 찬 건 설명할 필요조차 없다. 방학이 시작되어 짧은 이별을 고할 수 있다는 사실이 조금은 위안거리이었지만

어쨌든 검은 머리의 소년은 한결 홀가분해진 기분으로 오래간만에 휴식을 취하고 있었다. 의무도, 강요도 없이 얼마든지 게으름을 부려

도 뭐라 소리 지를 사람이 없는 곳에서.

다가올 이별을 깨닫지 못하고, 일생에서 제일 한가로운 시간을 만끽하고 있었다.

◆ Chapter 2 ◆
작은 흔적

"오빠앗! 그렇게 강아지처럼 침대에서 뒹굴지 말고 어서 일해!"

"너란 녀석은……. 왜 이 좋은 아침부터 빽빽 소리를 질러대는 거냐."

"아침이라니! 해가 중천에 뜬 지가 언제인데!"

"뭐, 난 방금 일어났으니까 말이야."

"으이구! 빨리 세수하고 밥 먹고 열나게 일하지 못해!"

"이 시간에는 손님도 별로 없는데, 일하고 자시고 할 게 뭐가 있다는 거야."

평소의 베리라고는 생각하지 못할 정도로 무책임한 말의 연속이었다. 셀브렛은 이마에 힘줄을 뾰족뾰족 두어 개 달고서 성큼성큼 침대 쪽으로 갔다.

이불을 강제로 빼앗다시피 해 안아 들고 창문을 열었다. 커튼이 좌우로 활짝 열리고 밝은 햇살이 방 안을 환하게 비추자 베리는 한껏 눈살을 찌푸리며 셀브렛에게 말했다.

"너, 그렇게 쌀쌀맞게 굴다가는 시집도 못 간다."

"난 결혼 안 하고 주욱 여기서 살 거니까 상관없어."

"헤에? 그런 뻔한 거짓말을 표정 하나 바꾸지 않고 하다니? 생각보다 고단수이신걸."

"오빠의 능청맞음은 날이 갈수록 발전하는 것 같네. 변태 중년을 향해 열심히 노력하라고."

"뭐어~ 어른에게는 어른 나름대로의 사정이 있는 법이란다."

"멋대로 합리화하지 말라구. 정말 말 돌리는 것도 선수라니까."

으윽, 한 방 먹었군. 살짝 인상을 찌푸리며 베리는 어느새 자신을 쫓아내고 침대 시트를 정리하는 셀브렛을 노려보았다.

시간이 흐를수록 녀석의 언어 능력은 비정상적으로 발달하고 있었다. 자신에게 그 책임의 일부가 있다는 것도 물론 알고 있었지만, 그래도 좋은 쪽을 흡수하지 못한 저 녀석의 책임이 더 크다, 라고 합리화할 수밖에 없었다. 뭐, 지금 후회해 봤자 너무나 뒤늦은 것일 테니.

지능이 있는 생물은 주위 환경에 맞춰서 자신을 변화시킨다는 것. 진화라는 이름의 경계 밖 이야기가 새삼 타인의 이야기가 아닌 것처럼 가슴에 와 닿았다, 그것이 설령 부정적인 성격의 것이더라도.

"옷 갈아입고 나갈 테니까 이제 방에서 나가주렴."

"그래 놓고 또 잠자려구? 어제처럼?"

"헤에, 그럼 지금 벗어주랴?"

"점심 시간에 두고 보자고. 언니들한테 다 일러줄 거야!"

시비를 걸면 열 배로 되돌려 준다. 그야말로 결정타를 맞은 듯한 느낌. 인상을 잔뜩 찌푸린 베리는 총총걸음으로 방 밖으로 사라지는 그녀의 등을 노려보았다.

분명히 아이린 씨, 시아, 기르디까지 있는 곳에서 방금 한 말을 왜곡, 편집해 떠벌리겠지. 정말이지 저 녀석은 주변의 부정적인 환경을 흡수하는 데는 지나칠 정도로 뛰어나다.

한숨 쉬며 막 셔츠를 벗고 바지춤에 손을 얹었을 때,

"프레레크 데이 때 선물 잊지 말라고."

하는 소리가 문밖에서 희미하게 들려왔다. 협박치고는 꽤나 가벼운 어조에 쓴웃음을 지으며 베리는 중얼거렸다.

"벌써 프레레크 데이인가."

여자가 선물을 주고 사랑을 고백하는 날이 있으면 그 정반대의 날이 있는 것도 당연했다. 돈 없고 무능력한 남자만큼 비참한 게 없다는 걸 기념하기 위해 만든 날. 뭐, 지금의 베리로서는 어찌 됐든 좋은 날이었지만 말이다.

확실히 방학 중에는 휴일이란 의미가 없다. 금전적인 타격을 입히는 그런 부류의 것이라면 으히려 아예 없는 쪽이 낫다고 생각하는 베리였으니까, 고백이고 자시그 할 것도 없이 집에서 햇빛을 쬐며 책이나 읽을 것이 분명했다.

"줄 사람이 없는 건 아니지만……."

그건 절대 나답지 않은 행동이다. 이기주의로 똘똘 뭉쳐서 타인의 일은 좁쌀만큼도 생각하-지 않고 조용히 살아 나가는 것, 그것이 베리라는 인간의 성격에 걸맞은 것이겠지. 지금은 비록 필연적으로 남과 관계되어서 생활하고 있지만.

"답례는 해두는 쪽이 좋을까?"

분노한 여자 아이만큼 무서운 존재도 세상에 없다. 하루에도 몇 번씩 얼굴을 맞대고 살아야 하는, 아니, 어쩌면 평생을 같이 살아야 할지도 모르는 여자라면 더 더욱 주의에 주의를 기해 행동하는 쪽이 정신 건강에 이로울 것이다.

"뭐, 아무래도 좋겠지."

그렇게 중얼거리며 더 이상 생각하는 것을 멈추고 털레털레 식당 쪽으로 향했다.

세수 하고 밥 먹고 셀브렛 말대로 일이라도 열심히 하는 척하지 않으면, 쥐도 새도 모르게 뒤통수에 기르디의 검이 꽂힐지도 모르는 일이었다.

잠이 완전히 깨지 않은 모양인지 연신 하품을 하며 차가운 물을 대야에 부었다. 학교 도서관에서 흥미로운 책을 발견한 것을 시작으로 새벽까지 스트레이트로 그것을 읽다가 자기도 모르게 잠든 결과였다. 부스스한 얼굴로 고양이마냥 찬물을 두려워하는 것도 무리는 아닌 일. 정신이 나태해지면 육체마저 움츠러드는 게 인간이란 생물의 습성이었으니까.

탐스러운 머리를 핀으로 고정시키고 보기만 해도 차가운 느낌이 드는 물을 한가득 손 안에 머금는다.

조만간 아이린 누나에게 머리를 잘라달라고 부탁하는 것이 좋을 듯하군, 하고 중얼거리며 베리는 꼼꼼히 세수를 하기 시작했다.

“으윽, 오빠. 머리에 핀을 꽂으니까 정말 여자 아이 같잖아. 그리고 기분 나쁘게 왜 나보다 더 귀여운 거얏!”

“무슨 소리를 하는 거야, 이 바보 녀석아! 남이 신경 쓰고 있는 걸 그렇게 함부로 말하지 말라고! 기분 나쁜 건 이쪽이니까.”

기분 좋은 점심 시간. 머리에 핀을 꽂아둔 것을 깜빡 잊고 식사를 하기 위해 모두가 앉아 있는 식당 안 가장 큰 테이블로 가다가 셀브렛의 지적을 받은 베리는 후닥닥 핀을 빼서 주머니에 넣었다.

빈 의자에 앉은 뒤 조금은 상기된 얼굴로 먼저 식사를 하고 있는 아이린을 향해 베리가 말했다.

“누나, 밥 먹고 나 머리 좀 잘라줘.”

아이린 씨라고 부르는 것이 어색하다고 느낄 때 즈음 베리는 딱딱한 호칭을 버리고 ‘누나’ 라는 말을 썼다. 뭐, 그것도 최근에 바뀐 점이었지만.

“기르는 쪽이 더 예쁠 텐데. 네 머리는 흑단 같아서 어깨까지만 둥으면 정말 귀여울 거야.”

“그럼 여자로 착각하는 사람이 더 많아지겠지. 이번 기회에 아예 빡빡머리로 깎아버리는 쪽이 나을 것 같네.”

“그건 안 돼!”

셀브렛과 아이린, 그리고 얌전히 밥을 먹고 있던 시아까지 엄한 눈을 하고 고개를 절레절레 흔들자 베리는 한결 누그러진 투로 말했다.

“긴 머리는 싸우는 게 방해만 된다고. 붙잡히기도 쉬운 데다 걸리적거리기만 하고. 이래저래 짧은 쪽이 나아. 게다가 이건 내 머리카락이잖아."

"그렇게 따지면 이 음식은 내가 만든 건데?"

"재료비는 내가 준 거지."

최근 들어 열심히 요리 만드는 연습을 하고 있는 셀브렛이 그렇게 말하자 지지 않고 아이린이 맞장구쳤다. 이대로 계속 우겼다가는 밥도 못 얻어먹고 쫓겨날 것이 분명했으므로, 베리는 패배한 개마냥 꼬랑지를 말고 아무런 말도 할 수 없었다. 머리를 기르는 건 분명히 귀찮은 일이었지만, 밥을 먹지 못하는 쪽에 비하면 백배는 더 나았으니까.

"베리야, 요새 잠도 안 자고 방에서 뭐 하는 거야?"

"책 읽고 있어요."

확실히 마법이 편하기는 하다. 어두우면 라이트 마법을 쓰면 끝이었다. 게다가 세 번째 단계의 라이트 주문은 지속 시간이 반영구적이었으므로 수정구나 돌멩이 같은 것에다 걸어놓고 천장에 매달면 밤에 어두워서 못 움직이는 꼴은 죽어도 생기지 않았다.

게다가 환한 대낮에는 검은 천을 친친 동여매 침대 밑 같은 곳에 치워두면 오케이. 확실히 기를 써서 배운 보람이 있는 마법이었다.

"책은 낮에 읽으면 되지 않을까? 요새 너 시간도 많이 남잖니."

"밤에 더 집중이 잘 되거든. 아무래도 조용하니까."

"아참, 수정구 몇 개 사 왔으니까 거기에다가 빛 좀 걸어줘."

"으윽! 식당 조명을 몽땅 그걸로 쓸 생각?"

"응. 그리고 영업 시간을 조금 더 늘릴 예정이야."

보기 좋게 싱긋 웃으며 부탁하는데 무어라 투덜거릴 순 없었다. 무리를 해서라도 마법을 거는 수밖에.

식당 조명을 빛나는 수정구로 대체하자 가게 매상도 눈에 띄게 상승했다. 뱃속까지 장사꾼 기질에 물든 아이린이 더 욕심을 부리는 것도 어찌 보면 당연한 일이었다.

"도시 최초로 24시간 영업하는 식당을 운영하는 건 어떨까? 밤에는 기분 나쁜 술집만 있잖니."

"누나, 제발 참아줘. 새벽에 잠 안 자고 식당 가는 사람이 도대체 몇이나 될 거라고 생각하는 거야."

"언니, 웬만하면 적당히 하자."

셀브렛까지 덩달아 베리의 편을 들자 아이린도 말을 멈추고 조용히 식사를 하는 수밖에 없었다. 잠시 후 식사가 끝나자 맡은 일을 하기 위해 사람과 묘인족, 그리고 엘프 둘은 천천히 의자에서 몸을 일으켰다.

슬그머니 자신의 방으로 올라가려고 하다,

"할 일 없으면 창고나 정리해 줄래? 낮에 수정구를 놓아둘 공간을 확보해야 하거든."

"알았어."

강제로 명령하는 것보다 백배는 더 무서운 친절한 어조. 베리도 오랜 경험으로 아이린이 저런 말을 할 때가 제일 무섭다라는 걸 알고 있기에 어색한 미소를 지으며 그렇게 순순히 승낙하는 것이다.

"뭘 버리고 어디다 치워야 하는데?"

"으음. 아무래도 나도 같이 가는 게 좋겠다. 거긴 꽤 '귀찮은 물건'들이 많거든. 함부로 건드리면 목숨이 위험한 것도 있고……."

잠시 생각하다가 그렇게 말하더니 멍하니 있는 베리의 팔짱을 낚아챈 아이린은 창고 쪽으로 걸어가기 시작했다.

"모, 목숨이 위험한 것?"

"델리만님이 만드신 것도 몇 개 있고 예전에 여행하다가 구한 것도 있고 뭐, 말 그대로 여러 가지 물건들이 있어."

"……그거 굉장히 비싸고 귀한 물건들 아니야?"

"뭐, 그렇겠네. 제대로 된 거 하나만 팔아도 평생 먹고살 수 있을지도."

근데 왜 그렇게 돈에 집착하는 거야? 정말 미스터리 오브 미스터리. 아이린 누나만큼 이상한 여자도 몇 없다니까. 생명은 하나고 무엇과도 바꾸지 못할 정도로 귀중했기에 입 밖으로 말하진 못했지만 베리는 속으로 그렇게 꿍얼거렸다.

작은 문을 열자 기다렸다는 듯 먼지가 사방으로 풀풀 날렸다. 앞치마로 무장하고 걸리적거리는 머리카락 때문에 핀도 꽂았다. 헤어스타일도 그렇고, 의상도 그렇고 멀리서만 보면 영락없이 귀여운 여자 아이였다.

옷차림이 마음에 들지 않긴 했지만, 어찌 됐든 먼지로 샤워할 수는 없는 노릇. 잡동사니로 가득 차 있는 창고 안을 조심스레 움직이다가 베리는 살짝 아이린 쪽으로 시선을 건넸다.

얼굴을 잔뜩 찌푸리며 한동안 아무런 말도 하지 않다가 먼지가 조금 수그러들자 아이린이 입을 열었다.

"급한 대로 일단 먼지부터 털어야겠다. 앞으로 자주 왔다 갔다 해야 할 장소니까."

"설마 이걸 다 청소하자는 건 아니겠지?"

"이걸 우리 둘이? 하루 몽땅 해도 힘들어. 일단 먼지부터 턴 다음 물건이나 정리해 두자고. 청소는 나중에 사람들 몽땅 모여 있을 때 할 생각이니까."

"으으, 먼지가 너무 많아서 숨도 쉬기 힘들어."

기침을 연발하며 베리가 그렇게 투덜거리자 어쩔 수 없다는 투로 아이린이 대꾸했다.

"뭐, 굉장히 오랫동안 방치해 두었으니까 먼지가 이렇게 쌓일 만하지. 그럼 일단 나와봐."

베리가 창고 밖으로 완전히 몸을 빼자 아이린은 아주 간단히 정령을 소환해 그것을 창고 안쪽으로 움직였다.

"바람의 정령? 헤에, 정령을 이렇게도 쓸 수 있구나."

정령이 창고 안에서 밖으로 휘리릭 빠지는 듯 움직이자 먼지도 덩달아서 그 뒤를 좇았다.

한참을 그렇게 반복하자 창고 안의 먼지도 눈에 띄게 사그라졌다. 아까보다는 한결 나아진 듯해 베리는 조금은 밝은 얼굴로 창고 정리에 임했다.

무거운 먼지를 제거하기 위해 걸레를 들고 수분을 보급하기 위해 양동이에 가득 물을 담았다. 물의 정령까지 소환해서 본격적으로 먼지 제거 착수. 그야말로 종족을 초월하고 상식까지 초월한 대단한 창고 정리가 시작된 것이다.

"쿨럭쿨럭. 으으, 아버지의 고통을 이제야 알겠군."

"응? 아버지의 고통이라니?"

"아버지 직업이 광부잖아."

"광부? 그가?"

"몰랐어?"

"아아, 그랬던가."

"왠지 기분 나쁘네. 비웃는 표정이야."

"으음…… 베리야, 그러니까 그가 너한테 자기를 광부라고 했어?"

"응. 일하느라 바빠서 집에 자주 못 온다고 하던걸."

"이상하다는 생각은 안 한 거야? 일반적인 광부처럼 생기지는 않았잖아. 분위기도 그렇고."

"워낙 말이 없으시니까. 그리고 허튼 말 하는 성격은 더 더욱 아니니까. 뭐, 나도 그렇게 추궁하는 성격도 아니니 그냥 그런가 보다 했지. 이상한 점은 굉장히 많았지만."

"흐응, 그랬구나. 이건 우리 둘만의 비밀인데, 사실 너의 아버지는 광부가 아니야."

"뭐, 그럴 거라고 생각했어. 거짓말로 받아들이기 싫었을 뿐이야."

"재미없는 반응이네. 왜 그가 너한테 그런 거짓말을 했는지는 자세히 모르겠지만, 여하튼 분명한 건 그게 전부 다 널 위해서라는 거야. 자신의 일에 개입시키기 싫은 것이겠지."

"위험한 일? 불법적인?"

"미안하지만 그건 말해 줄 수 없어. 하지만 지금 하고 있는 일은… 굉장히 중요하고 위험한 일이야, 불법적이긴 하지만. 세상에서 그 하나밖에 하지 못하는, 누군가 한 명은 꼭 나서서 해야 할 일이지."

"굉장히 복잡한 일인가 봐?"

"응. 나도 자세히는 모르지만 그런 것 같아. 아무튼 그 일을 마무리 지으면 아버지가 널 데리러 오실 가능성이 커."

"어디로?"

"진짜 집으로일 테지."

베리가 잠시 아무런 말도 하지 않고 묵묵히 일하다가 아까와는 다른 심각한 표정으로 말했다.

"난 싫어."

"뭐가?"

"이대로 모두와 헤어지는 거. 셀브렛이랑 아이린 누나랑 시아까지 계속 이렇게 주욱 사는 쪽이 더 행복할 것 같아. 피가 얽힌 것도 아니지고, 종족도 다르고, 생김새도 다르지만 모두 따로따로 흩어져 사는 건 매우 어색한 일일 거야."

"와아, 그거참 기쁜 말이네."

"그러니까 아버지가 날 데리러 와도 난 절대 가지 않을 거야."

"그럼 모두가 함께라면?"

"으음. 뭐, 그건 상황을 봐서 결정해야 할 일이겠지. 학교 문제도 있고."

먼지가 말끔히 제거되자 아이린은 앞치마를 훌훌 벗어 집어 던지곤 베리 쪽으로 걸어왔다.

멍하니 그녀가 다가오는 걸 지켜보던 베리는 뜻밖에 그녀가 팔을 뻗어 자신을 꼭 껴안자 붕어처럼 뻐끔뻐끔 입만 뻥끗거리다가 태엽이 풀린 장난감 인형마냥 몸을 추욱 늘어뜨렸다. 주체하지 못하고 그대로 오버히트. 그래도 바보처럼 얼굴이 붉어지는 건 막을 수 없었다.

한참을 그렇게 꼭 껴안은 아이린이 품에서 베리를 떼어냈다.

“인간은 너무 금방 죽어.”

“…….”

“있잖아. 나 이렇게 웃고 있는 것처럼 보여도 속으로는 그렇지 않거든. 친한 사람처럼 행동하는 데 능숙해서 습관적으로 미소 짓는 것뿐이니까.”

“…….”

“난 인간이 싫어. 어쩌면 기르디 오빠보다 더 심한 종족 차별 주의자인지도 몰라. 오빠는 단지 나약함을 혐오하는 것뿐이니까.”

“…….”

“마음을 주면 안 돼. 한번 주기 시작하면 멈출 수 없어. 정이 쌓이면 이별할 때 데미지도 무척 크거든. 인간은 굉장히 금방 죽으니까 말이야.”

“응.”

“처음 사랑한 사람… 그리고 얼마나 많은 사람의 죽음을 목격했는지, 그 아픔의 깊이가 어느 정도인지 나 자신도 이젠 희미해. 그래서 별거 아닌 것처럼, 아무것도 아닌 것처럼 회상하는 자신이 죽이고 싶을 정도로 저주스러워. 엘프에게 주어진 시간은 상대적으로 인간에 비해 너무 길거든. 시간의 깊이가 커질수록, 그리고 상처의 횟수가 많을수록 그 회복도 덩달아서 빨라지는 법이니까 말이야.”

“아아.”

“그래서 마음을 닫는 쪽이 좋은 거야, 상처 입지 않기 위해서. 병들고 늙어서 죽음을 눈앞에 둔 사랑하는 인간이 자신을 바라보는 건 그래도 조금 나은 편이지만.”

"……."

"이쪽에 관련된 인간은, 그러니까 필연적으로 나와 연을 맺게 된 인간은 아주 고통스럽고 강렬하게 살다가 죽는 경우가 대부분이야. 힘도 세지 않고 똑똑하지도 않은 인간이 엘프에 비해서 단 한 가지 우월한 게 있다면 그건 죽음의 깊이가 다르다는 거야. 저주이자 축복이지. 짧지만 강렬하게 자신을 표출하고 드러내길 원하니까."

정적이 가득 창그 안을 뒤덮었다. 물의 정령이 양동이에서 퐁당퐁당 뛰어다니는 소리만 귓가에 맴돌 뿐, 시간도 감정도 모든 것이 둘 사이에선 무의미해졌다.

"하지만 막을 수는 없어. 세상에 정이란 것보다 무서운 게 없거든. 원수처럼 싸우고 지내던 사람도 최후에는 결국 너무 슬프게 죽어서 마음을 아프게 해. 미화라는 이름의 뇌내착각과 얽혀서 가슴이 미어터져 당장에 쓰러져 죽을 정도로… 결국에는 날 슬프게 만들어."

"미안해."

하지만 이미 늦었어. 무슨 행동을 해도, 무슨 말을 해도 우리 사이에 얽힌 정은 풀 수 없을 것 같으니까. 비록 말로 표현하진 않았지만 아이린도 베리의 마음을 읽을 수 있었다.

싱긋 다시 미소 지으며 아이린이 말했다.

"그러니까 넌 행복하게 살다가 죽어야 해. 그게 가족이 되는 첫 번째 의무야. 어떤 일이 있어도 세상 그 누구보다도 행복하게 오래오래 살다가 고통스럽지 않게 죽는 거야."

무리한 부탁인 걸 알면서도 아이린의 표정은 진지하기 그지없었다. 베리의 고개가 살짝 끄덕여지자 아이린은 다시 한 번 끄옥 베리를 끄안았다.

향기롭고 따스한 체온, 그리고 부드러움과 묘한 슬픔. 얽힌 감정과 느낌을 그렇게 한참이나 만끽하다가 베리는 아이린의 몸에서 벗어났다.

"자, 그럼 마저 치우고 씻어야겠네."

활기차게 미소 짓던 아이린은 바닥에 떨어진 걸레를 집어 들었다. 어제와는 조금 다른 그 미소는 분명 세상에서 제일 아름다운 것 중 하나였다. 그렇게 생각하며 베리도 슬쩍 고개를 끄덕였다.

막 청소를 마치고 둘이 사이좋게 식당에 들어섰을 때, 식당 안은 평소와 다른 묘한 이질감을 풍기고 있었다.

한 무리의 사람들이 모여 있었고 그 주위에 진한 살기가 흘렀다. 당장 누가 쓰러져 죽어도 이상하지 않을 정도로 강한 살기와 그 흐름에 얽혀 있는 묘한 대치 상태. 말을 하지 않아도 둘은 다급한 상황이란 걸 알 수 있었다.

"무슨 일이야?"

팽팽히 당겨져 있던 실이 뚝 하고 끊긴 느낌. 동시에 한 무리의 시선이 두 사람 쪽으로 쏠렸다.

셀브렛과 기르디, 그리고 아름다운 소녀의 모습을 하고 있는 흑룡. 그 반대쪽에 위치한 새로운 인물 둘.

평소에는 방에 틀어박혀서 존재감없이 조용히 명상만 하고 있던 살로빈이 이렇게 식당에서 자신의 모습을 드러낸 것 자체가 놀라운 일이었다.

‘골치 아픈 일이 생긴 것이 분명하군.’

베리는 신중한 표정을 지은 채 천천히 걸음을 옮겼다.

질문을 해도 대답이 없다. 아름다운 얼굴을 살짝 찡그리더니 다시 한 번 아이린이 입을 열었다.

“저 두 분은 누구? 그리고 왜 이렇게 모여 있는 거야?”

그러나 역시 대답은 들려오지 않았다. 슬슬 화가 치밀어 오르는 모양인지 아이린이 눈썹을 치켜올리고 기르디의 얼굴을 노려보았다.

그러나 기르디는 표정 하나 바꾸지 않고 침묵을 지킬 뿐이었다. 그렇게 주욱 어색한 침묵이 계속되었다. 이제는 인내심 싸움이었다.

참지 못하고 귀를 추욱 늘어뜨리며 셀브렛이 계단 위로 도망쳤다. 따라 올라가서 사정을 묻고 싶었지만 베리는 조금 더 상황을 살폈다.

아주 깊은 후드를 눌러쓴 성별도, 생김새도, 종족도 정체 불명인 의문의 괴한, 그리고 그의 옆에 나란히 서서 단호한 눈으로 살로빈의 얼굴을 노려보는 한 남자

어린 것도 같고 어느 정도 나이를 먹은 것도 같은 그 남자의 생김새는 인류을 어긋났다고 표현할 수 있을 만큼 살인적이었다. 늘씬하고 주욱 뻗은 길고 가는 허리와 다리. 보잘것없는 옷차림이지만 그것이 그의 아름다움에 누가 되는 일은 절대 없었다.

허리까지 치렁치렁 늘어뜨린 금발은 빛이 비치지 않아도 스스로 고귀한 광채를 내뿜는 듯했다. 날카로운 듯하면서도 부드러운 얼굴은 어디 한군데 흠잡을 수 없을 만큼 완벽했다. 그야말로 신이 만든 조각상에 생명을 불어넣은 느낌이다.

“……”

남자의 아름다움에 이토록 놀라본 경험이 있었던가? 아니, 저런 존재가 세상에 있다는 것 자체가 반칙이었다. 원래 세상은 반칙으로만 이루어진 일방적인 것이 아니냐고 누군가 반문할 수도 있겠지만, 그런 수식어가 모자랄 정도로 청년의 아름다움은 완벽하게 상식을 벗어나 있었다.

베리는 멍하니 한참이나 그렇게 홀린 것처럼 청년의 모습을 훑어보다가 고개를 가로저으며 생각을 전환하기 위해 다른 쪽으로 시선을 돌렸다. 성별을 벗어나서 저런 얼굴은 보기만 해도 저절로 사고가 정체되어 버리는 것이다.

침묵을 깨고 금발의 청년이 또박또박 살로빈을 향해 말했다. 마치 당장이라도 찢어 죽일 듯이 그녀가 자신을 노려보고 있었지만 그의 어조는 자신감이 흘러넘쳤다.

"전 가지 않을 겁니다."

순간 식당 주위의 온도가 비정상적으로 상승했다. 표정은 그대로였지만 살로빈의 분노는 극에 달해 있었다. 당장 이 수도를 쑥대밭으로 만들어도 모자랄 정도로. 세상에, 그녀가 이토록 분노하는 걸 본 적이 있었던가 하는 의문이 들 정도로. 그렇게 그녀는 한참이나 주위를 향해 물씬물씬 살기를 풍기고 있었다.

"약속을 잊은 건 아니겠지?"

조용히 바라만 보고 있던 기르디가 그녀에게 물었다. 그만큼 사태는 심각한 상태로 치닫고 있었다. 이건 이제 주위 몇 사람의 목숨 문제가 아니었던 것이다.

참으려 해도 덜덜 몸이 떨려왔다. 딱딱 소리를 내며 이가 맞부딪쳤다. 셀브렛이 있었다면 정말 당장 기절해서 쓰러지거나 비명을 내지르며 밖으로 도망쳤을 것이다.

두려움이 휘몰아치는 베리의 몸이었지만, 아이린이 어깨를 어루만지며 주문을 외우자 일순간 거짓말처럼 발작은 사그라졌다.

살짝 고개를 끄덕여서 감사를 표한 베리는 다시 살로빈 쪽으로 시선을 돌렸다. 두려움이 완전히 멈춘 것은 아니었지만 방금 전에 비해선 많이 나아진 상태라고 할 수 있었다.

로브를 깊게 눌러쓴 괴한이 드디어 살로빈을 향해 처음으로 말했다. 옷차림에 걸맞게 증성적이고 연령을 추측하기 힘든 그런 목소리였다.

"너와 싸우고 싶지 않다."

살로빈의 살기가 그의 말에 최고조로 치솟아올랐다. 얼마 후 그녀의 발 밑에 있던 나무판자가 매캐한 연기를 내뿜으며 타 들어가기 시작했다.

"당분간 이 식당에 거무를 예정입니다. 도망가진 않을 테니 안심하세요."

금발의 청년이 한 말에 살로빈의 살기가 일순간 누그러졌다. 깊게 로브를 눌러쓴 괴한은 '약속은 절대적이다' 란 의미 불명의 말을 한마디 더 하고 천천히 등을 돌려 식당 밖으로 사라졌다.

"정말 대책없는 놈들이라니까."

차가워진 눈을 하고 기르디가 그렇게 중얼거렸다. 그의 시선은 어느새 자신의 반대쪽에 위치한 금발 미청년에게 고정되어 있었다.

"이게 그 유니콘? 취향 한번 독특하군. 마른 장작개비 같은 몰골이지 않은가."

홍, 하고 코웃음 친 기르디도 휘리릭 밖으로 빠져나갔다.

조금은 불쾌한 듯 그의 등을 째려보던 금발 미청년은 아이린과 베리를 향해 싱긋 미소 지었다. 그건 정말 자제력없는 소녀라면 당장 바닥에 쓰러져 기절해도 이상하지 않을 정도로 표현할 수 없을 만큼 멋진 미소였다.

"소란을 피워서 죄송합니다."

"당신이 바로 그…… 티리엔님?"

아이린은 조금 어정쩡한 투로 그렇게 물었다. 외모에 놀란 것보다는 무언가 다른 의미로 그녀는 놀라워하고 있었다.

"네. 처음 뵙겠습니다."

"역시 소문대로 굉장히 아름다우시군요."

"과찬이십니다."

한참을 티리엔이란 미청년을 노려보던 살로빈은 조용히 자신의 방으로 들어가 버렸다. 미치도록 숨을 조여오던 존재가 사라지자 베리는 한결 밝아진 얼굴을 하고 두 사람을 향해 말했다.

"그녀가 왜 그렇게 화가 난 거죠? 평소에는 쥐 죽은 듯 조용했었는데."

"아마 저 때문일 겁니다. 제가 어떤 사람들에게 붙잡혀서…… 속이 단단히 상했거든요. 그녀는 반쯤은 절 자신의 것이라 생각하고 있으니까."

흐응, 장난감을 빼앗긴 꼬마아이가 발을 동동 구르면서 화를 내는 것과 별반 다를 거 없는 심리로군. 나이를 엄청 먹고서도 생각하는 수준은 꽤 단순하잖아. 그런 베리의 생각을 읽은 모양인지 티리엔은 씁쓸한 미소를 짓고 다시 말을 이었다.

"그녀의 소유욕은 아마 전 대륙에서 제일 강할 겁니다. 집착은 말할 필요도 없고요. 무엇이든지 손에 넣은 건 빼앗기지 않으려 하죠. 덕분에 큰 사건도 여러 번 터뜨렸지만……."

기억하는 것만으로도 끔찍한 모양인지 희고 고운 얼굴은 금세 창백하게 변해 있었다. 대충 사정을 눈치 챈 베리는 새삼 그의 안타까운 처지를 동정할 수밖에 없었다.

"당분간 거취가 정해질 때까지 이곳에서 머물고 싶습니다만."

"이 식당에서요?"

"네, 다른 곳에 도망가고 싶어도 그녀가 분명 쫓아오겠죠. 차라리 당분간 이곳에서 머무는 게 안전할 것 같습니다. 아무리 그녀라고 해도 약속은 절대적인 것이니까요."

식당에서 머무는 동안은 절대 사고 치지 않겠다고 직접 살로빈이 동언했으니 티리엔도 그것을 믿는 수밖에 없었다.

아무리 사악한 블랙 드래곤이라고 해도 말은 절대적인 것이다. 한 번 내뱉은 말은 자신의 목숨을 걸고서라도 지켜야 한다. 명성의 무게가 무거울수록 자존심도 덩달아 커지기 마련이다. 아마 큰 사건이 벌어지지 않는 이상 살로빈도 무력을 사용해서 직접적으로 누군가를 타치하지는 않을 것이다.

티리엔이 식당에서 머물고 싶다는 것도 무리는 아닌 일이었다. 어둡고 아무도 없는 퀴퀴한 드래곤의 레어와 좁긴 하지만 수많은 사람들을 만날 수 있는 수도의 식당. 평범한 사람에게 양자택일하라 해도 두말할 나위 없이 후자 쪽이 낫다고 할 테니까.

아이린은 쉽게 말을 내뱉지 못하고 찡그린 채 한참을 고민했다. 어느 쪽을 선택하더라도 위험이 뒤따른다. 그 위험의 정도를 판단하는 것도 애매했다. 마음 같아서는 당장이라도 둘 다 식당 밖으로 내쫓고 싶었지만, 그러기에는 마음에 걸리는 일이 한두 가지가 아니었다.

"뜻대로 하시길. 그러나 이 식당에서 소란을 피우는 건 안 됩니다."

"감사합니다!"

활짝 웃으며 고개를 끄덕이는 티리엔. 말을 하고서도 영 못마땅한 모양인지 한참 동안이나 아이린의 어두운 안색은 풀리지 않았다.

아슬아슬한 불구덩이 위를 외줄 타기 하는 나날의 반복. 지금의 베리나 아이린으로서는 살로빈이 폭주하지 않고 잘 참아주길 간절히 기도하며 바라는 수밖에 다른 도리가 없었다.

"여하튼 정식으로 인사드리도록 하겠습니다. 제 이름은 티리엔, 그렇게 불러주시길."

"아아, 전 베리라고 합니다."

"아이린이라고 해요."

"두 분 다 멋진 이름이군요. 앞으로 잘 부탁드리겠습니다."

티리엔이 정중히 인사하자 베리도 어정쩡한 폼으로 머리를 끄덕거렸다. 조금 당황한 듯한 베리의 모습에 웃음을 띤 채 쳐다보더니 하얀 이를 드러내며 티리엔이 말했다.

"레이디 베리, 그리고 아이린님, 앞으로는 그냥 친구처럼 편하게 지내기로 해요. 긴 시간 동안 같이 지낼 수는 없겠지만."

레이디란 말에 화를 내려던 그때, 아이린이 베리의 옆구리를 찌르며 조용히 눈짓을 보냈다.

베리는 아이린의 눈짓을 알아채고 얼굴을 붉히며 핀을 빼고 앞치마를 벗어 던졌다. 베리가 잠시 당황해하자 티리엔은 의아한 얼굴로 물었다.

"제가 무슨 실수라도 한 것입니까?"

"조금…… 여기 있는 베리는 어엿한 남자랍니다."

"아아, 그러셨군요. 제가 보는 눈이 서툴러서 실례를 범한 것 같네요. 백 년도 넘게 동굴에서 지내다 보니까 아무래도 좀…….'"

'밥을 한동안 못 얻어먹는다고 해도 정말 머리를 자르는 게 좋겠어.'

긴 한숨을 내쉬며 베리는 잠시 그렇게 생각했다. 연거푸 머리를 숙이며 사죄하는 티리엔과 아무렇지도 않다는 표정으로 괜찮다고 대답하는 베리. 한동안 아이린은 그 사이에서 쿡쿡 웃음을 터뜨릴 수밖에 없었다.

늦은 밤, 검술 연습을 하다가 잠시 땀이나 식히고 산책이라도 할 겸 베리는 마구간 쪽으로 걸음을 옮겼다.

야심한 시각이었지만 빛 주문이 둥둥 떠다니고 있어서 이동은 자유로운 편이었다. 마구간은 식당에서 좀 떨어진 편이었지만 아무도 없는 정취라고 해야 할까? 그런 재미가 있었기 때문에 이상하게 피로는 그다지 느껴지지 않았다.

사람이 수없이 왕래하던 길도 이 시간에는 이렇게 한적해진다. 뭘까, 확실히 같은 길이라 해도 대낮의 느낌과는 조금 다른 감각이라고 하는 쪽이 옳았다.

방학이 되면 학생용 말도 다시 집으로 귀가시킨다. 그렇다는 건 세트르나이델도 다시 식당으로 돌아왔다는 이야기다. 몇 차례 큰 소동을 일으키긴 했지만 일단 여기까지는 그럭저럭 버텨온 것이 사실이었으니 간만에 만나서 칭찬이라도 해줄 셈이었다. 도리어 뒷발굽에 엉덩이를 걷어차일 위험이 있긴 하겠지만.

"……?"

예상외로 마구간 안쪽에서 인기척이 흘러나왔다. 어둠 너머로 누군가가 뭐라 속삭이며 말하는 것을 보고 조금 당황한 표정이 된 베리는 걸음을 옮겼다.

"티리엔님?"

어두운 것도 상관없는 모양인지 한쪽에 쭈그리고 앉아서 한참 세트르나이델에게 열심히 말을 건네던 그는 뒤늦게 베리의 존재를 눈치 채고 싱긋 웃으며 인사를 건네왔다.

"안녕하세요."

"이곳에서 뭘 하고 계신 겁니까?"

"보다시피 대화하고 있었어요."

"여긴 말밖에 없는데."

"그렇죠. 하지만 저건 평범한 말은 아니니까요."

"세트르나이델 말인가요?"

"저 아이가 그런 이름이었나요? 아주 착하고 멋진 아이인데. 가엽게도 그런 이름이……."

대화를 할수록 점점 머리가 복잡해지는 느낌이었다. 묻고 싶은 것이

한두 가지가 아니었지만 베리는 억지로 궁금함을 속으로 삼키곤 우리 안에 갇혀 있는 세트르나이딜 쪽으로 시선을 돌렸다.

언제나 불붙은 폭탄마냥 씩씩거리며 넘쳐흐르는 혈기를 주체하지 못하던 녀석이었지만 무슨 바람이 분 것인지 오늘은 묘하게 얌전히 눈을 내리깔고 한쪽에 서 있었다.

"무척 뛰고 싶어해요. 지금은 억지로 참아내고 있지만, 이 상태로는 아마 며칠 더 버티지 못할 것 같네요."

"왜죠?"

"원래 자유를 꿈꾸는 종족이니까요. 달리지 못하면 죽은 거나 마찬가지죠. 아니, 그건 정말 죽음보다도 못해요. 아무것도 하지 못하고 속박되어 멍하니 자유를 꿈꾸는, 그런 비참한 나날의 연속."

왜 일까. 말하는 것만으로도 괴로운 모양인지 어느새 그는 한없이 슬픈 표정을 짓고 있었다.

티리엔은 앉은 그대로 얼굴을 반쯤 무릎 사이에 파묻고 묵묵히 침묵을 지키며 감정을 추스르다가, 잠시 후 멍하니 자신을 쳐다보는 베리를 향해 말했다.

"뭐, 반쯤은 경험담이라고 해야 할까요."

"경험담…… 입니까?"

"네. 희망도 뿔도 잃어버린 한심한 유니콘의 바보 같은 이야기죠. 아참, 사실 전 인간이 아니랍니다. 지금 하고 있는 모습도 사실 만들어진 거나 다름없어요."

"뿔을 잃어버리셨다고요?"

"네, 정확히는 빼앗겨 버렸다고 해야겠지만요. 덕분에 원래의 힘도

거의 사라져 버린 거나 마찬가지랍니다. 주욱 생명을 이어가는 것만
해도 벅차니까요."

유니콘의 뿔. 마력의 집합체인 그것은 유니콘에게는 생명과도 같은
것이다. 죽어가는 자를 살릴 수 있다거나 영원한 생명을 보장해 준다
거나 해서 사악한 인간들에게는 더할 나위 없이 훌륭한 표적이 되기도
했지만, 어찌 됐든 그 힘으로 인해서 유니콘은 수많은 사람들에게 경외
의 대상으로 표현되어 왔다.

성스럽고 강대한 마력을 흡수하고 방출하는 데 그보다 뛰어난 것이
없다고 해도 무방할 정도로 뿔의 가치는 높았다. 마법사에게는 훌륭한
아티펙트의 재료로, 강한 전사에게는 자신의 명을 늘릴 수 있는 수단으
로… 쓰임새는 다르지만 그 가치에 따른 소유욕은 모두가 동일하다고
할 수 있을 것이다.

뿔을 빼앗긴 유니콘. 사악한 드래곤에게 자유마저 결박당하고 어둠
속에서 수없이 긴 시간을 묵묵히 감내하며 버텨왔다. 정말이지 전형적
인 비극이라고 해도 무방할 정도로 슬픈 사연이다. 하지만 인간인 베
리가 뭐라 동정할 수는 없는 노릇이었다. 정확한 사정은 모르지만, 그
의 입장에서는 사악한 인간들은 전부 적이라고 해도 무방할 테니.

"아시겠지만 이 아이도 조금은 유니콘의 피가 흐르고 있어요. 구속
을 벗어나서 자유를 꿈꾸는, 그런 조금은 귀찮은 성격을 타고나 버린
거죠."

티리엔은 꽃이 피는 것 같은 밝은 미소를 지어 보이더니 다시 한 번
베리를 향해 입을 열었다.

"그러니까 가능하면 아주 조금이라도 꾸준히 자유롭게 밖에서 뛸 수

있게 해주세요. 이렇게 묶어두기만 하는 것은 그에게는 큰 고문이랍니
다."

그동안 너무 세트르나이델에 무관심한 것이 사실이었다. 베리가 고
개를 끄덕이며 긍정하자 정말 기쁜 얼굴로 티리엔은 얼굴 가득 아름다
운 미소를 머금었다. 만약 자신이 여자였다면 그 표정에 코피를 쏟으
며 바닥으로 쓰러졌을 것이 분명했다.

"……."

티리엔의 아름다움은 단지 겉모습만이 아니다. 존재를 끌어당기는
카리스마, 그리고 시선과 사고를 정지시키는 그만의 독특한 마력. 그
외에도 뭐라 설명할 수 없는 수만 가지의 매력이 그의 아름다움을 한
껏 포장하고 있었다.

'유니콘으로서 유일하게 남은 정체성이 저 아름다움일까?'

조금은 씁쓸한 얼굴로 세트르나이델의 갈기를 어루만지는 티리엔을
쳐다보며 베리는 그렇게 생각했다.

존재 자체만이 가질 수 있는 그야말로 한없이 특화된 마력. 그것을
빼앗기는 건 곧 그의 죽음을 의미했다. 뿔도, 아름다움도 잃어버린 유
니콘은 분명 상상하기도 힘들다. 아니, 정확히 말하면 더 이상 그것은
유니콘이 아니었다.

잠시 후, 졸음을 참지 못하고 크게 하품을 하며 베리가 말했다. 생각
에 골몰해서일까. 어제와는 달리 오늘은 일찍 피곤이 몰려왔다.

"전 이만 가볼까 합니다."

"네, 안녕히 주무세요."

"티리엔님은 안 주무시는 겁니까?"

"아아, 전 괜찮습니다. 신경 쓰지 마시길."

유니콘은 잠도 자지 않는 것인가? 살짝 궁금증이 치솟아올랐지만 그보다는 온몸을 잔뜩 무겁게 하는 피곤함이 더 강했다. 꾸벅 인사한 베리는 마구간에서 벗어나 자신의 방으로 걸음을 옮겼다.

티리엔은 베리의 모습이 완전히 시야에서 사라질 때까지 바라보다가 세트르나이델을 향해 말했다.

"아직 마음을 열지 않은 것 같구나. 하지만 분명 그는 좋은 인간이야."

세트르나이델은 고개를 돌려 티리엔의 얼굴을 피했다.

'주인도 말도 융통성없는 것은 피차 매한가지인 것 같네.'

어둠을 살라먹는 환한 미소를 한번 지어 보인 티리엔이 팔을 뻗어 세트르나이델의 아름다운 갈기를 한차례 부드럽게 쓰다듬어 주었다.

반쪽 말, 그리고 반쪽 성수(聖獸). 마구간 한쪽 창문에 쏟아지는 달빛을 흠뻑 내리쬐며 두 존재는 한없이 가까운 자신들의 처지를 묵묵히 위로했다.

프레레크 데이의 날이 밝았다. 점심 식사를 하기에는 조금 이른 시간이었지만, 벌써부터 몰려든 여자 손님들로 인해 식당 안은 발 디딜 틈조차 없을 만큼 북적거렸다.

꿈 많은 평민 소녀에서부터 지체 높은 집안의 귀족 아가씨까지, 그야말로 각양각색의 수많은 여성들이 저마다의 아름다움을 뽐내며 식당 한 켠에 자리잡고 앉아 있었다.

"……"

‘아니, 어떻게 이리 소문이 빨리 퍼질 수가 있는 거야? 티리엔이 이 식당에 온 지 며칠 지나지도 않았는데.’

질투가 아닌 순수한 호기심으로 베리는 여기 있는 여성 모두에게 질문하고 싶었다.

발 없는 말이 천리 간다고 하지만 이 정도 속도로 티리엔의 인기가 하늘을 찌를 듯이 치솟을 줄은 꿈에도 예상하지 못한 일이었다.

“저도 일을 하고 싶습니다. 공짜로 이곳에서 지낼 수는 없으니까요.”

컵을 엎지르고 주문을 잘못 듣는 등, 그야말로 무슨 일을 해도 실수 연발. 하지만 그런 허물은 여성 손님들 눈에 좁쌀만큼도 제대로 들어오지 않았다.

조금이라도 더 오래, 더 가까이서 그의 모습을 보기 위해 한 귀족 여성은 10초에 한 번 꼴로 수없이 많은 음식을 연달아 주문한 적도 있었다.

손님이 없는 한가한 시간대에는 티리엔을 전면에 내세워 영업하다가 슬슬 장사할 타이밍이 찾아오면 다시 방으로 올려 보냈다. 아이린의 그 전법으로 벌써부터 식당의 매상은 예전의 몇 배 이상 뛰어올랐다.

행여 자신의 얼굴을 바라보며 미소를 짓지는 않을까. 또 갑자기 그가 사랑을 고백하지는 않을까. 구석진 자리에 앉아 그렇게 상상의 나라에 빠져서 민기적거리는 소심한 여성도 있었고, 적극적으로 말을 걸거나 구애를 요구하는 대범한 여성도 있었다.

자룬 왕자는 아침부터 화려한 마차에 실려 궁으로 갔고, 기르디드 어디로 사라진 모양인지 보이지 않았다. 식당에 남은 남성이라고는 텨

리와 티리엔뿐. 물결처럼 넘실대는 인파들이 전부 다 여성인 것에 비해 성비의 구성은 턱없이 불균형적이었다.

여난. 여난. 여난. 이쪽도 저쪽도 모두 다 여자. 꿔다 놓은 보릿자루 같은 신세가 그저 서럽기만 한 베리였다. 뭐, 가끔 티리엔의 신상 명세를 알기 위해서 눈을 반짝이며 연달아 질문하는 소녀들도 있었지만, 그쪽 역시 비참한 건 매한가지였으니까.

'으으, 귀찮아 죽겠네. 젠장.'

딱 한 번 보고 사랑에 빠져 버린 철없는 여성들도 더러 있었지만, 대부분이 명성을 듣고 구경 온 여자 아이들이었다. 하지만 애초에 식당은 음식을 먹기 위해 오는 곳 아닌가. 한데 헬렐레한 몰골을 하더니 음식은 맛조차 보지 않고 내버려 둔다. 사람이 먹던 음식을 다시 식탁에 올릴 수도 없는 노릇이고, 아까운 음식은 곧장 쓰레기통으로 직행. 장사하는 입장에선 돈이 아무리 좋다고 해도 짜증이 치솟아오를 수밖에 없었다.

게다가 자신이나 다른 종업원이 서빙을 할라 치면 노골적으로 불만을 드러내는 여자들도 많았다. '시간이 오래 걸려도 좋으니까 티리엔 님이 주문을 하셨으면 합니다'라고 말하며 주문조차 받지 않는 여성. 당장 엉덩이를 걷어차서 쫓아내고 싶다는 생각만 들 뿐이었다.

기진맥진. 이제는 주문받는 것조차 힘겹다. 육체적인 피로보다 더 사람의 정신을 잃게 만드는 것이 바로 정신적인 스트레스였다. 털썩, 한쪽 계단에 걸터앉은 채 조용히 베리는 아이린의 얼굴을 노려보았다.

'이제 적당히 하지?'

'이번 달 보너스 넉넉히 줄 테니까 좀 더 참아봐.'

'이러다가 정말 쓰러질 것 같다고!'

눈빛만으로 말은 이미 다 통했다. 땅이 꺼져라 한숨을 한 번 내쉰 베리는 다시 메뉴판을 움켜쥐고 인파의 중심을 향해 털레털레 걸어갔다.

그리고 잠시 후 되는대로 주문을 받던 도중 베리는 의외의 인물을 눈앞에 마주하게 되었다.

"수고하는군, 근로 소년."

"참새가 방앗간을 그냥 지나갈 리 없다는 말이 생각나는군."

"이왕이면 좀 고상한 비유를 해주라고. '목마른 사슴이 우물을 찾는다' 라든지."

"아아, 핏발 세우고 썩은 고기를 찾아 헤매는 하이에나로 바꿔주도록 하지."

"으으. 소심한 남자의 질투는 추한 법이라고."

"종업원의 권리로 쫓아내 주도록 하지. 할 말은 그것뿐인가."

"지, 직권 남용이다! 손님은 왕이란 소리도 모르나."

얼굴을 살짝 찌푸리거 투덜거리는 리체. 신경이 곤두서 있는 베리는 필사적인 표정으로 그런 그녀를 노려보기 시작했다.

"둘 다 그만 해. 오래간만에 만났는데 아이들도 아니고 그렇게 싸워서야 되겠어."

옆에서 그런 둘을 미소 지으며 바라보던 엘리가 유치원 선생 같은 투로 말했다.

"오늘따라 베리가 우난히 신경질적인 것 같네. 불만이 많이 쌓였나 봐?"

“사람 고문하는 데 이보다 더 적합한 게 있을까. 근데 너희는 도대체 어떻게 알고 온 거냐?”

“벌써부터 수도에 좌악 소문이 퍼졌는데 뭐. 식당 ‘엘프의 눈물’ 에 끝내주는 미청년이 근무하고 있다는 건 이쪽 방면에 관심이 있는 여자 아이들이라면 거의 다 알고 있을걸.”

“도대체 그건 어떻게 퍼진 거야?”

“아아, 그건 일급 비밀이야. 남자들은 알면 안 되는 숨겨진 세계라고 해야 할까.”

무슨 세계인지는 몰라도 듣기만 해도 왠지 오싹 기분이 나빠지는 느낌이었다. 여하튼 그 중심에 저 소녀 둘이 있다는 건 말하지 않아도 분명 눈치 챌 수 있는 사실이었다.

흐흐, 기분 나쁜 미소를 흩날리는 리체를 질린 눈으로 쳐다보다가 갑작스런 엘리의 공격에 베리는 잠시 평정을 잃을 수밖에 없었다.

“근데 베리, 너 오늘 고백할 여자 아이는 없는 거야? 왜 여기서 이러고 있어?”

“아아, 그건 노코멘트.”

“으음. 내 정보에 의하면 학교 쪽 여성 관계는 굉장히 깨끗함을 유지하고 있는 모양이던데……. 리체야, 넌 뭐 아는 거 없어?”

“저 능구렁이 같은 녀석이 틈을 보여야 말이지. 무슨 수도승도 아니고 웬만하면 여자 아이랑은 대화조차 하지 않으려 한다니까.”

“헤에, 별로 재미없네.”

정말 저 녀석 둘을 밖으로 내쫓아야 할까. 잠시 그것을 진지하게 고민하다가 베리는 입을 열었다.

"남이사 여자랑 사귀든 말든 하릴없는 아줌마처럼 그렇게 수군덕거리지 말라고."

"어머머! 친구끼리 남이라니. 그런 무정한 말은 싫어요~"

"니가 그런 말투 쓰니가 진짜 뼛속 깊이 저항감이 치솟아오른다."

"소녀가 평소에 어쨌기에 그런 말씀을 하시나요."

"으윽, 대략 정신이 멍해진다. 제발 그만둬 줘."

정신 공격이라도 당하는 사람처럼 두 손으로 머리를 움켜쥔 베리는 잠시 신음성을 흘렸다. 호호 하고 어색한 웃음을 지어 보이던 리체가 그런 그를 향해 말했다.

"그런데 이렇게 농땡이 부려도 되는 거야? 일하던 도중 아니었어?"

"뭐, 내가 주문받으면 도리어 신경질 내는 여자들도 있는걸. 전부 다 식당에 온 목적이 티리엔님 때문이니까."

"흐응. 뭐, 그렇다면 상관없겠지만……. 아참, 저 티리엔이란 남자에 대해 조금이라도 아는 것 있음 말해 주라."

"글쎄."

"나중에 꼭 보답할 터 니까 사소한 것이라도 말해 줘. 취미라든지 좋아하는 이상형이라든지."

"아아, 솔직히 말하자면 나도 잘 몰라. 같이 지낸 지 며칠 지나지도 않은 데다 뭐랄까. 좀 복잡한 사정이 있는 분이거든. 식당에서 일하는 것도 뭐, 반쯤은 재미 삼아 하시는 것 같고."

"헤에, 그렇구나."

"게다가 오래 일하지도 않으실 것 같아. 엄청 무서운 존재가 그가 일하는 걸 무척 탐탁지 않게 여기고 있거든."

뭐가 그리 중요한지 리체는 베리의 말을 꼬박꼬박 메모하며 고개를 끄덕이고 있었다. 뭐, 남이 들어도 상관없는 이야깃거리이었지만 개인 사정을 누설한 건 사실이었기 때문에 베리는 살짝 양심이 찔려오기 시작했다.

"그럼 난 일하러 갈 테니까 나중에 보자고."

"그래그래, 열심히 일해."

베리는 대충 손을 휘휘 저으며 인사하는 리체 녀석을 무시하고 몸을 돌려 다른 손님에게로 갔다.

아이린이 티리엔을 철수시킨 건 그로부터 꽤 시간이 지난 정오 무렵이었다. 기진맥진 얼이 빠진 얼굴로 얼마 쉬지도 못하고 새로 들어오는 손님을 받아야 하니 베리를 비롯한 종업원들은 정말 몸이 두 개라도 모자랄 정도로 피곤하고 괴로웠다.

그럭저럭 짬이 난 것은 완전히 날이 어두워지고 저녁 식사 손님이 슬슬 빠져나갈 시간이었다. 멍하니 의자에 앉아서 휴식을 취하다가 완벽하게 영업이 끝난 후, 뒷정리를 끝내고 베리는 자신의 방으로 몸을 움직였다.

땀에 찌든 옷을 벗어 던지고 평상복으로 갈아입은 뒤 다시 뚜벅뚜벅 여자 멤버들이 모여 있는 방으로 향했다. 똑똑 노크를 한 뒤 문을 열자, 잠시 후 익숙한 얼굴이 시야 안으로 들어왔다.

"바보 오빠, 안녕."

여느 때 같았으면 시비를 걸었을 셀브렛 녀석이었지만 오늘은 그럴 기력도 없는 모양인지 성의없는 투로 그렇게 인사를 건네왔다.

졸린 병아리마냥 앉은 채 꾸벅꾸벅 졸다가 깨어났다를 반복할 뿐, 이쪽에서 쏘아붙여 주기도 뭐하고 해서 조금은 어색한 표정으로 베리는 방 안쪽으로 걸어 들어갔다.

"어서 오세요."

"시아도 피곤한 모양이네?"

"요새 몸이 조금 안 좋아서요."

"헤에, 그랬어?"

"응. 나 참는 거에 능숙하니까."

"바보. 아프면 아프다고 말을 해야지."

"괜찮아. 아마 조금만 지나면 괜찮아질 거예요."

"그래도 더 아프면 꼭 나한테 말해 줘야 해."

시아가 웃는 얼굴로 고개를 끄덕이자 그제야 조금 안심한 베리는 한결 편한 투로 말을 이었다.

"여기서 말하는 건 좀 그런데…… 밖으로 나갈래?"

외투를 걸치고 간단히 준비 완료. 어느새 새근새근 잠들어 있는 실브렛을 침대 위에 뉘어놓고 조용히 수정구에 검은 천을 덮은 뒤 둘은 밖으로 나왔다.

밖으로 빠져나오자 이번에는 한 치 앞도 구별하지 못할 정도로 진한 어둠이 둘을 가로막았다.

그러나 그런 현실적인 방해도 빛 주문 한 번이면 끝. 간단하게 완성시킨 빛의 구체를 머리 위에 둥둥 띄우자 시야에 방해되는 요소는 순간 말끔히 사라졌다.

여름이었지만 오늘따라 묘하게 시원한 바람이 불고 있었기에 날씨도 크게 신경에 거슬리는 편은 아니었다.

할 말이 없는 건 아니지만 이런 분위기에선 왠지 쉽사리 입을 떼기가 힘들다. 침묵이 계속될수록 더 더욱 입을 여는 것이 어색해지는 것. 악순환의 반복이랄까? 마구간 쪽 길을 주욱 걷다가 뒷머리를 긁적이며 베리는 그렇게 생각했다.

"몸은 괜찮아?"

"아아, 바람을 쐬니까 좀 나아지는 느낌이네요."

"여름에 감기 걸리면 엄청 고생하잖아. 몸조리 잘해. 바보같이 너무 열심히 일하지 말고."

"응. 하지만 그렇게 심하게 아프진 않아요. 아니, 오히려 누워 있으면 더 아파지는 느낌이랄까."

"내일 내가 아이린 누나한테 잘 말해 줄게."

"괜히 남한테 걱정 끼치는 건 싫은데."

어색한 웃음을 흘리며 그렇게 말하더니, 시아는 조용히 팔을 뻗어 베리의 손을 마주 잡았다. 따스한 온기가 가슴까지 전해져 오는 듯했다. 묵묵히 다시 걸음을 옮기다가 마구간에 완전히 도착해서야 둘은 완전히 걸음을 멈추었다.

티리엔은 없었다. 매일매일 밤중에 마구간에 들르더니 오늘은 이상하게 그 아름다운 모습이 보이지 않았다.

하지만 베리 쪽에서는 그 편이 말하기가 더 수월했다. 타인이 있으면 가슴속에 숨겨놓은 말을 하기가 아무래도 어려울 테니까.

한쪽 벽에 등을 기대서서 한없이 가득 찬 보름달을 훑어보다가 멋대가리없이 품에 간직했던 조그만 상자를 시아에게 건네주는 베리.

"이게 뭐죠?"

두 손으로 소중히 그것을 받아 든 시아가 베리를 향해 물었다.

"아아. 열어봐."

"팔찌…… 인가요?"

"응, 선물이야."

"예쁘네요."

"뭐, 비싼 건 아니니까 부담 가지진 마."

"오빠다운 말투. 그래도 소중히 간직할래요."

얼굴을 붉히며 머리를 긁적이다가, 흠흠 하고 어색한 헛기침을 두어 번 날리던 베리가 팔찌의 숨은 기능에 대해 설명하기 위해 입을 열었다.

"시동어를 말하면 빛 주문이 발동될 거야. 마력을 많이 담진 못했으니까 횟수에는 한계가 있어. 필요할 때 쓰다가 빛이 멈추면 다시 나한테 말하도록 해. 다시 걸어줄 테니까."

"마법이 걸려 있는 건가요? 대단하네."

"내 첫 번째 완성품이니까. 아마 나중에 비싸게 팔릴지도 몰라. 뭐, 솔직히 말하자면 별 볼일 없는 기술이기도 하지만, 제작 자체에 의의가 있는 거지."

"값은 상관없어요. 오빠가 만들어준 거니까 소중한 거예요."

시아가 가볍게 시동어를 읊자 팔찌에서 푸른 빛이 사방으로 쏟아져 나갔다. 그것은 그녀의 머리색과 동일한 사파이어처럼 영롱하고 아름다운 빛이었다.

푸른 빛의 스펙트럼이 검은 어둠을 뚫고 춤추듯 사방으로 퍼져 나간다. 베리는 별거 아닌 것처럼 아무렇게나 멋대가리 없이 말했지만, 사실 방학 내내 밤을 샌 이유도 절반 정도는 이것 때문이었다.

마법 아이템 제작에 관한 책 수십여 가지를 학교 도서관에서 대여하고 코피 쏟을 정도로 미친 듯 아무렇게나 시도하다가 결국 탄생한 물건이 저 팔찌였다.

얼마나 많은 노력과 시행착오가 팔찌에 담겨져 있는 것인지 조금 과장해서 말하자면, 끔찍한 산고 끝에 낳은 소중한 아기를 품에 안은 어머니의 심정이랄까. 수많은 실패와 좌절을 참아내고 바퀴벌레 같은 지독한 근성으로 완성에 성공했을 때 베리가 느낀 감정은 정말 대마법사가 희대의 아티펙트를 완성했을 때의 그것과 별반 다르지 않았다.

한없이 기쁜 얼굴로 그것을 팔에 장착한 채 기쁜 듯이 자신의 얼굴을 바라보는 시아의 모습을 대하자 베리는 뿌듯함으로 마음이 충만해졌다.

"그러게 기뻐하는 걸 보니까 만들기를 잘한 것 같네."

"정말 고마워요."

"그래도 셀브렛이나 아이린 누나한테 자랑하진 마. 분명히 자기도 만들어달라고 할 게 뻔하니까."

"응. 나 혼자만 소중히 간직하고 있을게요."

허리까지 내려온 푸른색 머리를 부드럽게 한차례 쓰다듬자 조금은 상기된 얼굴로 그녀가 쑥스러운 듯 미소 지었다.

"……"

세상 그 무엇과도 바꾸지 못할 정도로 한없이 귀여운 그녀의 미소. 열이 있는 것인지 아니면 자신이 의식하고 있는 것인지 팔 끝에 닿은 온기는 참을 수 없을 만큼 뜨겁다.

손끝에 닿은 묘한 부드러움은 머리와 목의 곡선을 타고 내려가다가 한순간 절정에 이른다. 양손으로 꼭 움켜쥐면 부서질 것만 같은 가는 허리 선을 타고 쭈욱 미끄러져서 내려가다가 아쉬운 듯 한순간 허공을 헤매인다.

다시 한 번 그 묘한 부드러움과 쾌감을 맛보기 위해 그녀의 정수리 부근을 맴도는 베리의 손. 부끄러운 듯 시아는 살짝 눈을 감은 채 조용히 고개를 숙이고 아무런 말도 하지 않았다.

"⋯⋯."

조금은 갑작스레 손길이 멈추었다. 상기된 표정으로 시아는 조용히 눈을 뜨고 마주 서 있는 베리의 얼굴을 바라보았다. 서로의 시선이 얽히고 묘한 안도감과 함께 일순간 마음속의 감정도 극을 향해 한 발자국 진일보하는 느낌이다.

그 상태 그대로 베리는 다시 한 번 손을 뻗어 그녀의 볼을 쓰다듬었다. 심리 상태 덕분인지 볼에 닿은 손가락의 감촉은 펄펄 끓는 화산과도 같다. 그 온기는 싸늘하게 식은 온몸을 엄청난 속도로 훈훈하게 만들고도 모자라 일평생 쌓아 올린 자신만의 성을 단 한 번에 허물었다. 그것도 어린아이의 모래성을 거대한 파도가 무너뜨리는 것처럼 아주 손쉽게.

사랑의 열기는 그것을 알아채기도 전에 마음을 활활 불태워 버린다 지금 이 순간 베리는 그것을 확신할 수 있었다. '나는 그녀를 사랑한 다' 라고.

그렇다면 남은 것은 단 하나뿐. 죽이 되든 밥이 되든 결정을 내리는 일이다.

"……."

뜨거운 기운이 마음을 뒤흔든다. 마약처럼 정신을 혼미하게 만들어 아무런 생각을 하지 못하게 해 머리 속이 어지럽다. 쿵쿵, 하고 거대한 대포를 사방에 쏟아 붓는 것처럼 심장은 한없이 빠른 속도로 전신에 피를 내뻗어서 어느새 얼굴은 술에 취한 사람처럼 붉게 상기되어 버렸다.

이제 가슴속의 감정도 참을 수 없다. 가득 차 오른 모래시계가 결국 뒤집혀서 반대쪽을 향해 콸콸 피와 같은 모래를 토해내는 것처럼, 가슴속에 고이고이 간직한 연정의 감정도 결국 한계를 맞이해서 세상 밖으로 자신을 드러내는 것이다.

동시에 돌출 행동이란 이름의 무적의 악마가 거부할 수 없는 유혹을 귓가에 쉴 새 없이 속삭이기 시작했다.

'난 취한 거야. 그러니까 괜찮아. 지금처럼 그녀를 안아도, 사랑을 고백해도 취한 것이니까 상관없는 거야.'

"……."

참을 수 없다면 저지르는 수밖에! 베리는 팔을 뻗어 와락 그녀의 몸을 가슴에 안았다. 동시에 뜨거움은 엄청난 속도로 베리로부터 그녀에게까지 전해졌다.

생각하는 것조차 무의미하다. 아니, 정확히 말하자면 사고하는 것 자체가 불가능했다. 머리에 가득 찬 뇌를 뜨거움이 몽땅 불태워 버린 것만 같다.

가슴에서 가슴으로. 쿵쿵 뛰는 심장의 소리가 동시에 서로에게 느껴졌다. 온몸의 활동성이 뭉땅 가슴 쪽으로 쏠린 느낌이다.

춤추듯 움직이는 불빛도 사그라져 이제 보이는 것은 아무것도 없었다. 어둠과 뜨거움은 궁합이 맞는 모양인지 갑작스럽게 빛이 사라지자 두 사람의 체온도 순간 극에 달했다.

얼마나 시간이 흘렀는지도 모른다. 세상 모든 것을 불태울 것처럼 정신과 육체를 뜨겁게 했던 그 폭풍과도 같은 열은 점점 사그라지기 시작했지만 가슴에 차 오르는 벅찬 연정의 감정은 막을 수 없었다.

"누구보다도 깊은 아픔을 가지고 있는, 여리지만 무척 사랑스러운 아이가 하나 있었어. 그 아이를 지켜주길 원했기 때문에 난 강해지기 위해서 나름대로 열심히 노력했지. 하지만 변한 건 없었어. 그 아이의 아픔은 내가 치유하기에는 너무나 먼 차원의 것이었으니까. 아니, 처음에는 그냥 포기하는 게 좋겠다 생각하기도 했어. 나름대로 선을 그어버리고 그것을 넘지 않는다면 마음의 아픔도 조금은 줄어들지 모르니까. 죽을 것만 같은 자괴감으로 더 이상 상처 입을 필요도 없을 테니까. 아아, 하지만 그 아이는 너무나 작고 귀여워서 보기만 해도 마음의 고민 따위는 모두 다 잊어버릴 정도로 한없이 착하고 예쁜 아이라서 도저히 난 중도에 포기할 수 없었어. 바보같이, 노력 따윈 어찌 되도 상관없다고 생각했을 정도니까 말이야. 내 몸이 아프고 잠깐 힘든 건 아주 사소한 것에 불과한 것이었어. 그렇게 생각하니까 점점 마음이 편해져 오더라고. 대련 중 실수로 맞은 검 덕분에 기절해 쓰러지는 것도, 수많은 환상 속의 괴물들에 의해 목숨이 위태로워져 나만을 의지하며 버텨 나가는 아이들을 봤을 때도 두렵다는 생각을 안 한 것은 아니었지만, 그래도 난 똑바로 고개를 치켜세우고 당당하게 맞서 나갈 수 있었지. 난 강해져야 하니까. 누구보다도 강해져서 당당하게 한 아이를 지켜줘야 하니까."

동요하기 시작하는 그녀의 몸을 더 더욱 강하게 부둥켜안았다. 동시에 잦아들었을 줄로만 알았던 뜨거움이 제2의 전성기를 맞이하는 것마냥 천천히 점점 극한으로 가속하기 시작했다.

"싫어요. 이제 듣지 않을 거예요."

"근데 지금 생각해 보면 처음이나 나중이나 바보인 건 매한가지더라고. 그 아이도 모르게 나만 그렇게 규정지어 버린다면? 그 아이가 날 필요로 하지 않을지도 모르는데, 기분 나쁘게 혼자서 착각하고 자위하는 것마냥 고통을 참고 이겨내는 건……. 무엇보다도 중요한 건 그 아이의 마음일 텐데 말이야. 어쩌면 무척 기분이 나쁠지도 모르지. 나란 녀석은 너무 이기적이라서 한곳에 집착하다 보면 무척이나 시야가 좁아지거든. 상대방의 배려 같은 건 중요하지 않아. 어쩌면 그 아이는 내가 이렇게 노력하는 걸 원하지 않을지도 모른다고 생각했어. 하지만 멈출 수는 없었어. 그게 내 정체성이었으니까. 그동안 버텨온 것들을 부정하기에는 내 마음이 너무나 작고 약했어. 제일 좋은 건 그 아이 입으로 직접 확인받는 것이겠지만, 겁쟁이인 나는 그것마저도 주저하고 있었지."

"너무 행복해져 버리면 꿈이라고 생각해 버릴 테니까. 이 이상 행복해져 버리면 현실감이 사라져 버릴 테니까."

"하지만 이젠 막을 수 없어. 너무 좋아하니까. 감정을 참는 것도, 더 이상 한마디 말도 제대로 하지 못하고 병신처럼 버벅거리기만 하는 것도 이제 슬슬 지긋지긋하다고 생각하기 시작했어. 미안해. 바보같이 혼자서 좋아하고 고민해서. 사랑해. 널 너무 사랑해. 사랑해… 사랑해… 사랑해. 이제 쓰러져 죽어버려도 상관없다는 생각이 들 정도로 사랑해.”

“정말 싫어. 오빠 따위는 정말 싫어. 세상에서 제일 싫어.”

품 안에서 느껴지는 흐느낌, 떨림, 안타까움. 긴 시간이 흐른 것은 아니었지만 가슴 쪽은 이미 눈물로 축축해진 지 오래였다. 극한까지 치솟아올랐다가 다시 하향 곡선을 그리며 서서히 침체해 가기 시작하는 감정의 끈을 놓치지 않고 이어가기 위해, 조용히 베리는 손을 뻗어서 그녀의 턱을 치켜 올렸다.

예고도 없는 고백. 그리고 갑작스러운 입맞춤.

입이 서로 막혀 있으니 말할 수 없는 건 당연한 일이다. 경악으로 가득 차 있던 눈이 닫히고 얼굴이 붉게 상기되는 데엔 긴 시간이 필요하지 않았다.

부끄러움과 함께 타액이 얽힌다. 묘한 일체감. 방금 전처럼 격정적이진 않았지만 따스한 은기와 연정도 훈훈하게 서로의 가슴을 지폈다.

“……”

입술을 떼고 서로의 상기된 얼굴을 바라보았다. 터져 나오는 미소를 막을 수 없다. ‘세상에 이렇게 어색한 사람들이 있을까’라는 생각이 들 정도로 딱딱한 데다가 고전적이고, 그렇기 때문에 더욱더 우스웠다.

이마를 마주하고 한참 그렇게 쿡쿡거리며 웃었다.

다시 식당으로 돌아갈 때까지 두 사람은 한마디 말도 하지 않았지만 마주 잡은 두 손과 얼굴은 확실히 처음과는 확연히 달랐다.

묘하게 달빛이 충만한 밤이었다. 완벽한 어둠은 존재하지 않는다.

아니, 빛이 있기 때문에 어둠은 그 가치가 있었다.

처음 푸른 하늘을 대했을 때처럼 시아의 작은 가슴은 기쁨과 슬픔, 그리고 표현하지 못할 여러 감정들로 충만해 있었다.

머리 속을 깨버릴 것만 같은 엄청난 고통도 순간 잦아들었다. 이 상태 그대로 영원히 그와 함께 살 수 있기를. 이루어질 수 없는 소원이란 것을 알지만 강하게 염원하며 시아는 조용히 침대에 누워 눈을 감았다.

얼마나 많은 사람의 목을 가르고 배를 꿰뚫었는지, 어떤 마법을 사용해서 적을 불태우고 그 상태 그대로 녹여 버렸는지 그녀는 알지 못했다.

정확히 말하자면 명령받은 것 외에는 사고 자체가 불가능했다. 설사 죽음의 여신이 자신을 향해 활시위를 겨눈다고 해도, 그 어떤 장해물이 눈앞에 버틴다고 하더라도 주인의 말은 절대적이고, 그래서 반드시 지켜내야만 하는 것이었다.

거대한 전쟁은 그녀가 사람을 죽이기 시작한 지 벌써 일주일이 지났음에도 끝이 보이지 않았다. 칼을 들 수 있는 대륙의 성인들은 거의 다 이 전쟁에 투입되었다고 해도 과언이 아닐 정도였다.

신의 군대, 그리고 인간의 군대.

어느새 인간의 힘은 물질계에서 신이 내릴 수 있는 권능과 축복을 뛰어넘을 정도로 강대해져 버렸다. 그리고 동시에 오만해져 가기 시작했다.

철저한 신분 차별. 강력한 마법을 사용할 수 있는 선택받은 소수의 인간들을 제외하면 무능력한 인간은 개돼지만도 못한 신세였다.

스스로가 감당할 수 없을 만큼 강해져 버린 오만한 마법사들. 조금 더 편해지기 위해, 조금 더 쾌감을 느끼기 위해 그들은 신의 충고마저 외면한 채 대륙 모든 것을 노리개마냥 함부로 다루었다.

당연히 신의 입장에서는 기르던 개에게 자신의 집을 빼앗긴 느낌일 것이다. 물질계에서는 행사할 수 있는 물리력과 힘이 지극히 제한적이다. 하나 바보 같게도 그들은 인간 마법사들에게 기적이라고 불릴 만한 권능을 몇 가지 알려주었다.

처음에는 그런 권능들이 긍정적인 효과를 가져다 주었다. 강한 마법사들은 약자들을 위해 몸 바쳐 희생하며 마법을 사용했다.

한동안 대륙은 한없이 평화로웠다. 배고픈 자도 없고 목마른 자도 없었다. 모든 것이 조화롭고 풍요로 가득 차 있기만 했다.

어긋남의 시작은 마법사들 간의 시비였다. 똑같은 생각을 하며 사는 사람은 없다. 천천히 마법사들 사이에 대립과 감정의 골이 생기기 시작했다. 하지만 싸울 수는 없었다. 그때만 해도 마법사들에게 신은 절대적인 것이라는 믿음이 있었다. 신은 마법사들끼리의 불화는 절대 용서하지 않았다. 누가 옳든 그르든 간에 가진 권능 모두를 박탈해 버리고 대륙 너머 미개한 원주민들의 나라로 내쫓았다.

감정의 골이 깊어질수록, 서로 간의 불화가 심해질수록 마법사들은 그것을 표출하길 원했다.

그래서 생긴 것이 바로 페트(Pet)였다. 인간이라고 할 수도 없고, 그렇다고 인간이 아니라고 할 수도 없는 애매한 것들을 그들은 창조하기 시작했다.

서로 간의 완성품을 싸움이든 뭐든 어떤 식으로든 대결시킨다. 승자

의 미소가 진해지고 패자의 허탈감과 분노가 강해질수록 이 놀이는 한
도 끝도 모를 정도로 심해지기 시작했고, 자연스레 페트의 능력은 측정
할 수 없을 만큼 대단해져 갔다.

유희에 정신이 팔린 마법사들이 제대로 일을 할 수 있을 리 만무했
다. 분노한 신은 마법사들 모두의 능력을 빼앗기 위해 자신의 권능을
사용했다.

위기감을 느낀 마법사들은 신의 권능에 대항하기 위해 서로 힘을 합
쳤다. 신이 이겼다면 평범한 사람들의 고통은 여기서 끝났을지도 모른
다.

하지만 승리한 것은 마법사들 쪽이었다. 유희가 그들에게 준 단 한
가지 장점이 있다면, 그것은 강함에 대한 끝없는 추구와 경쟁 의식이었
다.

신을 이긴 마법사들이 오만해져 가기 시작한 것은 표현할 수 없을
만큼 빨랐다. 하늘을 향해 끝없이 높은 탑을 수도 없이 세우고 조금 더
강한 능력을 얻기 위해 악마에게 자신의 혼을 팔았다.

부패한 마법사들, 그것에 대항하기 위해 신은 묘책을 세웠다.

쫓겨난 소수의 마법사에게 다시 한 번 권능을 불어넣어 주었다. 그
리고 원주민들에게도 힘을 나눠 주었다. 동시에 마법사 밑에서 핍박받
는 인간들을 유혹한 것은 당연했다.

눈 깜짝할 사이에 신과 마법사 간의 두 번째 싸움이 시작되었다.

부패한 마법사들은 이번에는 신과 인간의 군대를 동시에 상대해야
만 했다. 자신의 힘만으로는 감당할 수 없다는 것을 눈치 챈 마법사들
은 페트를 전쟁에 사용했다. '절대 인간을 해칠 수 없다' 라는 금기를

아주 간단히 바꾸어 버리고 전쟁터로 내몰았다.

억압받는 인간들의 수는 끝을 모를 정도로 많았다. 신의 권능을 받은 그들은 절대 자신의 죽음에 주저함을 느끼지 않았다.

하나둘 마법사들의 탑이 무너져 내리기 시작했다. 한번 밀리기 시작하자 그 속도는 기하급수적으로 빨라져 어느새 대부분의 마법사는 죽거나 최후의 탑으로 내쫓겨 갔다.

최후의 탑.

살아남기 위해 부패한 마법사들은 서로의 힘을 일치시켜야 한다는 걸 절실히 통감했다. 대륙 최강이라 불리는 마법사의 탑을 마지막 보루로 한 마법사들은 신과 인간의 군대에 맞서 필사적으로 싸웠다.

그녀는 마지막 남은 페트였다. 페트 중에서 최강이라고 해도 손색이 없을 정도로 그녀의 무력은 측정할 수 없을 만큼 강했다.

상처 입은 인간의 군더를 죽이고 또 죽였다. 신의 권능 따위는 선택받은 힘으로 무시했다. 최강의 마법사라고 불리는 주인을 위해, 그리고 자신을 위해 최후의 탑 밑에서 그녀는 필사적으로 잠도 자지 않고 접근해 오는 모든 존재를 파괴했다.

마법사의 힘이 점점 약해질수록 신의 능력이 강해지는 건 당연한 섭리였다. 결국 한계에 봉착한 마법사들은 다른 차원 밖으로 도망치거나 신에게 무릎을 꿇어 용서를 빌었다.

최강의 마법사였던 그녀의 주인도 죽었다. 끝까지 탑어서 저항하다가 신의 화신인 누군가에 의해 비극적으로 최후를 맞이한 것이다.

하지만 그녀의 시간은 멈춘 그대로였다. 맹세라는 이름의 약속이 그녀의 머리 속 모든 것을 얽매고 있었다.

탐스러운 푸른색 머리는 어느새 지옥의 불길마냥 붉게 물들어 있었다. 푸른 마녀. 전쟁은 이제 끝났고 마법사들은 모두 죽거나 도망쳤음에도 불구하고 그녀는 약속을 위해 계속 탑으로 접근하는 생명을 죽여나갔다.

마지막 남은 힘이 떨어져 나갔을 때 그녀는 자신 스스로 힘을 봉인하고 존재 자체를 감추었다.

그 후 거대한 재앙이 곧 인간들에게 들이닥쳤다.

지극히 불안정한 물질계를 정화시키기 위해 신은 최후의 카드를 선택한 것이다. 세상 모든 것을 무(無)로 돌리고 다시 시작한다. 마법사들의 힘이 전무하다시피 한 인간계에 그것을 막을 능력이 있는 존재는 불행히 아무도 없었다.

모든 것의 파멸, 그리고 새로운 세상.

지극히 제한적인 힘만을 사용할 수 있게 하고 인간을 견제할 이종족과 몬스터들을 다른 차원 내에서 데리고 와 세상에 넣었다.

계획대로 인간은 한없이 높은 신을 떠받들고 세력을 만들어서 나라를 세웠다. 가진 힘이 보잘것없다 보니 뭉쳐서 스스로를 과시하기 위함이었다.

서열을 정해 인간 자체에 차별을 두는 것은 그대로였지만, 그래도 전처럼 심각한 수준은 아니었다. 개인이 가진 힘보다는 서로 간의 협동이나 조화가 중요한 시대가 도래한 것이다.

이종족인 엘프와 요정, 그리고 드래곤에게 인간은 마법을 배우기 시작했다. 하지만 전처럼 강력한 수준은 아니었다. 뼈를 깎는 노력과 시간이 있어야만 아주 한정된 권능을 가질 수 있었다.

신은 새로운 세상에 만족했다. 그리고 아주 긴 시간이 흘렀다.

인간계 내에서 아주 작은 균열이 생기기 시작했다. 신조차도 느끼지 못할 정도로 미세한 틈. 그 틈을 파고들어 새로운 전성기를 맞이하기 위해 차원으로 도피한 다법사들의 역공이 시작되었다.

아무도 모르게 세력을 늘리고, 빼앗긴 자신들의 힘을 회복하는 것이 급선무였다. 하지만 평범한 방식으로는 그들의 힘을 충전하는 것이 너무 더뎠다.

제물(祭物). 죽음과 증오, 피는 마력을 충전하고 그 사체는 꼭두각시로 이용했다. 억울하게 죽은 순수한 원혼은 그들과 계약했던 악마들에게도 더없이 훌륭한 선물이었다.

음지에서 알게 모르게 수많은 사람들의 희생이 있었음에도 불구하고 신은 전면에 나서서 그것을 저지하지 않았다.

신의 개입은 지극히 극단적인 파멸을 부를 뿐이란 것을 한 번의 큰 실패를 통해 그들 스스로도 충분히 잘 알고 있었기 때문이다.

그래도 그것을 방관하고 있을 수만은 없었다. 엘프, 인간, 드래곤 그리고 다른 이종족까지, 굴질계에 살고 있는 선택받은 소수의 존재들에게 신은 아주 한정된 진실을 들려주었다.

이차원의 악마와 계약을 맺은 고대의 마법사들은 그들이 보낸 치욕의 시간만큼이나 물질계의 모든 존재들에게 적개심을 불태우고 있었다.

신은 죽일 수 없다, 그렇다면 최대한 괴롭혀서 복수할 수밖에. 단순하지만 지극히 합리적인 사고. 이미 인간의 영역을 벗어난 그들에게 도덕심을 기대하기는 힘들었다.

하지만 동시에 마법사들과 신이 상상조차 하지 못할 시나리오가 천천히 다른 곳에서 전개되기 시작했다. 존재를 숨기고 음지에서 천천히 적의 목을 조이는 것은 비단 고대의 마법사들에게만 해당되는 사실이 아니었기 때문이다.

헝클어져 있는 옷. 어지간히 땀을 많이 흘린 모양인지 침대 시트도 아직 축축이 젖어 있었다.

분명 기분 좋게 잠들었던 것 같은데, 불행히도 밤새도록 악몽에 시달렸다. 꿈속에서 그녀는 수없이 많은 사람들의 목을 베고 시체를 불태웠다.

아니, 간단히 꿈의 영역이라고 치부하기에는 그 감각과 생각이 너무나도 생생했다. 비명 소리, 사체가 불타오르는 매캐한 노린내. 피는 강을 이루었고 그녀는 미소 띤 얼굴로 공포에 가득 차 있는 존재들을 죽여 나갔다.

더 끔찍한 사실은 좁쌀만큼도 죄책감을 느끼지 않았다는 것이다. 아니, 오히려 살육이 더해질수록 정체 모를 기쁨이 그녀의 가슴을 충만하게 했다.

힘없고 나약한, 너무나도 착하고 순진한 사람들이었다. 마치 먹이를 향해 무리를 지어 접근하는 개미새끼들의 나열들을 그녀는 단지 눈에 거슬린다는 이유만으로 짓밟아 죽인다는 느낌만 들 뿐이었다.

"……."

꿈속의 내가 진짜인가? 아니면 지금 이렇게 괴로워하고 있는 내가 진짜인가?

바늘로 쉴 새 없이 찔러대는 것처럼 머리가 아파왔다. 두 손으로 헝클어진 머리를 움켜잡고 침대에 웅크려서 더 이상 사고하는 행위 자체를 멈추기 위해 시아는 끊임없이 최면을 걸듯 자신을 향해 뭐라고 중얼거렸다.

지금 이렇게 누워서 고통스러워하는 내가 진짜다. 하지만 악마의 속삭임처럼 마음 한구석에 또 다른 누군가가 말했다.

또 다른 나를 거부하지 말라고. 이렇게 고통스러워하는 '나'도, 그리고 살육에 쾌감을 느끼던 '나'도 모두 같은 '나'임이 틀림없다고.

이중 인격? 아니, 이것은 달랐다. 예전의 나, 그리고 지금의 나. 모두가 같은 나이긴 하지만 동시에 별개의 것이었다.

다른 삶을 살았던 두 개의 기억들이 아주 천천히 하나의 것으로 합쳐지기 시작했다. 처음부터 그녀 스스로가 억눌러서 가까스로 참고 있었지만 기억의 재생은 시간이 흐를수록 눈에 띄게 꿈을 통해서 반복되었다.

동시에 고통도 심해졌다. 또 다른 '나'를 알아갈수록 지금 여기 있는 나의 육체는 병들어 죽어간다.

정확히는 그녀의 힘이 강해질수록 육체의 반동도 더 커진다는 것이 옳았다. 작은 풍선에 무한정 거대한 공기를 불어넣으면 참지 못하고 터져 버리는 것은 당연하니까.

고통의 주기가 잦아지고 커질수록 누구보다 절실히 그녀는 그 사실을 절감했다.

'이대로는 버티지 못한다. 난 이제 곧 죽는다!'

너무나도 슬프고 괴로운 사실이었지만, 그렇다고 그것을 외면할 수도 없는 노릇이었다.

신의 섭리를 어기고 원죄를 지은 한없이 저주받은 존재. 인간도 아닌 자신에게 행복이란 너무나도 먼 차원의 것이었다.

긴 시간을 살진 않았지만 베리와 같이 지낸 얼마 동안은 말로 표현할 수 없을 정도로 행복했으니까. 분수에 맞지 않을 정도로 즐거웠고 동시에 소중했으니까.

그러니까 머리를 칼로 후벼 파는 것 같은 아픔 같은 건 무시할 수 있다. 애초에 육체의 아픔이란 것은 그녀에게 그다지 큰 장애가 아니었으니까.

하지만……

세상 그 누구보다도 사랑하는 그가 그녀에게 사랑을 고백했다. 이제 죽어도 좋을 만큼 너를 사랑한다고. 세상 그 무엇과도 바꾸지 않을 정도로 사랑한다고. 그렇게 뜨거운 가슴으로 안아주고 입을 맞춰주었다.

하지만……

이대로 그냥 죽어버리기에는 소중한 존재가 너무나 많다. 언니와 동생, 그리고 오빠. 보기만 해도 웃음이 피어오르는 정든 친구들이 너무나도 많이 생겨 버렸다. 밝게 웃는 얼굴로 인사하며 연을 나누는 사람들이 손에 꼽을 수 없을 만큼 많다.

하지만……

세상이 너무나 아름다운 곳이란 걸 알았다. 푸른 하늘, 꽃, 나무, 비, 빛, 어둠, 따스함, 눈, 포근함, 산, 들, 강과 바다, 동물……. 그가 있기 때문에 너무나도 아름다운 세상. 때로는 가슴을 아프게 하고, 그 무엇과도 바꾸지 못할 정도로 따스한 빛으로 충만하게 만드는 사랑.

"……."

그러니까 울어도 되는 거야. 지금 이대로 죽는 건 너무나도 슬픈 일이니까. 아직 살아야 할 이유가 내게는 너무 많으니까 바보같이 얼굴을 찡그리며 참아낼 필요가 없는 거야.

"죽고 싶지 않아."

조금 더 살고 싶다.

조금 더 살고 싶다, 소중한 친구들과 이 아름다운 세상을.

조금 더 살고 싶다, 사랑하는 그를 남겨둔 채 죽고 싶지 않으니까.

조금 더, 조금 더 살고 싶어. 이유 같은 건 필요하지 않아. 이대로 끝내 버리긴 너무나 아까워. 행복해질 수 있는데, 평범하게 살 수 있는데 이렇게 슬프고 허무하게 끝낼 수는 없어.

"미안해요… 미안해요. 미안해."

그리고 사랑해. 곧 죽어버릴 것 같으니까 말로 할 수는 없는 걸 용서해. 그렇게까지 이기적인 여자는 될 수 없으니까. 홀로 남겨진 오빠를 생각하면 내 마음은 찢어질 것 같이 아프니까.

수도 없이 속삭이며 울었다. 사랑한다고, 미안하다고, 죽고 싶지 않다고. 누구에게도 들리지 않을 목소리를, 바보처럼 침대 한 켠에 웅크려 그렇게 한없이 중얼거렸다.

아픔이 잦아든 것은 언제나처럼 눈물이 그쳤을 무렵. 남을 속이는 것은 이제 익숙했다. 아무렇지 않은 표정으로 그녀는 문을 열고 모두를 향해 미소 지었다.

웃는 얼굴로 인사했다. 조금 더 행복해지기 위해서, 마지막 남은 이 미소를 끝까지 붙잡고 늘어져서 언제나처럼 모두를 속여야 했다.

그렇게 천천히 죽어간다. 종착역이 가져올 파멸을 기다리며 익숙해
진 지금의 '나' 를 이렇게 연기한다. 불치병에 걸린 늙은 피에로가 작
두를 타는 것마냥 아슬아슬하고 위태로운 시간을 이어간다.

조금 더 행복해지기 위해서, 그리고 나와 모두를 위해서.

펠시 아미슈 클린스테일

점심 식사 시간.

그녀는 인파에 휩쓸려 조심스레 걸음을 옮기고 있었다.

임무가 아무리 중요하다고 해도 일단 먹어야 산다. 통계적인 수치와 동물적인 감각에 의하면, 이 무렵 타깃의 위험 요소는 없다고 봐도 무방할 정도다.

소수의 도시락 파와 구내 식당 파, 그리고 학교 밖 식당 파.

세 가지 중에서 그녀는 두 번째에 해당되는 부류였다. 식당의 질은 학교 구내 식당이라는 것이 믿을 수 없을 만큼 뛰어났다. 게다가 도시락을 싸오는 것은 이래저래 불편한 일이었다.

학교 밖 고급 식당에서 먹을 수도 있겠지만 그것도 번거로운 것은 마찬가지였다. 또한,

　‘음식은 삶에 필요한 영양소를 공급하고, 임무의 효율과 질을 높이기 위해 반드시 필요하다. 장기간의 여행이나 특별한 상황에서는 그 중요성이 배가됨.’

　이라는 뿌리 깊은 사고방식이 박혀 있는 그녀였기에 죽지만 않는다면 푸석푸석한 빵, 건더기도 없는 밍숭맹숭한 수프나 최고급 육질의 소고기 스테이크, 어쩌고저쩌고 포도주 40년 산 등의 것들은 우선 순위가 비슷하다고 할 수 있었다.

　‘아니, 보관이나 휴대라는 측면에서 보면 딱딱한 빵이 훨씬 낫겠지. 이동할 때 쉽게 섭취할 수 있으니까.’

　그렇다고 그녀에게 미각이 없는 건 아니다. 하지만 돈도 써본 사람이 잘 쓰고 도둑질도 해본 사람이 잘한다고, 지난 십여 년간 처절할 정도의 금욕적인 생활을 하다 보니 밥 먹는 일은 단지 의무적인 행위 중 하나라는 사고가 자연스레 틀어박히게 된 것이다.

　인간이란, 주위의 환경에 적응하는 생물. 프로 용병, 암살자, 도둑, 암흑 성직자 등 아무래도 어두운 계열의 사람들하고 인연을 맺고 살다 보니 사교나 식사 예절이라던지 그런 쪽으로는 문외한이었던 것이다.

　남의 눈에 뛰는 것은 질색했고, 단체 행동은 가능하면 피하고 싶어 했다. 그런 이유로 그녀는 햇빛도 들지 않는 구석진 자리에 홀로 외로이 앉아 밥을 먹고 있었다. 뭐, 스승의 반골 기질까지 완벽하게 전수받았다 해도 과언이 아닐 정도이다. 역시 인간은 환경에 영향을 받는 존재이다 보니 이런 부정적인 성격까지 꼭 빼닮는 모양이었다.

　돈이 없다든지 편식을 한다든지 따위의 것이었다면 오히려 나았을지도 모른다. 학교에 관련된 금전적인 비용은 길드에서 몽땅 무상 지원해 주고 있었기 때문이다.

가능한 눈에 튀지 않게 귀족 아이들과 동화되어 타깃을 주시하고 보호할 것.

언뜻 보면 단순하고 쉬운 일이라 생각할지 몰라도, 그녀는 이 미션을 자신의 인생 역사상 최악의 미션이라 단언하고 있었다.

차라리 창칼이 난무하는 전쟁터에서 적의 장수를 암살하는 쪽이 그녀에게는 쉬울지도 모른다.

꽤 시간이 흘렀음에도 불구하고, 하루에도 몇 번씩 반복적인 위기가 닥쳐왔다. 지금은 어느 정도 유연하게 대처하고 있지만 처음 전학 왔을 때만 하더라도, 학교그 나발이고 다 때려치운 다음 당장 도망가고 싶을 정도로 괴로웠다.

"펠시, 여기 있었구나!'

"정말 같이 밥 먹자고 해도 매일 먼저 나가 버리고."

"그래도 앉는 자리가 지극히 한정적이다 보니 찾는 건 어렵지 않잖아."

"학교에서 혼자 밥 먹으면 아이들한테 놀림받는다고."

"어이, 스테빈. 이 세상에 혼자 밥 먹는다고 펠시를 놀릴 아이가 과연 있을 거라 생각하나?'

카루와 스테빈은 지치지도 않는지 그녀의 동의조차 얻지 않고 앞 자리에 마주 앉았다.

어차피 테이블과 의자는 학생 공동의 것으로 자신에게는 거부할 권리가 없다 생각한 그녀는, 눈썹 하나 까딱하지 않고 음식을 입에 넣어 씹어 삼켰다.

　'음식은 확실히 소화할 수 있도록 섭취하는 것'이란 스승의 가르침에 따라 식사량은 적은 편이었지만 그녀의 음식 먹는 속도는 매우 느린 축에 속했다.

　그러나 아이들은 그녀의 그런 모습이 오히려 기품있게 느껴져 그녀의 식사 습관에 대해 어색해하지 않았다. 어찌 됐든 그녀가 먼저 식사를 시작한다 해도 앞의 두 사람과 거의 동일한 시간에 식사가 끝나, 남들이 보면 그녀가 먼저 둘의 자리를 맡아두는 것이라 착각할 수 있을지도 모른다.

　잠시 펠시의 학교 생활에 대한 부연 설명을 하자면, 수업 시간에는 뒤떨어진 진도를 따라가기 위해 눈에 불을 켜고 칠판을 바라본다. 쉬는 시간이 되면 자리에서 엉덩이조차 떼지 않고 묵묵히 다음 수업을 준비하는 것이 대부분이었다.

　간혹 기분이 안 좋다거나 의욕이 나지 않을 때면 푸른 하늘 바라보며 딴생각에 잠겨 있을 때도 있지만, 대부분 '절제'라는 말이 딱 들어맞을 정도로 그녀는 모범적인 생활을 하고 있었다.

　이론에서는 성적이 나쁜 편에 속했지만 실기에서 만큼은 그 갭을 확 뛰어넘고 남을 정도로 성적이 뛰어났다. 사내아이들도 상대하기 힘들 정도의 뛰어난 검술은 물론이고, 승마, 로프와 단검 사용, 함정 발견이나 생성 등 다재다능했다. 그야말로 팔방미인이란 말로는 설명이 부족할 만큼 실력이 대단했다.

　얼굴이 단정한 것은 그리 드문 일이 아니었지만 실전에서 통용될 만큼 능숙한 실력을 가진 여학생은 손에 꼽힐 만큼 적었기 때문에 또래의 여학생들과 여러모로 비교가 되는 그녀였다.

그런 그녀가 특별히 기피하는 수업이 몇 개 있었다. 예를 들자면 춤, 예절, 다도, 요리 같은 것들이었다. 하지만 대부분이 성적에 큰 영향이 미치지 않는 선택 과목에 해당되는 것들이라 진학하는 데 큰 어려움은 없었다.

내성적이고 어두운 성격이라고 해야 할까. 아무래도 또래의 아이들과 어울리는 것에 영 능숙하지 못해 속해 있는 클럽도 없었다. 전학 초기에는 여러 클럽에서 그녀의 재능을 노리고 열심히 스카우트하려 했지만 냉정하게 거절하는 그녀의 태도에, 별 도리없이 씁쓸한 얼굴로 포기할 수밖에 없었던 것이다.

"레이젠 선생도 참 불쌍하게 됐어. 학교에서 쫓겨난 다음 정신적인 쇼크가 너무 심해서 침대에 아예 들어 누웠다는 것 같던데 말이야."

"그 악마 같은 녀석에게 시비를 건 대가라고 할 수 있겠지."

"듣자 하니 레가스 선생님도 예전에는 굉장히 정상적이었다고 하던걸. 선배들 이야기 들어보니까, 이 학교 재학 당시에는 검술도 뛰어나고 외모도 멋있어서 인기 만점이었던 모양이야."

"아아, 블랙 드래곤도 발톱을 드러내지 않을 때는 정상적이고 귀여워 보이는 법이지."

"학교 졸업 후 역대 최연소로 근위 기사단원으로 승격, 전쟁터나 특별 임무에서 수도 없이 활약하다가 이상하게 그 뒤로의 기록이 애매한 것 같아. 그렇게 몇 년 동안 사라졌다가 난데없이 이 학교에서 다시 나타났던 거야."

"뭐, 초야에 틀어박혀서 수련이라도 한 모양이지. 아니면 지옥에 가서 사악함을 더 레벨업했다던가."

앞의 두 소년이 여러 가지 사건들을 수다스럽게 늘어놓았기에 귀가 있는 이상 자연스레 듣다 보니 식사에 집중할 수가 없었다.

검술 지도 선생님의 경우에는 특별히 유명 기사단에서 활약하던 기사들을 초빙하거나 유명한 용병을 기용하는 경우가 많았다. 그럼에도 불구하고 레가스 선생은 검술 지도 선생들 중 가장 실력이 뛰어나다고 알려져 있었다.

이름 석 자를 제외하면 모든 것이 비밀에 싸인 인간이기에 펠시도 그에 대한 정보를 수집하는 것은 여러모로 힘에 겨웠다.

길드에 자료를 요구했지만 대답은 없었다. 자료가 없는 것은 아니지만 그녀의 위치상 그것을 열람할 권리가 없다는 것이었다. 과거의 흔적 같은 것은 쉽사리 알아낼 수 있었지만 현재의 자세한 정보는 좁쌀만큼도 얻어내지 못했다.

그도 자신과 같이 특별한 임무를 수행하고 있을 것이란 그녀답지 않은 막연한 추측만 하며, 세간의 소문과 평가를 주시할 수밖에 없었다.

최근 들리는 소문에 의하면 어떤 내기를 계기로 한 선생을 정신적 공황 상태로 몰고 가, 말 그대로 인간 자체의 파멸을 초래했다고 한다. 역시 여러모로 자세히 분석해 볼 만한 가치가 있는 존재 중 하나이다.

정신없이 밥을 먹는 앞의 두 사람이 열중하는 대화도 그에 대한 것이었지만 정보로써의 가치는 지극히 낮은 수준의 내용이었다.

알고 있는 사실의 나열과 불평 불만이 대부분이라 대충 흘려들으며 그녀는 조용히 식사에 몰두했다.

"그런데 베리 녀석 말이야."

갑작스런 화제의 전환에 새삼 당황한 건 대화를 나누는 당사자들이 아니었다. 그녀가 식사를 하던 동작마저 멈추고 얼굴빛까지 변한 것은 다 그만한 사정이 있었다.

―타깃의 이름은 베리 코퍼슨. 현재 수도 기사 학교 재학 중. 가능한 한 눈에 띄지 않게 귀족 아이들과 동화되어 타깃을 주시하고 보호할 것. 그에 필요한 비용과 정보는 길드에서 무상 지원. 의뢰를 성공할 시 정보 열람 권리 두 단계 상승.

처음에는 '파격적'이란 말이 딱 어울릴 정도로 난이도에 비해 대가가 큰 의뢰인 듯했다.

길드 내에서 그녀만큼의 적임자도 없었고, 본인이 지원한 것도 있고 해서 곧 위장한 정보로 자연스레 학교에 잠입할 수 있었다.

"굉장히 귀여운 여동생이 있다는 소문이 돌던데?"

"아아, 스테핑. 그러고 보니 너는 베리가 일하고 있는 식당에 한 번도 가본 적이 없었구나."

"소문이 사실이야?"

"물론 사실이고말고. 숨 막히게 귀여운 여자 아이가 한 명 있지. 게다가 식당 주인인 아이린 씨는 천하제일이란 말이 부족하지 않을 만큼 아름다운 분이란다."

"헤에~ 정말이었던 모양이네. 베리 녀석, 엄청 부러운걸. 미소녀와 미녀가 일하는 식당에서 365일 그녀들과 얼굴을 맞닥뜨리며 살고 있다니."

"크으! 그 녀석, 지금쯤 한평생 솔로로 살겠다고 다짐한 사나이들의 뜨거운 맹세를 잊은 것이 틀림없어. 방학이 시작되기 전에 강도 높은 정신 훈련을 할 필요성이……."

"나처럼 초연히 음지에서 저주하는 편이 낫지 않을까? 그럴수록 자신만 더 비참해질 테니 말이야."

"같은 한평생 솔로라 해도 네 녀석과 나는 걷는 노선이 다른 것 같군."

"강경파와 온건파인가? 뭐, 여하튼 응원할 테니 열심히 하라고. 마음속으로 인기 많은 소년과 커플을 증오하는 것은 나도 뒤지지 않으니까."

"아아! 사람이 같은 사고와 행동만 하고 살 순 없는 법이지. 동지 스테핑이여, 그대도 마음속으로 커플 척살단을 응원해 주길 바라네. 불행히 이번 프레레크 데이는 방학 사이에 껴버렸지만 그래도 단호하게 동지들과 힘을 합쳐 무력으로 커플들을 응징할 테니!"

두 사람의 대화에 혹시 모를 정보를 기대하며 듣고 있는 그녀 자신이 바보 같다고 느꼈다. 갈수록 정도를 어긋나도 한참은 어긋난 생산성없는 내용뿐이었다.

"아참, 펠시. 너는 방학 때 뭘 하고 지낼 예정이야?"

임무는 학교 안에서만 해당되는 덕분에 방학은 완전한 휴식의 시간이었다. 그렇다고 해서 특별히 일과를 계획한다는 것은 그녀에게는 무의미한 일이었다. 난데없는 스테빈의 질문에 그녀는 미세하게 얼굴을 찌푸리며 입을 열었다.

"별로."

"헤에, 특별한 일이 없는 모양이네. 그럼 넷이 모여서 놀러 가지 않을래?"

"그 넷은 너하고 나하고 필시, 그리고 베리 녀석?"

"응. 근처 별장이나 산으로 가자."

"뭐야, 스테핑. 유명한 귀족이라고 자랑하는 거냐? 별장은 무슨 얼어죽을 별장."

"우리 집이 별장이 있는 게 내 죄는 아니잖아. 괜히 꼬투리 잡지 말라고."

"흐응. 뭐, 그래도 재미가 없진 않을 것 같네. 펠시, 넌 어떻게 생각해?"

카루의 말에 그녀는 이젠 노골적으로 얼굴을 찌푸렸다. 정말이지 귀찮은 건 질색이다. 통계적인 수치로 해석해 보아도, 저 둘과 연관되면 곤란한 일에 휘말려들 위험이 상당히 높았다.

평소의 그녀라면 거절하는 것이 당연한 일이었다.

하지만 학교 밖이라 해도 타깃의 신변에 이상이 생기면 그 책임이 자신에게 돌아올 것이 분명했다.

게다가 좋게 말해서 한가한 거지, 한 달이 넘는 시간 동안 넓지 않은 어두운 방 안에서 보낸다는 것이 그녀 스스로 생각해 보아도 좀 비참한 일이었다.

유희에 능숙하지 않은 것뿐이지 싫어하는 건 아니었다. 인간이라면 즐겁게 노는 일이 싫을 리 없지 않은가.

덕분에 이런 저런 생각과 가치관들이 머리 속에서 뒤죽박죽되었다. 그녀가 제일 싫어하는 것 중 하나가 과거의 자신을 부정하게 만들고 새로운 사고를 주입시키는 것이다. 비록 그것이 옳은 것이라 할지라도 그녀는 그런 보편적인 아이들의 '사고' 에 자신이 휘말리는 것을 매우 혐오했다.

하지만 동시에 그녀 자신도 그 나이 또래의 여자 아이였다. 아무리 자란 환경이 삭막하고 어두웠다 할지라도 그 근본을 부정할 수는 없었다.

"……생각해 볼게."

"아아, 곧 방학이니까 빨리 결정하는 게 좋을 거야. 경험상 이런 일은 제대로 정해두지 않으면 곧 흐지부지되어 버리거든. 나도 엄마한테 허락 맡아야 하고."

"뭐, 난 언제라도 오케이!"

"카루, 넌 오지 않아도 상관없는데……."

조심스레 말하는 스테빈의 목을 조르며 뭐라 소리 지르는 카루로 인해 시끌벅적해지자 주위 아이들의 시선이 쏠렸다.

'통계적으로 생각해 보았을 때, 멤버가 다 모이면 필연적으로 트러블이 발생한다.'

바로 지금처럼 말이다. 씁쓸한 미소를 지은 그녀는 다시 식사를 하기 위해 포크를 집어 들었다. 오늘은 이 문제를 어떤 방법으로 현명하게 대처할 것인가에 대한 고민을 해야 할 것 같았다.

옆 자리에 앉아 있는 베리의 얼굴을 살짝 흘겨보았다. 처음 봤을 때보다 머리가 제법 길게 자라 있어 더 더욱 여성스러움이 느껴지는 모습이다. 남자치고는 턱 선도 가냘픈 축에 속하고, 입도 작고 붉은 편이라 보면 볼수록 묘하게 귀엽다는 느낌이 확연히 들었다.

꼭 다문 입술과 날카로운 눈매가 특이한 검은 머리 색과 어우러져서 쉽사리 접근하기 힘든 분위기를 풍겼다.

직접 대화해 보면 그렇게 딱딱하고 차가운 아이가 아니란 걸 알게 되지만 처음 접했을 때는 저 얼굴 덕분에 여러모로 어려움이 많았다.

보호라는 것은 필연적으로 자주 접촉해야만 하는 것. 임무를 수행하기 위해선 어느 정도 타깃과 거리를 좁히는 편이 효율적이었다.

사교성이라고는 눈곱만큼도 없는 자신이 대상과 친해진다는 것 자체가 힘에 겨운 일이었다. 만족할 만한 수준은 아니지만 그럭저럭 그것을 완수했을 때, 이번에는 다른 성격의 고민이 그녀의 머리를 어지럽혔다.

친구… 라고 하면 적합하겠지만 앞서 말했듯이, 그녀는 또래의 아이들과 어울리는 것에 엄청 서툰 편이었다. 곁에 있거나 말을 걸어도 어색하지 않다는 것은 말로 설명하면 한없이 간단할지 몰라도 그녀에게는 밑도 끝도 없을 만큼 미묘한 일이었다.

쉽게 말하자면 사귐의 정도라고 해야 할까? 그녀 입장에서는 남녀가 친구 사이로 존재한다는 것 자체가 어색한 일이었기에 그런 쓸데없는 일에도 고민하는 것이 어찌 보면 당연했다.

하지만 베리가 그런 것에 크게 신경 쓰지 않는 성격이라 다행이었다. 뭐, 지금 스스로 생각해 보면 조금은 어색한 부분이 없지 않아 있는 것도 같지만 타인의 눈에는 크게 거슬릴 정도로 둘의 사이가 이상해 보이진 않는 듯했다.

만족할 만한 수준은 아니지만 그럭저럭 괜찮게 임무를 수행하고 있다고 해야 할까?

그녀답지 않게 작은 한숨을 쉬고는 타깃에서 눈을 돌렸다. 아무래도 이번 일은 거절해 두는 쪽이 나을 것 같았다.

기말 시험의 일을 신경 쓰고 있지 않다면 그건 거짓말이었다.

인공호흡을 하지 않으면 곧 죽을지도 모른다는 생각이 들어, 입을 맞추고 숨을 불어넣었다.

자신이 배운 대로 기본적이고 정확한 응급 처치를 실천에 옮긴 것뿐이었다.

하지만……

난생처음 남자와 입을 맞추었다. 환상이라고는 하지만 그 감촉이 지금도 생생히 느껴질 정도로 현실과 별반 차이가 없었다. 축축하고 부드러운 그의 입술에 자신의 입술이 겹쳐질 때 가슴 한 켠이 일순간 뜨거워진 것은 그녀 스스로도 부정할 수 없는 진실이었다.

입을 맞추었다는 그 사실 하나만으로 갑자기 타깃에 접근하는 것이 평소보다 몇 배 이상 힘들어졌다. 임무에 사적인 감정을 더하는 것은 지극히 위험한 일이었다. 하지만 바보같이 그의 얼굴만 봐도 얼굴이 뜨겁게 달아올랐다. 그건 그녀에게 있어서 죽음보다 더한 수치였다.

이럴 때는 어떤 행동을, 어떤 말을 해야 하는 것인지 그녀는 아무것도 몰랐다. 무지는 때로 큰 죄가 되기도 하는 법. 그녀는 수없이 많은 반복을 통해 또래의 아이들과 비교할 수 없을 만큼 다양한 전투 및 실전 경험을 얻었지만 동시에 그에 상응하는 대가를 치러야만 했다.

그것이 이 임무에서 그녀가 가진 최악의 약점이었다. 바로 지금 이렇게 고민하는 것들이다. 단순히 목숨을 구하기 위해 입을 맞췄다고 해서 사고가 뒤엉켜 버린 것도 따지고 보면 모두 자신의 '무지'에서 비롯된 일이었다.

경험은 곧 자신을 움직이는 힘이 되는 것에 대조적으로 그녀는 '모르는 것'에 매우 서툴렀다. 과거에는 무엇이든 명쾌하게 답을 정의해 주는 스승이 언제나 그녀의 곁에 있었다. 하지만 지금, 이곳에는 질문할 수 있는 사람도 없고 대답을 해주는 사람도 없다. 무엇이든 그녀 스스로가 판단해서 답을 생각해 내야 하는 것이다.

마음을 터놓고 대화할 만한 상대가 단 한 명도 없다는 것 역시 견디기 어려운 일이었다.

그만큼 대가가 상당하긴 했지만 제아무리 외로움에 능숙한 그녀라 하더라도 시간이 흐를수록 인간인 이상 조금씩 스트레스가 쌓이는 건 막을 수 없었다.

이번 제안에 고민하는 것도 절반 정도는 그 이유 때문이었다. 의뢰는 학교에서 타깃을 보호하기만 하면 되는 일이지만 그녀의 생활은? 말 그대로 눈곱만큼도 고려되지 않은 것이다. 방학 중에 뭘 하더라도 자유라는 건 언뜻 보면 굉장히 행복한 일인 것 같지만, 사실 그녀 입장에서 보면 그렇게 반가운 행사가 아니었다.

돌아가도 혼자뿐이고, 특별한 취미도, 재주도 없는 그녀에게는 자유 시간 자체가 무의미한 것이다. 차라리 숨이 차 오를 때까지 전투를 벌이다가 모닥불 근처 노상에서 야숙하던 시절이 오히려 즐거웠다.

그때는 그래도 확실한 목적 의식이 있었으니까.

하지만 지금은? 앞서 말했듯이 그녀는 '모르는 것'에 한없이 서툴고, 또 그것 때문에 고민하는 사실 자체를 혐오하는 사람이었다.

그러니 이 의뢰는 최악인 것이다.

진작에 거절하는 쪽이 좋았을 테지만 후회는 아무리 빨라도 늦은 법. 임무 실패는 곧 자신의 한계를 길드 내에 드러내는 꼴이 되어버리는 동시에, 스승의 이름에 먹칠을 하게 된다. 철저한 경쟁 시스템으로 실력이 없는 자는 도태되는 것이 자연스런 세계이니까.

아직 갈 길은 멀고도 험하다. 고작 이런 한심한 일로 고민하는 자신을 향해 갑자기 밑도 끝도 없을 만큼 비참한 기분이 들기 시작했다.

명령받는 것에 너무 능숙해진 것인지도 모른다. 장기판의 말처럼, 기계 장치의 부속품처럼 일방적인 상하 관계에 얽매여 사고도, 고민도 없이 그렇게 맡은 일을 처리할 뿐이다.

시간이 흐를수록 무능력함이 자신의 목을 조여오기 시작했다. 이번 일만 해도 자신있게 혼자서 처리할 수 있다고 믿었다. 하지만 그건 응석이자 오만이었다. 할 일이 없어지면 어떻게 시간을 보내야 할지도 모를 만큼 그녀는 또래의 아이들이 평범하게 여기는 조그만 일조차도 받아들이는 것에 한없이 서툴렀다.

불쾌한 기분을 참기 힘들었다.

그래서 타인에게 들키지 않기 위해 고개를 숙여 표정을 감췄다. 조금만 더 있으면 이제 수업도 끝난다. 갑작스런 기분 나쁜 자괴감도 시간이 흐르면 언제나처럼 곧 치유될 것이 분명했다.

일 분 일 초가 끔찍이도 더디기만 하다. 마치 누군가가 뇌를 이리저리 흔드는 것 같은 미묘한 통증이 느껴졌다.

통증의 반복 속에서 허우적거리다가 수업이 끝나는 종소리에 구속

당하던 몸이 다시 자유를 되찾았다. 담임 선생 얼굴이라도 보고 귀가 하는 것이 예의겠지만 지금은 그런 겉치레를 차릴 컨디션이 아니었다.

가방을 집어 들고 곧장 집으로 향했다. 등 뒤에서 누군가 자신을 부르는 것이 들려왔지만 추호의 망설임도 없이 무시하고 몸을 움직였다.

그렇게 한참 걸어서 드디어 방에 도착하자 그녀는 교복도 벗지 않고 그대로 침대에 몸을 묻었다.

별로 한 일도 없는데 이상하게 몸이 무척이나 피곤했다. 옷이 구겨지는 것도 상관하지 않고, 그녀는 그렇게 눈을 감고 밀려오는 잠에 빠져들었다.

이름조차 없는 작은 마을이었다. 사냥을 하거나 밭일을 해서 필요한 것을 자급자족하고, 지천에 깔린 늙은 나무를 베어 생계를 이어가는 한없이 평범한 마을.

나는 그곳에서 태어났다. 아주 오래되어서 기억조차 희미하지만, 어린 나는 그곳에서 젊은 부모의 귀여움을 받으며 행복하게 살고 있었다.

꿈속에서조차 안개가 낀 것마냥 흐려서, 솔직히 부모의 얼굴은 잘 기억이 나지 않았다. 어머니가 이런 초야에 묻혀 살기에는 아까울 정도로 굉장한 미인이었다는 것이 생각났지만 내가 너무 어렸을 때라 그런지 그곳에서의 기억은 지극히 단편적인 것들뿐이었다.

어린 동생이 있었던가? 갓 태어나서 한껏 주위에 자신의 귀여움을 뽐내는, 세상의 허물은 아무것도 모르는 작은 아기.

조그만 침대에서 훌쩍이는 그 아기를 조잡한 장난감으로 달래주고 노래를 흥얼거리며 놀아주던 것이 언뜻 떠올랐다. 부모님이 일을 나가시면 언제나 집엔 둘뿐이었다.

오빠나 언니는 아쉽게도 없었던 것 같다. 내가 조금 더 어렸을 때는 아무도 없는 쓸쓸한 집을 홀로 지켜야 했기 때문이다. 남몰래 착하고 잘생긴 오빠가 생겼으면 하고 철없이 꿈꾸던 기억도 있다.

풍족한 것은 아니지만 그래도 가난한 것은 아니었다. 지극히 평범하고, 또 그래서 더 행복한 가정이었다. 단편적인 기억으로는 확실히 어떤 삶을 살았는지 정의 내리기 힘들지만 그 한없이 따뜻했던 감정만은 아직도 머리 속에 생생히 자리잡혀 있었다.

그 작은 마을에는 다른 아이들도 몇 있었다. 이름과 성격까지는 잘 생각나지 않지만 나를 제외하고 다 사내아이들인 듯했다. 창문 밖에서 사내아이들이 뛰어노는 것을 조금은 부러운 표정으로 바라보던 광경이 머리 속에 떠올랐다. 여자로 태어나 후회한 것은 내 일생에서 그때뿐이었다.

아버지는 나무를 베러 어른들과 같이 어디론가 사라지고, 어머니는 잠시 밭일을 하기 위해 나와 작은 아기를 남겨두고 집을 비웠다.

아아, 그래. 그전의 기억은 물에 흠뻑 적신 종이마냥 흐물거리며 머리 속에서 재생하였지만 이상하게도 그날의 기억만큼은 지금도 당장 설명할 수 있을 만큼 생생하다.

몹시 더운 여름이었다. 가만히 앉아만 있어도 엉덩이에 땀이 배어 나올 정도로 지독한 더위가 반복되던 계절이었다. 나는 축 처진 몸으로 아기 근처를 배회하며 뜨거움을 참아내고 있었다.

창문을 힐끔 바라보아도 언제나처럼 뛰어놀던 아이들의 모습을 발견할 수 없었다. 근처 개울에서 물장구라도 치는 모양이었다.

하지만 어머니는 엄격한 분이었기에 어린 아기를 내버려 두고 나 혼자 어디론가 사라진다는 것은 불가능했다.

너무 더워서 그랬는지 몰라도 난 그때 아기가 없어졌으면 하고 생각했다. 아기에게 조그만 일이라도 생기면 항상 혼나는 것은 나였으니까. 귀를 마비시킬 만큼 큰 소리로 울어대 신경 쓰이게 하고, 새장 속의 새마냥 내 몸을 이 집에 구속시키는 이 모든 것에 갑작스런 불쾌함을 전부 아기 탓으로 돌렸다.

더워, 더워, 아니, 덥다는 말이 부족할 정도로 뜨겁다. 이리저리 좁은 집을 배회하며 나는 신경을 다른 쪽으로 집중하기 위해 애를 썼다. 그래야 조금이라도 이 지독한 더위를 피해낼 수 있을 테니까.

그리고 얼마나 시간이 흘렀을까.

무엇인가 이상하다는 느낌이 든 것은 이 끔찍한 더위 때문이 아니었다. 분명 굉장히 오랜 시간이 흐른 것 같았는데, 이상하게도 해는 하늘 정 가운데에서 미동조차 하지 않고 고정되어 있었다.

여름이라 밤보다 해가 떠 있는 시간이 긴 것은 당연했다. 처음에는 오늘은 그것이 조금 더 심한 모양이라 생각하며 아무렇지도 않게 넘어갔다.

칭얼거리는 아이를 달래고 다시 창문을 바라보았을 때, 하늘은 구름 한 점 없이 푸르고 여전히 해는 뜨거웠다.

의자에 몸을 묻고 깜빡 잠이 들었다가 다시 눈을 떴을 때도 지독한 더위와 한낮의 시간은 그대로였다.

아기는 탈진해서 우는 것조차 힘겨워했다.

그 후로 또 얼마나 시간이 흘렀는지 모른다. 드디어 나는 어머니와의 약속을 어기고 아이를 품에 안고 집을 빠져나왔다.

걸음을 움직이는 것조차 힘에 겨울 정도로 더위는 지독했다. 뜨거운 햇빛을 정면으로 쬐자, 얼마 후 머리가 어지러워졌다.

이를 악물고 나는 다른 사람을 찾기 위해 주변을 살폈다. 하지만 이상하게도 마을에는 아무도 없었다. 마을을 소란스럽게 했던 악동들도, 그늘에 앉아서 수다를 떨며 시간을 죽이던 아주머니들도, 담배를 태우며 묵묵히 마을 어귀를 감시하던 할아버지도 모두 지워진 것처럼 그렇게 깨끗이 사라졌다.

한참 그렇게 미친 듯이 숨을 헐떡이며 마을을 돌던 나는 마을 안에 모든 '생명체'가 하나도 남김없이 사라졌다는 것을 깨달았다. 멍한 얼굴로 그렇게 한참을 서 있을 수밖에 없었다.

집들도 빠짐없이 찾아가 보았다. 심지어는 마구간이나 개집마저 뒤져 보았지만 아무도 없었다. 한없이 뜨거운 태양 빛만 내리쬐고 있을 뿐이었다.

조금 더 마을 안을 방황하던 나는 다시 집으로 돌아왔다. 그때까지만 해도 이건 악몽이라고 생각했다. 아니면 놀래키기 위해 모두가 날 속이고 있는 것이란 착각도 들었다.

아기에게 조금 물을 준 후, 침대에 누이자마자 아기는 잠에 빠져들었다. 지친 것은 나도 마찬가지인지라 아기 옆에 누워서 그렇게 잠이 들었다.

눈을 뜨자마자 나는 부모의 이름을 소리 내어 불렀다.

창문을 열자 눈이 멀어버릴 정도로 뜨겁고 강렬한 햇살이 내리쬐고 있었다. 악몽은 끝나지 않았던 것이다.

그런 반복이 몇 번씩 지속되어서야 어리석게도 나는 그제야 깨달을 수 있었다.

시간이 정지된 것이다.

온 세상이 멈추어 버린 것인지, 아니면 이 마을만 그렇게 되어버린 것인지는 알 수 없었다. 어쩌면 시간이 멈춘 것이 아니라 밤 자체가 사라진 것일지도 모른다.

하지만 도대체 왜?

그 이유는 당연히 알지 못했다. 분명한 것은 이건 악몽이 아닌 현실이라는 사실이었다. 마을 안의 생명체가 하나도 빠짐없이 사라져 버린 것도, 미칠 것만 같은 더위가 계속된다는 것도, 그리고 앞으로 어떻게 될지 모른다는 것도…….

그 모든 것은 어린 내가 견뎌내야 할 위기였다.

다행히 식량은 충분한 편이었다. 사람이 하나도 없다 보니 양해를 구하고 자시고 할 것도 없이 그냥 문을 열고 들어가서 먹을 것을 가져오면 되었기 때문이다.

하지만 먹을 것보다 중요한 건 물이었다.

미칠 듯한 뜨거운 열기가 계속되자 마을의 우물은 빠른 속도로 말라가기 시작했다. 그리고 동시에 작은 아기는 눈에 띄게 약해져 가고 있었다.

내가 죽더라도 아기는 살려야 한다.

하지만 어떻게? 젖을 먹지 않으면 아기는 죽을 것이 분명해. 나는 버틸지 몰라도 이대로 가다가는 아기는 곧 죽고 말아.

이 아기마저 없어지면 마을에서 살아 움직이는 것은 나뿐, 그리고 나조차도 아무도 없는 곳에서 쓸쓸히 쇠약해져 죽어갈 것이다.

그러니까 나는 결단을 내려야 했다.

얼마 후 아이를 천으로 감싸 안고 무작정 다른 마을이 있는 방향으로 걸음을 옮기기 시작했다.

이대로 이 아기를 죽일 순 없어. 그럴 바에는 길가에 쓰러져 죽는 쪽이 더 나아. 적어도 미쳐 버릴 것 같은 외로움에서 해방될 수는 있을 테니까.

뜨거운 태양이 내리쬐 녹아버릴 것만 같은 그 열기 속에서 나는 숨조차 제대로 쉬지 못하고 앞을 향해서만 움직여 갔다.

더워.

더워, 더워, 더워!

얼마나 그렇게 사고가 마비된 채 걸음을 옮겼는지 모른다. 탈진해 쓰러져 죽을 정도로 걸었지만 변한 것은 아무것도 없었다.

해는 뜨거웠고 아기는 등 뒤에서 소리 내어 울고 있었다.

아마 남은 것이 나 혼자였다면 오히려 더 일찍 죽었을지도 모른다. 하지만 아기가 있는 이상 난 이런 곳에서 쓰러질 수 없었다.

아기가 사라져 버렸으면 좋겠다는 생각 때문에 벌을 받은 것일지도 모른다고 생각했다. 그렇다면 죽는 것은 나 혼자로 충분한데 어째서 아기까지 아프고 고통스러워야 하는 것일까.

나는 처음으로 신을 원망했다. 왜 이렇게 되어버린 것인지 분하고 괴로워서 저절로 눈물이 흘러나왔다. 지독한 더위도, 쓰러질 것만 같은 아픔도 이를 악물고 참아낼 수 있었지만, 그 자괴감과 외로움은 견디기 어려웠다.

눈물이 말라 버린 것은 언제였을까.

고개를 드는 것조차 힘에 겨웠다. 정말 시체가 살아 움직인다는 말이 과언이 아닐 정도로, 남아 있는 모든 힘을 쥐어짜 앞으로 계속 걸어갔다.

내가 향하고 있는 것은 삶이 아니라 끔찍한 지옥일지도 모르고, 처음부터 포기하고 마을에 남아 있는 쪽이 나았을지도 모른다.

하지만 이제 뒤돌아서 돌아가기에는 너무나 늦었다. 어쩌면 나는 살아 돌아갈 수 있을지 몰라도, 아기는 분명 그전에 죽을 것 같았다.

왜 이런 일이 생긴 거야?

왜 내가 이렇게 괴로워 해야 하는 거야?

왜 내가 이렇게 고통스럽게 앞으로 걸어가야 하는 거야?

대답해 줄 사람은 아무도 없었다. 분명히 강렬한 햇살이 내리쬐고 있음에도 불구하고, 얼마 후 내 몸을 향해 한겨울 눈보라와 같은 추위가 몰아닥쳤다. 나는 견디지 못하고, 바람에 흔들리는 갈대마냥 그렇게 허우적거리며 떨었다.

그리고 쓰러졌다.

이제 여기서 죽는구나. 그런 생각을 하니 말라 버린 줄 알았던 눈물이 볼을 타고 다시 흘러내렸다.

미안해, 미안해. 바보같이 여기서 쓰러져 버려서. 널 살려줄 수 없어서 미안해. 없어졌으면 좋겠다고 생각한 건 실은 전부 다 거짓말이었어.

등에 묶인 천을 풀고 나는 아기를 품에 안았다. 그리고 눈을 감았다. 죽음은 천천히 나를 향해 미소 지으며 다가오기 시작했다.

힘겹게 눈을 떴을 때 그녀가 살짝 내 얼굴을 흘겨보더니 조용히 입을 열었다.

"결계를 거의 벗어난 것은 칭찬해 주지. 인간 계집애가 여기까지 왔다는 건 정말 기적이라 해도 좋은 일이니까. 아아, 이번에도 허탕인 것은 매한가지인가. 젠장, 그 녀석은 왜 이런 기분 나쁜 뒤치다꺼리만 시키는 거야! 누가 자기 종인 줄 아나……. 흐응, 여하튼 아무리 회복 포션이 좋다 해도, 기초 체력은 회복시켜 주지 못하니까 한숨 푹 자고 일어나도록 하라고, 꼬마 아가씨."

"……아, 아기는? 어디 있죠?"

"그 말라비틀어진 시체 말이야? 죽은 지 한참이나 지난 것 같던데. 그건 뭐에다 쓰게? 니가 무슨 위대한 네크로맨서(Necromancer)도 아니고. 내 생각에 저런 건 언데드로도 제대로 못 써먹을 것 같다."

"죽었다고요?"

"응, 아주 완벽히 죽었지. 사인을 추측해 보자면…… 으음, 더위를 먹어서 죽은 건지 아니면 수분이 모자라서 죽은 건지는 좀 불확실하군. 뭐, 복합적이라고 하는 쪽이 좋겠지."

아무렇지도 않은 투로 그렇게 말하는 그녀를 눈앞에 두고 나는 넋이 나간 얼굴로 한참 동안 아무런 말도 하지 못했다.

죽었다. 모든 것을 포기하고 마을을 빠져나온 것도 다 아기 때문이었는데. 망자마냥 멍한 얼굴로 더위와 싸워 힘겹게 걸음을 움직인 것도 전부 다 아기 때문이었는데.

아기가 죽어버렸다. 나 때문에 죽었다.

참으려 해도 눈물이 볼을 타고 주르륵 흘러내렸다. 작은 손으로 얼굴을 가린 채 나는 그렇게 한참을 흐느꼈다.

미안해, 미안해, 나만 혼자 살아버려서 미안해. 수도 없이 중얼거리며 흘러내리는 눈물을 손등으로 닦았다.

잘 기억나지 않지만 탈진해서 기절할 정도로, 그렇게 계속 울었던 것 같다.

질린 얼굴로 그녀는 나를 향해 한숨을 쉬며 말했다.

"그런데 좀 묻고 싶은 게 있는데 말이야, 넌 도대체 어떻게 살아남은 거야? 정상적인 인간이라면 죽는 게 정상이라고. 너, 마법을 배운 적 있는 거니? 아니면 무슨 아티펙트라도 장비한 거야?"

나는 콧물을 훌쩍이며 고개를 저었다. 무슨 말인지 알아들을 수도 없었다. 그녀는 곤란한 표정으로 한참을 생각하더니, 쇠약해질 대로 쇠약해진 내 몸을 끌어안고 조용히 자리에서 일어났다.

"뭐, 천천히 조사해 보면 알 수 있겠지. 꼬마야, 너도 이대로 죽고 싶진 않겠지? 그럼 일단 나와 같이 가자꾸나. 인간 따위는 무척 싫어하지만 그렇다고 내버려 두면 얼마 동안 꿈자리가 사나울 것 같거든."

아무런 대답도 하지 않았지만 그녀는 희미하게 미소 띤 얼굴로 고개를 끄덕였다.

"이름이 뭐지?"

"페, 펠시."

"그래, 귀여운 이름이구나. 난 베르니아라고 한다."

긴 귀를 살짝 쫑긋거리며 그녀는 그렇게 처음으로 내게 자신의 이름을 말해 주었다.

엘프……. 놀랍게도 그녀는 인간이 아니었다. 워낙 정신이 없었던 모양인지 나는 그녀의 얼굴조차 자세히 살펴보지 못했던 것이다.

흑빛의 피부에 이질적인 느낌은 나지만 결코 지저분하다는 생각은 들지 않는다. 아니, 빛이 날 것만 같은 은발과 어우러져서 오히려 고귀한 분위기마저 감돌았다.

내 평생 그렇게 아름다운 존재를 본 적이 있던가? 천사라고 해도 믿을 정도로 그녀의 모습은 아름답기 그지없었다. 인형과도 같은 작고 고운 얼굴에, 희대의 명인조차 그려내지 못할 정도로 뚜렷한 이목구비, 보는 사람의 시야를 한순간 사로잡는 카리스마까지. 일부러 흠을 잡으려 해보아도 정말 그녀는 완벽한 모습을 하고 있었다.

운명적인 만남이라고 해야 할까. 어찌 됐든 품 안에 안겨 기절한 것처럼 쓰러져 잠든 그 후의 일은 기억이 나지 않지만 회복하기 전까지 꽤 괜찮은 대접을 받으며 길드에서 머물렀다.

충격에서 완전히 해방되기 위해선 아주 오랜 시간을 필요로 했다.

수없이 많은 악몽의 반복과 자괴감. 아기를 죽게 내버려 두고 나만 살아났다는 죄책감은 정말이지 어린 내가 버텨내기엔 힘든 고통이었다.

그러나 그걸 벗어날 수 있었던 계기는 상상외로 간단했다.

"아주 간단히 말하자면…… 세상을 정복하려는 못된 악당들이 있고, 네 부모님과 동생은 그놈들에게 희생당한 거야. 정확히 말하자면 마력의 회복을 위한 제물이라고 해야 할까? 결계를 만들어서 공간 자체를 멈추어 버리고 생명력을 흡수해 버린 것이지. 번거롭지만 그렇게까지 한 이유는 타인의 간섭과 자신들의 흔적을 최소화하기 위해서……. 뭐, 이런 이야기를 늘어놓아 봤자 니가 이해할 수는 없겠지만 말이야.”

“그 녀석들이…… 아기를 죽인 거야?”

“그래, 자신들의 목적을 위해서 그 빌어먹을 위대한 마법을 사용한 후 몽땅 다 죽여 버린 거지. 그나저나 넌 이제 어떻게 할 거니? 이런 말 하긴 뭐하지만 이 언니도 그렇게 착한 축에 속하는 존재는 아니란다. 뭐, 가식적인 악당이라고 해야 할까. 최소한의 선은 지키며 활동하는 도둑이라고 해야 할까……. 으음, 역시 다른 정상적인 인간 가정으로 보내는 쪽이 좋을 듯한데.”

“난 아무 데도 가지 않아. 난…… 복수할 거야!”

“어라? 너, 그거 진심으로 하는 소리인 거니? 그 녀석들에게 복수를 하겠다고? 인간을 죽이는 것에 눈 하나 깜짝하지 않는 무서운 녀석들인데? 표현하기 힘들 정도로 강한 녀석들을 너 같은 인간 꼬마 계집애가 복수를 하겠다고? 그거참, 오십 년 내에 들어본 이야기 중에서 제일 우스운 농담이구나.”

“꼭 복수할 거야!”

“뭐, 좋을 대로 해. 그 마음이 언제까지 계속될지는 나도 모르겠지만 말이야.”

쿡쿡, 웃음을 터뜨리는 그녀를 눈앞에 두고, 나는 분함을 참지 못해 방울진 눈물을 침대 시트에 뚝뚝 떨구며 그렇게 한참 동안 있었다.

그 뒤로 그녀는 종종 날 찾아와 노골적으로 놀려댔다. 결심을 바꾸라고, 넌 할 수 없다고, 개죽음만 당할 뿐이라고. 하지만 이상하게 그 런 말이 계속될수록 오히려 내 마음은 견고해져 갔다.

몇 년의 시간이 흐르자 그녀가 직접 날 지도하기 시작했다. 지금 상 상해도 헛구역질이 날 정도로 죄수를 부리는 잔인한 간수마냥 때리고 욕하며 그렇게 나를 괴롭혔다.

다시 또 몇 년의 시간이 흘렀다. 어지간한 일에는 표정조차 변하지 않을 정도로 내 마음은 차가워져 갔고, 말수도 점점 줄어갔다. 남을 상 처 입히는 것에 능숙해지고 자신의 고통에는 둔감해졌다.

언제부터인지 그녀는 날 괴롭히지 않았다. 그녀 스스로도 이미 너무 늦어버렸다는 걸 눈치 챈 것이다. 어떤 방법을 써도 내 마음을 되돌릴 순 없으니까. 삶을 움직이는 원동력이 바로 그 복수심뿐이란 걸 알아 버렸으니까 그렇게 슬픈 표정으로 등을 돌리고 외면할 수밖에 없었던 것이다.

하지만 난 조금도 그녀를 원망하지 않았다. 오히려 감사의 마음마저 가지고 있었다. 내 목숨을 구해주고 힘든 고행의 길을 걷게 하지 않기 위해 따뜻한 마음으로 옆에서 지켜봐 준 존재는 세상에서 오직 그녀뿐 이었기 때문이다.

나는 어색해하는 그녀의 등을 뒤에서 살짝 감싸 안았다.

진짜 가족은 아니지만 세상 누구보다도 의지할 수 있는 사람이 있기 에, 어른이라 해도 고개를 저을 정도로 힘든 고행을 참고 견디어낼 수 있었다.

마지막으로 몇 년의 시간이 더 흘렀다. 그녀는 작은 의뢰를 완수하 기 위해 베르니아는 길드를 비우고 어디론가 훌쩍 사라졌다.

그 무렵 나는 꽤 한가한 시간을 보내고 있었다. 얼마 후 그녀가 다시 귀환했을 때 길드에서 나게 직접 큰 일을 맡아보지 않겠냐고 제의했다.

학교에서 마스터의 아들을 감시하고 보호하라는 것이다. 성격상 마음에 들지 않는 일이라 처음에는 아무리 대가가 크더라도 거절하려고 마음먹었다.

"귀여운 아이야. 뭐랄까, 너랑 좀 비슷한 눈을 하고 있는 것 같아."

"나랑 비슷한 눈이라고?"

"응. 외모가 비슷하다는 게 아니라 분위기라고 해야 할까? 그리고 보니 겉으로는 아무렇지 않은 척해도 속으로 무언가 꿍얼거리는 것이 무척 닮은 것 같군."

"나는 마스터와 닮지 않았는데?"

"아아, 그 아이도 마스터와 닮지 않은 것은 마찬가지인걸 뭐. 어쩌면 진짜 아들이 아닐지도 도르지. 그 인간이 하는 일 중에 제대로 된 일이 몇이나 있겠니."

마스터의 숨겨진 아들에 대한 호기심이 조금씩 밀어닥쳤다. 인간에 대한 평가가 굉장히 엄격한 베르니아에게 저렇게 좋은 인상을 남긴 그의 얼굴을 한 번쯤은 보고 싶었다.

결국 주위의 설득에 못 이기는 척 지원해서 결국 이 꼴이 나버렸다. 그러고 보니 내 인생처럼 설명하기 간단한 사람도 드물 것 같다.

희로애락의 극렬한 대비. 인생의 목표조차 단순하다. 아직 확실하지 않은 그 녀석들의 정체를 밝히고 철저하게 깨부수는 것.

지금은 조금 정체해 있는 것 같긴 하지만 서두른다고 해결할 수 있는 일도 아닌 만큼 차분히 한 걸음씩 전진하는 것이 좋을 듯했다.

아직도 난 어리고 약하다. 언제나 그랬듯이 결국에는 시간이 모든 것을 해결해 줄 것이다.

한여름의 뜨거움과 고통이 머리 속에 남아 있는 한, 내 고통은 눈곱 만큼도 희석되지 않는다. 지금이라도 모든 것을 포기해도 좋을 만큼 녀석들을 한도 끝도 없이 증오하니까.

말라비틀어진 아기를 묻고, 앞으로는 어떤 고통이 뒤따라온다 해도 울지 않을 거라 난 다짐했다. 그리고 여름이 찾아올 때마다 어김없이 그날의 악몽은 주기적으로 반복되었다.

창문을 열자 아침의 태양이 내게 강렬한 빛을 과시하듯 내리쬐었다.

눈을 제대로 뜨지 못할 만큼 환한 빛이다. 그러나 지옥 같은 그날의 태양과는 비교조차 할 수 없다.

침대에서 몸을 일으켜 학교 갈 준비를 시작했다.

언제나처럼 악몽을 꾸었음에도 불구하고 머리 속은 어제보다 한결 맑아진 느낌이었다. 적어도 지금은 무엇을 해야 할지 몰라서 혼란스러운 상황은 아니었으니까.

간단한 준비를 끝마친 나는 집에서 벗어나서 천천히 지켜야 할 친구가 있는 곳을 향해 걸음을 옮겨갔다.

학교에 도착하고 얼마 지나지 않아 곧 수업이 시작되었다.

검술 연습 시간, 그러나 이상하게도 선생님의 모습은 보이지 않았다.

아침 조회를 빼먹는 건 이상한 일이 아니다. 하지만 수업 시간만큼은 확실히 지키는 사람이었다. 삐딱한 성격과는 달리 책임감이 유난히 강한 축에 속했다.

교무실과 휴게실까지 빠짐없이 선생이 있을 만한 곳을 뒤져 본 베리는 그답지 않게 꽤 당황한 눈으로 동요하는 아이들을 바라보았다.

장수보다 참모 쪽에 가까운 타입인 건 베리도 나와 마찬가지라고 봐야 할까. 지나치게 성실하기 때문인지 이런 작은 위기에 약했다. 따지고 보면 별일 아닌 것이지만 그래도 막상 자신의 할 일이 없어지면 그 의무감이란 무게에 짓눌려 평소보다 더욱 위축되고 마는 것이다.

일단 아이들을 교실로 돌려보낸 베리는 다시 한 번 더 선생이 있을 만한 곳을 뒤져 보기 시작했다.

허둥대는 모습에 동정심이 든 것일까. 어찌 됐든 교실에서 얼간이처럼 멍하니 가만히 있는 것보단 돕는 쪽이 낫다라는 생각이 든 나는 동의도 얻지 않고 묵묵히 그의 뒤를 좇았다.

그렇게 빠른 걸음걸이로 학교 안을 한 바퀴 돌았을 즈음이었다. 한참을 이동하다가 뒤늦게 나의 존재를 눈치 채고 허탈한 표정으로 그는 입을 열었다.

"언제부터 쫓아온 거야?"

"처음부터."

"내가 눈치가 없는 걸까, 아니면 펠시가 기척이 없는 걸까?"

"둘 다라고 보는 것이 좋지 않을까."

"아아, 난 원한 같은 건 만들지 말아야겠어. 밤길을 걷다 단번에 뒤통수 맞고 죽어버릴 테니까."

싱거운 웃음을 한 번 지어 보이더니 뚜벅뚜벅 내 쪽을 향해 다가왔

다. 왜 쫓아온 것이냐고 물어보지 않는 것이 베리의 장점이자 단점이
었다. 친구라고는 하지만 그런 것 정도는 추궁해도 되지 않을까. 사실
나라면 조금은 기분 나빴을지도 모르겠다. 기척도 없이 자신의 뒤를
한참 동안이나 몰래 쫓아오다가 발각당하게 되면 의도야 어쨌든 스토
커에 가까운 행동이었으니까.

어깨를 나란히 하고 묵묵히 다시 걸음을 옮기기 시작했다. 침묵이
계속 되었다. 이래서야 방금 전과 달라진 것이 없다. 친구라면 조금 더
쉽게 이런 저런 싱거운 말을 주고받을 텐데.

일상의 화제 같은 것을 떠올리다 얼마 못 가 이마에 손을 짚으며 포
기해 버렸다. 이렇게 보여도 난 긴장하면 얼굴이 저절로 딱딱해지는
버릇이 있었다. 그러니 그런 숨겨둔 비수로 복부라도 찌를 것 같은 표
정으로 '문학 숙제 다했니?' 라고 말을 건넨다면 '가벼운 대화' 라는 의
미로 시작한 표현이지만 분명 '협박' 이나 '강탈' 로 해석될 것이 틀림
없다.

그런 것을 의식하니 묘하게 입이 더 안 떨어졌다. 사실대로 고백하
자면 기말 시험 뒤로 베리와는 대화 한마디 제대로 주고받지 않고 있
었다. 방금 전의 짧은 몇 마디 말이 처음이라 해도 무방할 정도였다.

내가 먼저 사과해야 하는 건가?

좁쌀만큼도 마음을 가지고 있지 않은 상대에게 강제적이고 기습적
인 입맞춤을 당했다면 그쪽으로 무감각한 나라 해도 안 좋은 감정이
치밀어 오를 것이 분명하다. 뭐, 상황을 감안해서 직접적으로 화를 내
진 않겠지만, 마음 한구석에 안 좋은 감정을 간직하는 것은 인간인 이
상 당연한 섭리이다.

"레가스 선생님이라면 탑 쪽으로 가는 것 같던데."

운이 좋다고 해야 할까. 막 교실에 들어가기 전 학교를 순찰하던 경비원 중 한 사람에게 그런 말을 들을 수 있었다.

탑이라고 하니 더욱더 기괄 시험 때의 일이 생각나 버렸다. 게다가 이번에는 나뿐만 아니라 베리도 그 일을 신경 쓰기 시작한 모양이다.

조금 딱딱해진 얼굴과 걸음걸이. 방금 전까지는 나란히 옆에서 걸음을 옮겼던 것 같은데 시간이 흐를수록 베리와 나의 거리는 눈에 띄게 멀어져 가기만 했다.

언제 보아도 기분 나쁜 탑에 도착해 막 문을 열기 전 베리는 슬쩍 고개를 돌려 내 쪽을 향해 말했다.

"나 혼자 가는 것이 좋지 않을까?"

통계적인 수치를 보아도 이 탑에 들어가면 골치 아픈 일에 휘말릴 가능성이 많았다. 그렇기 때문에 임무를 위해서라도 더욱더 동행하는 쪽이 현명했다.

고개를 가로젓자 아무런 말도 없이 문을 열고 탑 안쪽으로 걸어가는 베리. 내가 베리에 대한 분석이 어느 정도 끝난 만큼 베리 쪽도 나란 인간에 대해 어느 정도 파악되어 있었던 것 같다. 간단히 설명하자면 피차 서로 간에 혼자 간다고 우겨도 듣지 않을 것이란 뜻이었다. 나나 베리 쪽이나 한번 정한 일은 끝까지 밀고 나가는 고집불통 타입이었으니까.

문을 닫자마자 쏟아진 어둠은 한 치 앞도 구별하지 못할 정도로 지독했다. 베리가 주문을 커스트하자 암흑도 잠시 어느 정도 수그러들었지만 그것도 지극히 단편적인 부분일 뿐이었다. 따지고 보면 이 상황에서 걸음을 움직일 수 있다는 자체만도 다행이었다.

"선생님은 어디 계신 걸까?"

주욱 길을 따라서 좁은 통로를 지나가다가 문득 그렇게 베리가 슬쩍 뒤를 돌아보며 말했다.

"들어갈 때마다 구조가 변하는 탑이니까 내 능력 밖이야."

"그냥 차라리 지금이라도 돌아갈까?"

"그러기에는 이미 늦었어. 뒤쪽의 길도 시간이 흐르면서 조금씩 변형하고 있는 것 같군."

"아아, 그런가. 뭐, 시험도 아니니까 적당히 끝나겠지."

이제는 별로 놀랍지도 않다는 표정이다. 수많은 경험상, 탑 안에서라면 무슨 일이 일어나도 이상한 일이 아니다. 덧붙여서 미아가 되어 목숨을 잃었던 경우는 여태껏 단 한 번도 발생하지 않은 것 같다. 그렇다면 차라리 가볍게 생각하는 쪽이 좋겠지.

울퉁불퉁한 오르막길을 힘겹게 올라가다가도, 어느새 눈앞에 있는 것은 한없이 평탄한 길이었다. 그러다가 시간이 흐르면 어느새 구불구불한 내리막길을 걷고 있는 자신을 발견하게 되었다. 한마디로 모든 것이 엉터리였다.

변형(變形) 속에 조화(調和), 환경, 감각, 시계 등 모든 것이 뒤죽박죽인 환상이다. 한마디로 결론짓자면 이런 마법적인 기술이 존재하고 있다는 사실 자체가 존재할 수 없는 것이다. 아니, 설령 존재한다 해도 학교에 왜 이런 게 있는 것인가?

일정의 지역 안에서 여러 가지 규칙을 지키고 기적을 행하는 것은 그 자체를 유지시킨 것만으로도 엄청난 반발력이 따른다. 아무리 대단한 마법사라고 해도 얼마 못 가 몸이 터져 버리는 것은 당연한 이치다.

그것을 극복한 케이스는 손에 꼽을 수 있을 정도로 적었다. 이 나라 안에 있는 것이라고는 마법사 길드의 무지개 정원 정도가 전부이겠지.

좁은 땅의 기후와 계절을 극복하는 것만으로도 쏟아 부은 마력의 수치는 계산할 수 없을 만큼 방대했다. 자금과 인력적인 노력까지 더하면 사치, 그 자체라고밖에 표현하지 못할 정도이다. 명예라는 하찮은 단어에 얽매여서 감당하지 못할 괴물을 탄생시켰다고 해야 할까.

그렇다면 도대체 이 탑은 무엇인가? 단순히 교육용을 목적으로 만들었다는 것? 도대체 누가? 왜? 어떻게?

그 모든 것이 베일에 가려져 있었다. 내가 보잘것없기 때문인지 아직 그에 대한 정보를 구할 수 없었지만, 이 일을 완수하면 그 비밀도 알 수 있을 것이라 믿는다.

'뭐, 지금은 상관없을까.'

여하튼 일단 그것은 개인적인 호기심 영역이다. 냉정하게 말하자면, 임무에 관련없는 사고에 시간을 빼앗기는 것 자체가 미련한 일이다. 그러니까 지금은 닥쳐온 위기에 좀 더 진지하게 대처하는 것이 좋겠지.

힘겹게 한 걸음씩 앞으로 나가다 털썩 한쪽에 주저앉았다. 선생을 찾는 것도 중요하지만 몸을 축내면서까지 그것에 열중하고 싶진 않았다. 환상에서 빠져나와 교실로 합류하는 것이 제일 우선시해야 할 과제이니만큼 체력을 좀 더 효율적으로 관리할 필요성이 있었던 것이다.

아무런 대꾸 없이 베리도 맞은편에 몸을 기대고 앉았다. 그 뒤로 어색한 침묵이 계속된 것은 설명할 필요조차 없는 당연한 상황이었다.

잠시 후 지친 숨을 한참이나 고르던 베리 쪽에서 먼저 나를 향해 말을 건네왔다.

"예전에도 한 번 이런 적 있었지. 펠시가 전학 오고 얼마 지나지 않아서 카루 녀석 찾으러 탑 안을 뒤졌잖아. 그거 기억나?"

"응. 그러고 보니 그런 적도 있었군."

"그때 아마 펠시가 나한테 왜 친구들한테 존대를 하느냐고 물어봤었지? 난 내가 평민이니까 존대를 한다고 대답했고."

"아아, 그랬던가?"

"뭐, 펠시한테는 작은 일인지 모르겠지만 난 그때 그걸 가지고 꽤 심각하게 생각했었거든. 피해 의식이라고 해야 하나? 난 어릴 때부터 귀족에게 조금 안 좋은 감정을 가지고 있었으니까."

"당연하다면 당연하겠지."

"그래도 학교를 다니면서 그런 고정관념도 많이 변한 것 같아. 최소한 귀족 중에 펠시 같은 사람도 있다는 걸 알게 되었으니까……. 친구들도 제법 많이 사귀었고, 처음 생각한 것보다는 그래도 꽤 순탄한 생활을 하고 있다고 해도 좋을 정도로 말이야."

이쪽을 향해 싱긋 미소를 지어 보이더니 그는 다시 말을 이었다.

"있잖아… 조금 사과하고 싶은 것이 있는데 말이야. 갑자기 조금 엇나간 이야기일 수도 있지만 들어줄래?"

“…….”

“그 뭐랄까… 기말 시험 때의 일인데 말이야. 나 같은 녀석한테 인공호흡… 을 해버렸잖아. 조금 속이 상한 것 같은데……. 그렇다면 지금 여기서 정중히 사과할게. 뭐, 사실은 그렇지 않다면 이쪽에서는 고맙고. 아아, 고맙다는 표현은 좀 그런가? 여하튼 그 일 가지고 크게 신경 쓰지 않았으면 좋겠어.”

그야말로 횡설수설이라는 느낌. 어지간히도 부끄러운 모양인지 베리는 얼굴까지 조금 붉히고 땅만 바라보며 그렇게 혼잣말처럼 중얼거렸다.

사실 사과하고 싶은 것은 바로 나였는데……. 그 일을 가지고 괜히 어색하지 않았으면 좋겠다고 생각한 건 피차 매한가지일지 몰랐다. 순간 왠지 선수를 빼앗긴 듯한 느낌이 들었다.

나답지 않게 쿡— 하고 웃음이 터져 나왔다.

베리가 부끄러워하고 있다는 것도, 시험이 끝나고 서로에게 느꼈던 생각과 감정이 비슷했다는 것도, 별거 아닌 일 가지고 괜히 골머리 썩은 걸 생각하니 그 모든 것이 우스워서 참을 수가 없었다.

눈을 동그랗게 뜨고 신기한 듯 나를 바라보는 베리를 향해 간신히 웃음을 멈추고 천천히 입을 열었다.

“괜찮아. 사과하고 싶은 건 사실 내 쪽이었으니까.”

“그럼 별거 아닌 일에 내가 괜히 민감하게 군 건가?”

“아니야. 먼저 사과해 줘서 고마워.”

싱긋 웃으며 그렇게 대꾸하자, 멍한 눈으로 날 잠시 바라보다가 다시 입을 여는 베리.

“펠시도 그런 식으로 웃는구나.”

“응?”

“미안한 말이지만, 평소에 펠시가 너무 무표정하게만 있어서 나도 조금은 선입견 같은 것이 생겨 버렸거든.”

뭐, 그럴 만도 하지. 나란 아이만큼 표정이 딱딱한 사람도 이 학교에 없을 테니까. 굳이 비교하자면 양 무리 속의 염소라고 해야 할까. 같은 인간이지만 평범한 삶을 가장하기에는 그동안의 경험과 생각, 사고, 가치관이 너무나 달랐다.

무표정과 선입견.

따뜻했던 감정이 순식간에 식어버렸다, 그것도 단 한 마디 말 때문에.

씁쓸한 미소를 지으며 아무런 변명도 할 수 없었다. 그야말로 꼬리에 불붙은 들소가 ‘약점’이란 과녁을 향해 맹렬히 달려들어 정통으로 지 뿔을 들이박은 느낌이었다.

너무나 아팠다. 주욱 타인에게 비춰지는 자신의 모습 따위는 좁쌀만큼도 신경 쓰지 않겠다고 다짐했는데, 상처받는 것도, 상처 입히는 것도 이제는 익숙해질 만큼 익숙해졌다고 생각했는데……. 예상보다 몇 배는 더 쉽게, 아주 간단한 말 한마디에 파도 위의 모래성마냥 그렇게 우르르 무너져 버린 것이다.

그동안 머리를 들쑤시던 문제까지 모두 제멋대로 머리 속에 떠올랐다. 그리고 나는 언제나처럼 ‘난 다르니까 어쩔 수 없다’라고 중얼거리며 자위할 수밖에 없었다. 아픔을 죽이고 감정을 외면하는 데에는 어느 정도 익숙해져 있었으니까.

얼굴을 돌려 시선을 외면하는 것은 베리도 마찬가지였다. 어쩌면 경솔한 발언을 해버렸다고 생각하며 불과 몇 초 전의 자신을 책망하고 있을지도 모른다. 사실 그건 그의 잘못이 아닌데도…….

"……."

너무나도 어색한 느낌. 얼마 떨어져 있지도 않지만 둘의 사이에는 부술 수 없는 벽이 생겨 버린 듯했다. 천천히 표정을 굳히고 더 이상 경솔한 생각을 하지 않겠다 다짐하며, 나는 그렇게 아무 소리 없이 암흑으로 가득 찬 세계에서 몸을 일으켰다.

그렇게 뚜벅뚜벅 앞으로 걸음을 움직이는 순간,

"으응, 그치만 웃는 얼굴이 훨씬 더 귀엽다고 생각해. 다른 사람들이 보기 아까울 정도로."

웃는 얼굴이 귀엽다? 다른 사람들이 보기 아까울 정도로? 나도 모르게 휘리릭 고개를 돌려 베리의 얼굴을 마주 보았다. 하지만 다른 감정은 찾을 수 없을 만큼 그의 표정은 진지했다. 장난하지 말라고 말하는 것이 무안하다고 느껴질 정도로.

"……."

"뭐, 내가 하기에는 좀 어울리지 않는 말이지만 말이야."

난데없는 그의 말이 원인이었을까. 조금씩 뜨거워지는 얼굴 탓이었을까. 나도 모르게 발걸음이 빨라졌다. 무슨 대답을 해야 할지도, 어떻게 대처 해야 할지도 모르겠다.

아아! 지금 이 순간 사고가 정지했다. 마치 누군가 기슴속 스위치를 찰칵 눌러 모든 기능을 멈추게 한 것 같았다.

분할 정도로, 죽도록 부끄럽다. 저런 말을 하는 베리 녀석의 얼굴을 한 대 때려주고 싶은 욕망이 생길 정도다. 부끄러워서 참을 수가 없다. 그러니 죽이 되든 밥이 되든 앞을 향해 걸음을 옮길 수밖에.

익숙지 않은 감정이 가슴에서부터 몸 전체까지 미친 듯 온몸을 불태우며 생각을 멈추게 한다.

정말 최악이다. 등 뒤에서 들려오는 발걸음 소리가 점점 귓속으로 거세게 파고들어 자연스레 내 발자국 소리도 끝을 모를 만큼 빨라지기 시작했다.

그렇게 한참 동안이나 앞도 제대로 보지 않고 미친 듯이 뛰었다. 도망가는 건 자신있다고 생각했는데 오늘은 무슨 일인지 발에 무거운 족쇄라도 매달고 달리는 느낌이다.

거리가 좁혀지는 것은 예상보다 몇 배는 더 빨랐다.

그리고 어느 순간, 그는 성난 말처럼 무작정 앞을 향해 질주하는 내 어깨를 붙들었다.

손길이 닿는 순간, 거짓말처럼 몸은 내 의지를 벗어나고 있었다. 그리고……

'울고 있어……?

지금 왜 내가 울고 있는 거지? 도대체 왜? 무슨 이유로?

볼을 타고 흐르는 한줄기 액체가 의미하는 것은 도대체 무엇일까? 달아나는 것도 잊은 채, 그렇게 멍하니 자신을 향해 난 수도 없이 속삭였다. 왜 울고 있는 거냐고. 바보 멍청이처럼 이렇게 울지 말라고!

뚜벅뚜벅.

한 걸음 한 걸음 그가 나를 향해 접근해 왔다. 심장 소리까지 들릴 만큼, 지금 이 순간 세상 모든 것이 정지한 것마냥 조용하다.

마침내 그가 나를 앞지르고 그렇게 스르륵 옆을 지나쳤다. 방금 전의 상황이 그대로 반전된 것이다.

감정을 속이는 것에는 능숙했다. 하지만 이상하게도 눈물은 멈추지 않았다.

단지 부끄러움 때문에? 아니, 이건 무엇인가 다르다. 완성된 방정식에 뒤섞인 제3의 불규칙 요소. 감정이란 이름의 답이 엇나가는 것은 그야말로 한순간인 것이다.

사고가 엉키고 심장은 터질 것 같았다. 무슨 말이라도 해야 할 듯한데 입은 바늘로 꿰매어 버린 것처럼 떨어지지 않았다.

지친 숨을 고르다가 아주 천천히 등을 돌린다, 보는 사람이 초조하다고 생각될 정도로. 그는 그렇게 느릿느릿 고개를 돌려 똑바로 내 얼굴을 바라보았다.

심장이 완벽히 멈추었다. 꼭두각시처럼 타인이 내 몸을 멋대로 조종하는 것 같았다.

메두사의 눈을 박아놓았을까. 생물체라고 하기보단 석상이란 이름의 구조물에 가까워진 기분이다. 살아 있는 것은 오직 눈뿐. 그러니 할 수 있는 것은 시선을 교환하는 일 정도뿐이다.

아무런 말도 하지 않고 그는 바보같이 내 얼굴을 바라보며 씨익 어색한 미소를 지었다. 열심히 달려온 탓인지 얼굴이 상기된 모습이 나에게는 왠지 부끄러워하는 것 같아 보였다.

허공을 떠다니는 빛의 구체가 이토록 원망스럽게 느껴질 때가 있었을까. 턱을 타고 아래로 떨어지는 한줄기 땀처럼 내 눈물도 그의 눈에 그렇게 선명하게 보이겠지.

뒤통수를 긁적이며 아무런 말도 하지 않던 그는 천천히 다시 등을 돌리고 앞으로 나아가기 시작했다.

사과해서 고마웠고, 사과하지 않은 것이 고마웠다. 분명히 말해서 바보처럼 자폭한 것은 나였으니까. 겉치레임이 분명한 말 한마디를 들었다고 그렇게 무작정 얼간이마냥 앞으로 뛰어가다니…….

상식이란 것도 정도껏 없어야지, 정말이지 최악이다.

스스로에게 자괴감을 느낀 적은 수도 없이 많았다. 하지만 이렇게 죽고 싶다고 생각한 적은…… 정말이지 손에 꼽을 수 있을 정도로 적었다. 복수를 위해서라도 난 강해져야 했으니까.

오늘처럼 감정이 급격하게 바뀐 적이 있었던가.

이제는 거의 혼이 빠져나간 좀비마냥 초점없는 눈으로 앞장서 걷고 있는 베리의 등을 좇을 뿐이다.

지독한 어둠은 공백으로 가득 찬 내 심정을 대변해 주는 것만 같았다.

악질스러운 환상, 기말 시험 때의 인공호흡, 길드의 의뢰도, 이제는 반쯤은 될 대로 되라는 심정이다. 작은 머리로는 생각하고 관찰하는 것이 불가능하다. 그렇다면 방관하는 수밖에…….

“……”

한마디 대화도 나누지 않고 그렇게 나와 베리는 어둠을 벗어나기 위해 의무적으로 몸을 움직였다. 지독한 환상에서 완벽히 벗어난 것은 길지 않은 시간이 흐른 후였다.

문을 열자 햇살이 눈을 멀게 할 것처럼 시야 가득 잡혔지만, 내 자괴감은 눈곱만큼도 수그러들지 않았다.

　얼마 전보다 몇 배는 더 어색해진 둘은 천천히 교실 쪽으로 걸음을 옮겼다. 한도 끝도 없이 펼쳐진 어둠은 그대로 내 가슴속으로 이식해 들어온 것 같았다.

◆ Chapter 4 ◆

Promise

　찐득찐득한 습기와 후텁지근한 열기는 저절로 사람의 기분을 불쾌하게 만드는 마력을 지니고 있었다.

　장마는 빨리 시작되었다. 방학을 만끽한지 얼마 지나지도 않은 것 같은데, 하늘이 놀고 있는 아이들을 질투라도 하고 있는 모양인지 언제부터인가 굵은 물방울을 사정없이 지상으로 떨구기 시작한 것이다.

　이런 날에 외식을 하고 싶은 마음이 생길 리 없다. 아이린은 일찌감치 장사를 접고, 모두 평소보다 상당히 빠른 저녁 식사를 즐겼다.

　태풍이라도 접근해 오고 있는 모양인지, 바람이 무척이나 거세다. 창문을 때리는 빗소리, 그리고 이따금 먼 곳에서 들려오는 천둥 소리. 시아는 밥도 제대로 먹지 않고 신기하다는 얼굴로 그 모든 것을 느끼고 있었다.

비가 내린 적은 꼽을 수 없을 만큼 많았지만, 수도에 이런 태풍이 밀어닥친 것은 참으로 오래간만의 일이다. 그것을 반기는 사람은 별로 없었지만, 자연의 위대함을 상기하기에는 더없이 귀중한 체험이 될 것이다.

한여름 초저녁인데도 밖은 한 치 앞도 구별할 수 없을 정도로 어두웠다. 기막힌 자살 방법이 하나 있다면 이런 날에 눈을 감고 미친 듯 무작정 앞으로 뛰어가는 일이겠지.

대조적으로 식당의 조명은 화사했다. 천재지변을 비웃기라도 하는 듯, 천장 위 수정구에 걸린 '영원한 빛' 주문은 여느 때와 같이 강렬한 빛을 사방으로 뿌리고 있었다.

종업원도 모두 돌려보냈기 때문에 식사를 하고 있는 것은 베리, 셀브렛, 아이린, 기르디, 시아, 티리엔뿐이었다. 특별히 신경을 쓴 모양인지 음식은 예전과 비교할 수 없을 만큼 풍성했다.

밖에서는 천둥이 치고 비바람이 불어닥치는데도 신경 쓰지 않고 무식하게 밥을 퍼먹는 존재가 딱 둘이 있었으니, 하나는 셀브렛이었고 또 하나는 의외로 티리엔이었다.

입이 떡하고 벌어질 정도로 미인이었지만, 안타깝게도 티리엔의 식사 예절은 셀브렛과 동격이라 할 수준이었다.

열심히 아이린이 지도해 준 덕에 얼마 전보다는 비교할 수 없을 만큼 나아졌지만, 포크나 나이프를 사용하는 것을 보면 오크가 무식하게 도끼를 휘두르는 것마냥 아직 살벌하기 그지없었다.

한차례 일전을 치른 후, 식탁 위의 접시를 주방으로 빠짐없이 내몰고 모두 비교적 상큼하게 다과를 즐겼다.

방금 전까지 범죄 수준의 칼 놀림을 보여주었던 티리엔은 거짓말처럼 우아하게 차를 마시고 있었다. 그런 티리엔을 흘끗흘끗 보며 베리는 쿡쿡 웃음을 터뜨렸다.

차가 식든지 말든지 사이는 창문을 두드려 대는 비를 바라보고 있었다. 아이린이 버릇없다고 검지손가락으로 주욱 볼을 잡아당겼지만, 그것도 잠시뿐이었다. 얼마 못 가 픽 하고 풀린 눈으로 다시 어두운 창밖을 바라보는 것이다.

포기했다는 듯 고개를 절레절레 흔들며 아이린은 차를 다셨다. 신기한 장난감을 눈앞에 둔 어린아이나 마찬가지인 상태였으니까. 따끔하게 주의를 준다고 그게 제대로 먹힐지 자신이 없었기 때문에, 그대로 두는 게 좋다고 생각해 버린 것이다.

케이크를 우물우물 먹다가 마지막 남은 딸기 한 조각을 포크로 막 찍으려는 순간, 셀브렛보다 한 발 앞서 베리가 그것을 낚아채 입에 넣었다.

순간 폭풍 전의 고요가 식당 안을 맴돌았다. 휘이잉— 하고 밖에서 불어오는 비바람 소리만 들릴 뿐이었다.

셀브렛보다 더 놀란 것은 티리엔이었다. 그는 먹던 차를 입 한 편으로 줄줄 흘릴 만큼, 주체할 수 없을 정도의 충격에 빠져 있었다.

셀브렛이 한차례 베리에게 쏘아붙이려고 할 찰나, 한 발 앞서 어느 정도 충격에서 벗어난 티리엔이 일어나 외쳤다.

"그런 사악한 짓을 하시다니!! 베리님, 정말이지 실망입니다!"

"네, 네?! 사악한 짓?"

"사악하다 못해 악랄한 짓이죠! 남의 케이크 위의 딸기를 가로채다니! 천벌을 받을 것이 분명합니다!"

"설마요."

"자신의 잘못을 반성하지 않는 것은 짐승만도 못한 행위입니다! 어서 사과하세요! 그리고 다시는 그런 짓을 하지 않겠다고 목숨을 걸고 맹세하십시오!"

"저, 저기, 티리엔 오빠?"

"셀브렛, 너의 심정은 다 이해한다. 그래도 경솔하게 목숨을 끊는다던가 폭풍 속에 몸을 맡기고 무작정 앞으로 질주한다던가 하는 행위는 참길 바란다."

"난 괜찮으니까 오빠도 좀 진정해. 베리 오빠가 바보인 건 다 알잖아."

"이건 지성과는 상관없는 일이야! 아무리 바보라도 남의 케이크 위의 딸기를 가로채는 행위가 나쁘다는 건 다 알고 있다고!"

그러고 보니 티리엔이 딸기와 케이크를 엄청 좋아했다. 어떻게 알았는지 여자들이 매일 케이크를 선물해 오는 통에, 요즘에는 식당에서 식사를 하는 손님에게 식후 무료 서비스로 그것을 나눠 주고 있었다. 어떤 귀족 여성은 케이크 전문 일류 요리사를 식당에 보내기도 했다.

그래도 남는 바람에 이렇게 모두 모여서 해치우고 있는 것이다.

짧게 생각을 끝마친 베리는 후닥닥 당황한 얼굴을 간신히 추스르고 입을 열었다.

"네, 네. 다시는 셀브렛의 케이크 위 딸기를 훔쳐 먹지 않겠습니다."

"좋아요. 귀하의 명예를 생각해 오늘은 이 정도에서 넘어가도록 하죠. 하지만 추후에 또 이런 일이 발생하면 아무리 친한 사이라 해도 절대 용서하지 않겠습니다. 반드시 강경하게 어마어마한 처벌을 집행하겠습니다."

"어, 어떻게 할 건데?"

인상사정도 없다는 듯, 티리엔은 눈을 가늘게 뜨고 셀브렛을 흘겨보았다. 얼마나 진지한 모습인지 그의 아름다운 얼굴에서는 비장미까지 흘러나왔다.

"평생 딸기 없는 케이크만 먹이도록 하겠습니다."

휘이잉― 순간 식당 안에 엄청난 바람이 휘몰아쳤다. 모두 얼어붙어 한참을 멍하니 아무런 말도 하지 못하고 티리엔을 바라보다가 뒤늦게 정신을 차리고 식당이 떠내려갈 정도로 웃음을 터뜨렸다.

"모, 모두 왜 웃으시는 겁니까?"

당황한 모양인지 티리엔이 살짝 얼굴을 붉혔다. 배를 잡고 웃던 베리는 웃음을 참기 위해 허벅지를 꼬집는 등 여러 가지 수단을 동원했지만, 한번 터진 웃음은 어떤 방법으로도 쉽게 막을 수 없었다.

"아… 아무것도 아… 다닙니다."

"불쾌하군요. 혹시 저를 비웃는 건 아니겠지요?"

"설마… 요!"

토라진 듯 흥 하고 자리에 앉아 티리엔은 차를 마셨다. 그때까지도 모두 발작적으로 쿡쿡― 하며 웃음을 터뜨리고 있었다.

"딸기가 있기 때문에 케이크가 더 아름다운 것입니다. 모두 제발 진지하게 생각해 주세요."

단단히 토라진 얼굴로 그렇게 중얼거리는 티리엔을 눈앞에 두고, 차를 마시거나 헛기침을 하며 베리는 웃음을 감추려고 애썼다.

“네, 진심으로 반성하도록 하겠습니다.”

“그럼 다행이군요. 베리님, 부디 아리따운 소녀에게는 조금 더 상냥하게 대해주시길 부탁드리겠습니다.”

베리의 표정이 진지해지자, 티리엔의 표정도 한결 밝아졌다. 여러 가지 이야기를 주고받으며 모두는 그렇게 모처럼의 포근한 시간을 만끽했다.

“티리엔 오빠, 셀브렛은 물고기가 있는 케이크를 만들고 싶어.”

“그러려면 비린내를 감추는 기술이 중요할 것 같아. 일반적으로 고기와 빵은 궁합이 잘 맞지 않잖아? 고기의 장점과 빵의 장점은 조금 충돌하는 것이 있으니까 말이야. 아아, 잘게 다져 마요네즈를 뿌리고 빵 사이에 끼워 먹는 건 맛있다고 생각하지만, 케이크는 조금 힘들지 않을까? 물고기의 짜고 비릿한 맛과 케이크의 달콤하고 부드러운 맛은……. 음음, 그러니까 단맛을 살리는 것이 첫 번째 과제인 셈이군.”

“그치만 나 포기하지 않고 힘낼 거야! 언젠가는 반드시 고래를 낚아서 통째로 쪄 먹고 후식으로는 물고기 케이크를 즐길 테니까! 그것이 바로 소녀의 로망!”

“셀브렛은 대단한 꿈을 가지고 있는 것 같아.”

웃음을 참기 위해 베리는 평생 써도 남을 만큼의 인내심을 발휘해야만 했다. 내장이 꼬이고 머리가 폭발할 것 같은 감각의 바다에 맞서 싸우는 기분이 들 정도로, 그건 정말이지 엄청난 고문이자 고통이었다.

“티리엔 오빠의 로망은 뭐야?”

“내 로망?”

“응.”

“그건 비밀이야.”

“에이 참, 소중한 로망을 나만 알려준 거잖아. 치사해.”

“미안해. 그런데 그건 누구에게도 알려줄 수 없는 거야. 말을 하게 되면 이루어지지 않는 꿈이거든.”

“그런 것도 있어?”

“응, 말은 위대한 것이니까. 마법과 비슷하다고 생각해도 좋아.”

“헤. 난 멍청해서 잘 모르겠어.”

“그건 우리 아버지의 아버지가 해준 말. 할아버지라고 표현해도 좋을까? 뭐, 의미는 조금 다르지만 말이야. 여하튼 그는 인간의 마법이 약해진 이유는 바로 ‘말’의 의미가 낮추어진 것과 관련이 깊다고 했어.”

“말을 제대로 사용하지 못했기 때문에 마법이 약해진 거야?”

“그렇지만 사용이란 말은 조금 틀려. 말은 곧 약속을 의미하니까. 지금은 기호로서 말의 집합들을 나열하는 것에 불과하지만, 본질적인 의미를 알게 되면 곧 힘을 얻게 되는 거나 다름없거든. 하지만 힘을 얻는 것보다 중요한 건 그걸 사용하는 것이라고 해.”

“오빠도 마법사야?”

“아니, 난 이제 더 이상 마법사가 아니야. 과거에는 그랬을지도 모르지.”

씁쓸하게 한 번 미소 짓고는 티리엔은 손을 뻗어 셀브렛의 머리를 쓰다듬어 주었다.

“네가 배우는 정령술은 더 더욱 ‘말’의 의미가 중요하단다. 아주 오랜 옛날 남겨진 유산 중 하나가 바로 그것이거든. 뭐, 지금은 비교할 수 없을 만큼 쇠퇴했지만 말이야."

티리엔의 말을 어느 정도 이해하고 있는 건 일행 중 아이린밖에 없었다. 머리가 아프다는 듯 셀브렛은 살짝 인상을 찌푸리며 무엇인가를 생각하고 있었다.

"언젠가 반드시 셀브렛은 그걸 알 수 있을 거야. 넌 똑똑한 아이니까."

또박또박 그렇게 말하더니 티리엔은 두 손을 주욱 뻗어 셀브렛의 작은 몸을 꼭 껴안았다. 아이린이 껴안을 때는 난리 법석을 치며 반항하던 셀브렛도 티리엔의 포옹은 그리 싫지 않았던 모양인지, 의외로 저항도 하지 않고 순순히 몸을 맡겼다.

"저도 알 수 있을까요?"

조용히 듣고 있던 베리도 진지한 표정으로 물었다. 셀브렛의 정령술이 고속도로를 거침없이 질주하는 야생마라면 그의 마법은 태풍 위의 잠자리처럼 정체되고 위태로운 상태였다.

"두 마리의 토끼를 잡는 것은 참 힘든 일이죠. 솔직히 말하자면 베리님은 특별한 계기가 없는 이상 그 상태 그대로 멈추어 버릴 것입니다."

"그렇습니까……?"

"그렇다고 침울해 할 필요는 없어요. 좋은 스승 하나만 있어도 당신의 마법은 지금보다 배는 더 훌륭해질 테니까. 물론 굉장히 오랜 수련과 시간이 필요하겠지만요."

혼자 공부하는 것은 역시 한계가 있는 법이다. 어느 정도 그 사실을 절감하고 있던 베리는 고개를 끄덕이며 방학 중에는 마법사 길드라도 방문해 보는 것이 좋겠다고 생각했다.

"셀브렛의 재능은 매우 뛰어납니다. 하지만 성장에는 재능만 중요한 게 아닙니다. 아이린님의 지도가 있었기 때문에 그녀의 성장 속도에 더 힘이 붙을 수 있었던 것이죠."

그렇게 덧붙이고는 티리엔은 품에서 셀브렛을 놓아주었다. 귀를 쫑긋 세우고는 조르르 달려가 부엌에서 케이크 두 조각을 조달하더니, 셀브렛은 한 조각은 자신의 접시에, 한 조각은 티리엔의 접시에 올려놓았다.

먹을 것을 나눠 준다는 것은 그녀에겐 대단한 의미의 애정 표현이었다. 비록 케이크가 그녀의 것은 아닐지라도.

생각에 잠긴 베리를 내버려 둔 채, 셀브렛과 티리엔은 '어떻게 하면 물고기 케이크를 만들 수 있을까' 라는 주제로 다시 토론에 몰두했다.

아이린은 싱긋 웃으며 그런 모두의 얼굴을 한차례 훑어보았다. 그녀의 시선이 멈춘 것은 구석에서 멍하니 창문을 바라보는 시아의 모습이 눈에 들어올 때였다.

평소보다 그녀가 조금 이상하다는 느낌이 든 것은 사실이었지만, 아이린은 대수롭지 않게 생각하며 넘어가고, 슬그머니 고개를 돌려 시선을 거두었다.

비가 내린다. 며칠 전부터 습기가 많아지고 식물이 수액을 흡수하는 소리가 달라져 어느 정도 예상은 했지만, 그것이 이렇게 엄청난 폭우를 동반할 줄은 그녀 자신도 몰랐다.

간간이 보이던 행인들의 모습도 이제는 찾을 수 없다. 보이는 것은 어두운 하늘 속에서 미친 듯 쏟아져 내리는 토사물과도 같은 비뿐.

주르르륵, 주르륵. 수도 없이 떨어지고 모여서 조그마한 흙 고랑을 만들더니, 고이는 것도 한계가 있었는지 줄줄 소리 내며 한쪽으로 흐른다.

재미있다. 그녀의 멍한 얼굴에 아주 살짝 미소가 어렸다.

천장 위 수정구가 내뿜는 빛에 반사되어 창문에 고인 빗물은 묘하게 아름다운 음영을 그렸다. 손을 뻗어 그것을 만져 보지만, 느껴지는 것은 이슬의 촉촉함이 아니라 고체의 딱딱함뿐이었다.

언제부터인지 그녀는 보는 것에 무료함을 느꼈다. 폭우가 동반하는 강렬함의 매력은 사실 시각적인 것이 아니었기 때문이다.

추호의 망설임도 없이 그녀는 문을 열고 밖으로 나왔다.

작은 몸을 향해 세찬 비가 유린하는 듯 덮쳐왔다. 그 강렬함에 흠뻑 취해 그녀는 입을 벌리고 한참 동안 사고를 정지할 수밖에 없었다.

비[雨]. 비[雨]. 비[雨].

그리고 바람, 소리, 차가움, 촉촉함. 작은 육체로는 도저히 참을 수 없을 만큼 강대한 힘이 느껴졌다. 그야말로 온몸으로 폭풍이 가진 매력을 만끽한 것이다.

멍이 들 정도로 강렬한 속도. 비는 인정사정없이 그녀의 몸을 때리고, 또 주르륵 땅으로 흘러내렸다. 뜨거운 열기로 가득 찬 몸을 식혀주는 것 같은 느낌, 고막을 터뜨릴 것만 같은 강렬한 바람도 지금 이 순간 그녀에게는 더없이 훌륭한 자연의 선물이었다.

하늘 위로 팔을 뻗고 손바닥을 폈다. 순식간에 빗물은 손등을 타고 흘러내려 온몸을 휘감았다.

가슴속 부글부글 끓어오르던 열기가 식은 듯해서 기뻤다. 온몸의 고통도 한결 수그러진 느낌. 한편으로는 이런 자신이 미친 것 같아 혐오스러웠지만, 또 한편으로는 그런 생각을 즐겼다.

한 가지만 더해지면 최고일 텐데.

갑작스레 원인 모를 갈증이 느껴졌다. 그렇다고 해서 수분이 모자란 건 아니다. 가슴속 열기는 식었지만 이번에는 새로운 욕망이 그녀의 사고를 지배했다. 홀린 것처럼 멍한 눈을 하고 그녀는 조용히 앞을 향해 걸었다.

목 안이 텁텁해.

꿀꺽하고 침이 목젖을 타고 뱃속으로 향한다. 갈증의 욕망은 사고뿐만 아니라 어느새 그녀의 육체마저 지배했다. 천천히, 자신도 모르는 사이에 몸은 저절로 앞을 향해 움직였고, 동시에 집착은 참아내지 못할 만큼 강해졌다.

뜨거워.

어느새 자리잡은 욕망이 그녀에게 흥미로운 제안을 했다.

'이제는 고통에서 벗어나고 싶지? 이 지옥 같은 갈증에서 해방되고 싶지? 그럼 간단해. 눈앞에 보이는 것을 모두 죽이면 되는 거야.'

중얼거리는 것은 악마가 아니었다. 달콤한 속삭임으로 자신을 꼬드기는 것도. 모두 다 그녀 자신이 원해서 자기 멋대로 생각한 환상일 뿐이었다.

그 모든 것을 그녀도 알고 있었기 때문에 욕망의 제안은 훨씬 더 매력적이었다. 이대로 주욱 길을 걷다가 제일 먼저 보이는 인간을 잡는다. 그리고 죽인다. 목을 자르고 쏟아져 내리는 피를 감상한 뒤에, 배를 가르고 부드럽게 따끈따끈한 내장을 쓰다듬는다. 쿵쿵 소리 내어 뛰는 심장을 혓바닥으로 핥고, 두 손으로 소중히 그것을 움켜쥔 뒤 그대로 펑 하고 터뜨린다.

욕망의 제안은 그녀의 사고와 어우러져서 조금 더 구체적으로 완성되었다. 그렇게만 할 수 있다면 이 지독한 고통과 갈증도 벗어날 수 있다고, 자기 멋대로 중얼거리며 단정 짓는 것이다.

좋아, 됐어. 이제 완벽해. 사람만 나오면 되는 거야.

쿡쿡 하고 웃음이 터져 나왔다. 고통도 사라지고 이제는 묘한 쾌감만이 전신을 사로잡았다.

그리고 언제부터인가 그녀는 뛰고 있었다. 닥쳐올 흥분을 생각하면 민기적거리며 늑장 부릴 여유가 없었다. 그녀는 초점 잃은 눈으로 푸른 궤적을 그리며 도로를 질주했다.

빗방울이 튕겨져 나올 정도로 엄청난 속도였다. 그냥 집 안을 습격할까 생각하는 찰나, 두꺼운 우의를 입고 어디론가 황급히 몸을 움직이는 인간의 모습이 눈에 잡혔다.

아주 좋아. 이제 나는 저놈을 죽인다.

갈증으로 이미 몸은 터져 버릴 지경이었다. 신에게 감사하며 그녀는 손날을 세웠다. 그대로 속도를 살려 손으로 목을 잘라 버릴 생각이었다. 운이 나쁘다면 조금 빗나갈지도 모르지. 하지만 확실하게 목숨을 끊을 자신이 있었다.

난 누구보다 강하니까.

쿡쿡 하던 웃음이 언제부터인가 광소로 변했다. 입을 벌리고 추악한 소리를 내지르며, 그녀는 인간의 목을 향해 팔을 뻗었다.

인간의 목이 완전히 돌아가기도 전에 그녀의 손이 뒷목을 뚫고 반대 쪽으로 관통했다. 소리도 나지 않았다. 고통도 없이 죽었겠지. 입꼬리 를 올리며 흐뭇하게 미소 짓고는 그녀는 중간 정도 베어진 목을 깔끔 히 바닥을 향해 내팽개쳤다.

덜덜 하고 몸이 떨려왔다. 하지만 추운 건 아니었다.

눈물이 빗물을 타고 턱밑으로 흘러내렸다. 하지만 슬픈 것도 아니었 다.

심장은 터져 버릴 것만 같이 쿵쿵 하고 울렸다. 하지만 지친 것도 아 니었고 양심의 가책을 느낀 것도 아니었다.

세상이 온통 빨갛다. 비에 씻겨져 온몸 가득 묻은 피가 바닥을 타고 줄줄 흘러내려 버린 것은 조금 아쉬운 일이었지만.

콸콸 하고 쉬지도 않고 목에서 뿜어져 나오는 인간의 피는 정말이지 소름이 돋을 정도로 아름다웠다.

이것으로는 부족해. 비로도 씻을 수 없을 만큼 강렬한 피의 바다를 원해. 그럼 간단하지. 모두 죽이면 되는 거야. 이 도시의 모두를, 한 놈 도 빠짐없이 죽인 다음 한쪽 구석에 산처럼 쌓아 올리면 아주 멋진 풍 경이 될 것이 틀림없어. 비가 아무리 많이 내려도 시체에서 피가 끊임 없이 흘러나올 테니까.

그것으로는 부족할지도 모르지. 뭐, 그래도 상관없어. 인간은 많으 니까. 내가 한평생 죽여도 모자라지 않을 만큼.

혓바닥으로 손등에 묻은 피를 핥았다. 그녀는 조용히 몸을 일으키고 다른 누군가를 죽이기 위해 천천히 발을 뗐었다.

"시아 언니, 뭐 해?"

악몽에서 깨어난 것처럼 그녀는 화들짝 놀라 자리에서 몸을 일으켰다. 초점을 잃은 눈이 보통 때로 돌아온 것은 조금 더 시간이 흐른 뒤였다.

'꿈… 이었어?'

끈적한 땀이 주르륵 등을 타고 엉덩이 위까지 흘러내렸다. 시체처럼 차가워진 육체의 감각. 다행히도 아직 육체는 그녀의 지배 하에 있었다.

끊임없이 눈에서 눈물이 흘렀다. 죄책감보다는 자신의 한계를 느꼈다는 것이 너무나도 슬퍼 참을 수 없었다. 남의 시선은 아랑곳하지 않고, 시아는 모든 것이 이제 너무 늦어버렸다는 사실을 절감하며, 다시 의자에 주저앉아 한참 동안이나 슬프게 눈물을 흘렸다.

"왜 그래?"

아이린과 베리, 티리엔까지 시아의 곁으로 다가와 사정을 물었다. 하지만 그녀는 대답할 수 없었다. 그것을 말해 버리면 이제까지의 생활은 포기해야 할 테니까. 어쩌면 다시 혼자로 돌아갈지도 모른다는 생각이 들었으니까. 입을 다물고 억울한 사람마냥 흘러내리는 눈물을 바보처럼 끊임없이 추스르는 수밖에 없었다.

베리가 팔을 뻗어 그녀의 몸을 안아주었다. 여전히 그의 몸은 따스했다. 자신은 그렇지 않다는 사실이 그녀를 더욱더 슬프게 만들었다.

그가 자신을 사랑하고 있다는 것 자체가 기쁨이었고 동시에 아픔이었다. 처음부터 만나지 않았더라면 좋았을 텐데, 때늦은 후회였지만 그런 생각조차 하지 않는다면 도저히 이 고통을 참아낼 수 없었다.

아무런 추궁도 하지 않고 베리는 조용히 그녀의 등을 쓰다듬었다.

간신히 눈물을 멈추고 시아는 조용히 자리에서 일어났다. 아무런 말도 없이 뚜벅뚜벅 자신의 방으로 돌아가서는 그대로 침대 위로 쓰러지듯 몸을 묻었다.

화기애애했던 식당의 분위기가 한순간에 식었다. 낯선 모험자가 문이라도 두들기는 것마냥 바람에 부딪쳐 쿵쿵 하고 둔탁한 소리가 들려왔다. 베리는 조용히 시선을 아이린 쪽으로 돌렸다.

예상외로 심각한 얼굴이었다. 언제나 웃음기 가득한 얼굴로 모든 걸 대하던 그녀가, 갑자기 시아가 울음을 터뜨렸다는 이유 하나만으로 평정을 잃은 것이다.

기르디는 조용히 자리에서 일어나 주방 쪽으로 걸음을 옮겼다. 단지 두 사람이 없어졌을 뿐인데, 식당은 방금 전보다 몇 배는 더 황량해진 느낌이었다.

갑작스럽게 변한 분위기에 적응을 못하는 셀브렛, 심각한 얼굴로 생각에 빠진 아이린, 아무렇지 않다는 듯 우아하게 차를 즐기는 티리엔, 그리고 자신이 해야 할 일을 찾기 위해 방황하는 베리.

제각각 종족이 다르다는 걸 증명이라도 하는 것 같았다. 잠시 후 아이린이 기르디가 있는 주방 쪽으로 뚜벅뚜벅 걸음을 움직이자, 티리언도 베리와 셀브렛에게 살짝 고개를 끄덕여 인사하고는 위층 자신의 방을 향해 몸을 옮겼다.

셀브렛까지 입이 찢어져라 하품하며 방으로 돌아가 버리자 식당에 남은 것은 베리뿐이었다.

그는 나름대로 중대한 결심을 하고 있었다. 각오가 부족한 건 아니다. 하지만 앞으로 무슨 일이 벌어질지는 그 누구도 알 수 없는 일이었다.

부디 별거 아니기를, 신이란 존재가 있다면 한 번쯤 의지하고 싶은 심정이었다. 천천히 의자에서 몸을 일으키고 베리도 위층 자신의 방을 향해 한 걸음 몸을 움직이기 시작했다.

"거기까지다, 푸른 마녀."

이것은 꿈이다. 누구보다도 충분히 그녀는 그 사실을 알고 있었다. 깨어나고 싶었지만 언제나 그랬듯이 이야기는 제멋대로 흐르고 만다.

꿈속에서 그녀의 감각과 시야를 공유한다는 것, 때로는 그것이 마치 자신이 원해서 한 일이라는 착각마저 들었다. 정확히 말하자면 타인의 몸속에 제멋대로 들어가 남의 기억을 훔쳐보는 것뿐인데, 수없이 많은 사람의 목숨을 간단히 앗아가는 그녀의 모든 걸 공유하다 보면, 자신도 모르게 그 흐름에 섞여 들어가고 또 그것에 동조하고 만다.

신의 권력을 등에 업은 가련한 마법사들.

한없이 오만한 표정으로 두려움을 속이는 그들, 그 모습이 어떤 희극보다 우스웠기 때문에 그녀는 천천히 얼굴에 미소를 머금었다.

"너의 마스터는 죽었다."

"알고 있어."

한 치의 망설임도 없이 그녀는 말했다. 동시에 마법사들의 표정도 천천히 굳어들었다.

"그런데 왜 그렇게 당당한 거지? 자신을 속이고 멋대로 도망쳐서 또

자기 마음대로 죽어버린 마법사가 원망스럽지도 않은 거냐."

동정을 가장한 비난이었다. 실피안이라면 누구보다도 자신의 주인을 소중히 여겨야 한다, 설령 그것이 자신의 목숨이 걸린 일일지라도.

"난 그의 명령을 지키고 있다."

"그가 죽어버린 이상 그 명령은 의미가 없다."

"그럴지도 모르지."

"그럼 순순히 항복해라."

주름살 가득한 얼굴로 늙은 마법사가 말했다. 한때는 신에 대항해 결사적으로 싸움을 벌였던 그들. 그러나 지금은 목숨을 보장받기 위해서 동료를 배신한 변절자들의 더러운 무리일 뿐이었다.

대답조차 하지 않고 그녀는 노골적으로 소리 내어 웃었다.

"뭐가 그렇게 우스운 거지?"

마법사들의 표정이 더욱더 굳어졌다. 아무 말 없이 한참 웃음을 터뜨리다가 그녀는 거짓말처럼 웃음을 멈추고는 살기 가득한 얼굴로 말했다.

"배반한 개치고는 꽤 재미있는 말을 하는 것 같아서."

"…아무리 너라고 해도 우리 모두를 당해내진 못할 텐데."

마법사들을 위해 창조된 실피안. 그러나 인간을 죽일 수 없다는 강력한 제약이 소거된 지금, 마스터를 잃어버린 그녀가 하지 못할 일은 아무것도 없었다.

"아아, 그렇지만 적어도 몇 녀석 정도는 죽일 수 있겠지."

그녀가 능력을 사용한 것은 마법사들의 예상보다 몇 배는 더 빨랐다.

"예를 들면 너 같은 녀석 말이야."

엄청난 속도로 파고들어 한 늙은 마법사의 뱃속에 자신의 팔을 집어넣었다. 붉은 피가 한 움큼 잡혀들자 맛있다는 듯 그녀는 그것을 핥았다.

순식간에 동료 하나를 잃은 마법사들은 늙은 호랑이가 발톱을 세우는 것처럼 저마다 지팡이를 꺼내고 몸 밖으로 마력을 개방했다.

사뿐하게 공중으로 몸을 날리고, 손에 든 시체를 아무렇게나 바닥에 던져 버린 뒤, 그녀는 전신에서 푸른 기운을 쏘아내며 다가올 위험에 대비했다.

거대한 기계의 부속품처럼 마법사들은 차례차례 능력을 사용하며 그녀를 향해 날아올랐다. 그리고 엄청난 폭발의 소용돌이가 푸른 하늘에 수놓아졌다.

*   *   *

며칠이 지났음에도 비는 그치지 않았다. 기세가 약해졌다 싶은 순간, 지상을 향해 성이라도 내는 것처럼 다시 강렬하게 비를 흩뿌렸다. 종말이란 것이 온다면 이런 상황에 오는 것이 제일 적격이겠지. 사람들은 입구를 단단히 봉하고, 그런 생각을 하며 비가 그치기만을 기다렸다.

시아의 몸이 안 좋아진 것은 폭풍이 시작된 그 다음날부터였다. 어지간해서는 내색조차 하지 않던 그녀가 침대에서 몸도 움직이지 못하고 꼼짝없이 드러누워 있었다.

몸이 아프면 열이 나는 것이 정상이다. 하지만 이상하게도 시간이 흐를수록 그녀의 체온은 낮아지고 있었다. 마치 그대로 눈을 감아서 다시는 일어나지 않아도 이상하지 않을 것처럼, 그녀는 아무런 말도 하지 않고 얌전히 그렇게 누워 있었다.

시아의 병세가 심해지자 기르디는 엘프의 숲으로 가기 위해 간단히 채비를 마쳤다. 태풍이 그치면 떠나는 쪽이 현명하겠지만 그러기에는 시간이 부족한 상황이었다.

베리도 기르디를 좇아 엘프의 숲으로 가려 했지만 아이린이 그것을 말렸다. 베리가 없으면 시아의 상태가 더 악화될지도 몰랐기 때문이다. 아픔에서 벗어나는 것은 사실 간단했다. '살기 위한 의지'를 가지는 것.

식당 영업을 중지하고 모두는 시아의 간호에 매달렸다. 그녀가 웃을 수 있도록, 병에 맞서 싸워 이길 수 있도록 모두는 옆에서 끊임없이 응원하고 또 소원했다.

그러나 그녀는 웃지 않았다. 사람들의 그 어떤 행동과 말에도, 시체처럼 창백한 얼굴을 하고 바라만 볼 뿐이었다. 가끔 감정을 드러낼 때도 있었지만 그건 기쁨이 아니라 슬픔이었다. 묵묵히 옆에서 간호하는 식구들의 얼굴을 바라보며 이따금 뚝뚝 굵은 눈물방울들을 떨구기도 했다.

아무리 재미있는 말을 해도, 짓궂은 장난을 쳐도, 그녀는 웃지도 화를 내지도 않았다. 또 눈물 흘리며 간절히 사정해도 그녀의 모습은 변하지 않았다.

슬픔의 감정조차 보이지 않게 된 것은 태풍이 거의 지나갈 즈음이었다.

그녀의 모습은 이제 감정이 메말라 버린 밀랍 인형 같았다. 침대에 누워 눈을 감으면 다른 사람이 보기에 시체라 해도 믿을 정도였다.

베리와 셀브렛, 아이린은 지쳐 가기 시작했다. 물론 포기한 것은 아니다. 차라리 그녀가 침을 뱉고 욕을 하며 모든 것을 증오했다면 지금보다는 한결 편했을 것이다. 무슨 일을 해도 최소한의 반응은 있을 테니 말이다.

무관심, 이쪽에서 열심히 자극해도 상대는 좁쌀만큼도 반응하지 않았다.

육체적으로나 정신적으로나 시간이 흐를수록 한쪽이 지치는 것은 당연했다. 꽤 여러 사람들이 그녀의 병을 고치기 위해 식당을 오고 갔지만 그 모든 것들이 헛수고였다.

마법과 성력(聖力), 주술, 정령술, 수많은 종류의 약들까지 어느 정도 근거가 있는 치료 방법이라면 사용하지 않은 것이 없었다.

아이린은 지푸라기라도 잡는 심정으로 돈을 아끼지 않고 여러 수단과 방법들을 동원했으나, 시아의 증세가 호전될 기미는 눈곱만큼도 보이지 않았다.

육체가 썩고 병 들어가는 것이 아니라, 애초에 그녀의 아픔은 다른 차원의 것이었기 때문이다.

그녀 자신이 그것과 맞서 싸울 의지가 있었기 때문에 예전에는 버틸 수 있었다. 하지만 지금은 달랐다. 죽음을 기다리는 사람마냥 그녀는 의지를 잃고 멍하니 침대에 누워 시간을 보냈다. 증세가 호전되지 않는 것은 당연했다. 검을 놓쳐 버리고 그것을 주울 생각도 하지 않는 기사에게 일기당천의 적을 대적하라는 것은 너무 큰 주문이었으니까.

잠을 자는 것도 잊어버린 채 베리는 한쪽 의자에 앉아 잠들어 있는 그녀의 얼굴을 바라보았다.

창백했지만 아름다웠다. 제대로 식사를 하지 않았는데도 불구하고, 얼굴은 이상하게 처음과 비교해 크게 쇠약해지지 않은 모습이었다.

따지고 보면 몸의 온도만 떨어지고 있을 뿐 겉으로 드러나는 큰 증상은 없었다. 하지만 베리는 이대로 시간이 흐른다면 곧 그녀가 죽어버리고 말 것이란 걸 알고 있었다.

그렇기 때문에 더 지독하게 매달릴 수밖에 없었다. 조금이라도 그녀가 기운을 차릴 수 있도록, 베리는 옆에서 항상 지켜보고 또 이야기해 주었다.

다행히 그의 말에는 가끔씩 고개를 끄덕이거나 저을 때도 있었다. 그래서 베리는 자신이 포기하면 모든 것이 끝장이라 생각할 수밖에 없었다.

완전히 비가 멈추었을 때 발작이 시작되었다. 침대에서 갑자기 몸을 일으키고, 그녀는 맥이 풀린 얼굴로 신음성을 흘렸다.

건조해진 얼굴에는 실 같은 균열이 생기기 시작했다.

마치 비가 내리지 않은 마른 땅에 금이 가는 것 같았다. 피부가 갈라지는 것처럼 순식간에 미세한 선이 얼굴에서 시작해 온몸으로 진행되었다.

선이 진해지자 이번에는 주르륵 하고 그 사이에서 피가 흘렀다. 끈적끈적한 붉은빛의 액체는 옷을 물들이는 것도 모자라 침대 시트까지 빨갛게 물들였다.

동시에 푸른 머리도 길어졌다. 눈에 보일 만큼 엄청난 속도로 뻗어 나더니, 머리카락은 어느새 엉덩이에 닿을 정도까지 자랐다.

머리가 길어졌다는 것만으로도 그녀의 인상은 타인이라 할 만큼 변했다.

잠시 후 피는 멈추었지만 실 같은 균열은 사라지지 않았다. 경악으로 가득 찬 얼굴을 하고, 베리를 비롯한 모두는 그것을 지켜보았다. 도와주고 싶어도 어떤 식으로 대응해야 할지 생각이 나지 않았다.

그녀는 그대로 기절하듯 쓰러져 잠들었다. 다시 일어난 것은 그 후 삼 일이란 시간이 흐른 뒤였다.

일어났을 때 다행스럽게도 그녀는 어느 정도 정신을 차렸다. 짧지만 사람들과 대화도 나누고 곧 다시 일어나겠다며 다짐까지 했다.

그대로 상태가 호전될 것만 같았다. 하지만 그것은 크나큰 착각이었다. 얼마 못 가 두 번째 발작이 시작된 것이다.

가까이서 눈을 크게 뜨고 봐야 확인할 수 있었던 실 같은 균열들이 이번에는 시야에 뚜렷이 잡힐 정도로 짙어졌다. 그리고 출혈도 지난번 과는 비교하지 못할 만큼 많았다.

이번에는 침대를 흠뻑 적시고도 모자라 바닥까지 뚝뚝 흘러내렸다. 작은 몸에서 나온 것이라고는 믿어지지 않을 정도로. 이대로 진짜 죽어버리는 것이 아니냐는 생각이 들 만큼 지독히도 많은 피를 흘렸다.

대조적으로 의식과 감정은 전처럼 또렷하게 돌아왔다. 생명을 깎아 말을 하는 것 같아 애처로웠지만, 그녀는 미소를 잃지 않고 차분히 대답했다.

두 번째 발작이 진정되는 순간, 모두는 경계의 끈을 놓지 않고 그녀

를 보살폈다. 다행스럽게도 이번에는 혼절해서 며칠간 정신을 잃거나
하는 일은 발생하지 않았다.

어둠의 시간, 베리는 그녀 못지않게 쇠약해진 몰골을 하고 있었다.
막 잠에서 깬 모양인지 슬그머니 눈을 뜨고 시아는 나지막한 목소리로
말했다.

"그런 얼굴을 하고 있으면 좋아지기는커녕 더 나빠질 것 같아."

"미안."

"나 이제 괜찮으니까 오빠도 방에 돌아가 조금 쉬어. 그래야 내일도
제대로 간호할 수 있잖아. 억지로 눈을 뜨고 있으니까 화난 사람처럼
보인다고."

"나도 괜찮아."

"거짓말. 내가 아무리 바보라 해도 말이지, 그런 얼굴을 하고 있으면
피곤하다는 것쯤은 알 수 있다고. 얼굴을 찌푸리니까 눈가가 어두워서
꼭 화난 너구리 같잖아."

시아는 놀리는 것처럼 쿡쿡 하고 웃음을 터뜨렸다. 하지만 표정 하
나 바꾸지 않고 베리는 조용히 고개를 저었다. 조금 화가 난 모양인지
시아는 황급히 얼굴에서 미소를 거두었다.

"그러고 있으면 내가 진짜 죽을 것처럼 느껴진다니까."

"넌 안 죽어."

"응. 그러니까 오빠도 빨리 가서 자. 난 괜찮으니까 걱정하지 말고."

"나도 괜찮아."

"…나 화 낸다."

조금도 진전이 되지 않는 대화였다. 포기한 모양인지 그녀는 고개를

숙이고 작게 한숨 쉬었다.

"그럼 돌아가라고 말하지 않을 테니까. 우리 타협하도록 하자."

"무슨 타협?"

"내 옆으로 와서 누워."

"……."

"싫다면 뭐 할 수 없지. 오빠가 이제 날 싫어하는 모양이구나 하고 생각할 수밖에."

"알았어."

말을 끊는 것처럼 의자에서 몸을 일으키고는 베리는 뚜벅뚜벅 침대를 향해 갔다. 그녀 입가의 미소가 진해지는 것이 조금 눈에 거슬렸지만, 다른 좋은 방법은 생각나지 않았다.

이불을 한 켠으로 치우고 그녀 옆에 누웠다. 살짝 살과 살이 마주 닿았지만 거짓말처럼 온기는 느껴지지 않았다.

팔을 뻗어 그녀의 손을 잡았다. 순간 얼음이라도 만지는 것처럼 싸늘한 냉기가 느껴졌다. 조금 놀랐지만 베리는 표정 하나 바꾸지 않고 그녀의 얼굴을 바라보았다.

그녀는 웃고 있었다. 하지만 베리는 그것이 슬펐다. 고통을 참아내며 아무렇지 않게 자신을 대하는 그녀가 보기 안쓰러웠다.

눈물은 예전에 말라 버렸다고 생각했는데, 거짓말처럼 어느 순간 볼을 타고 흘렀다.

슬픔을 참을 수 없었다. 체면 같은 건 아무래도 좋았다. 손으로 얼굴을 가리며 흑흑 하고 소리 내어 울었다. 자신의 무능력함을 또 한 번 통감했다. 검술이 아무리 뛰어나고, 마법이 아무리 강해도 그녀에게는 아무런 소용도 없는 일이었다.

할 수 있는 일은 옆에서 지켜보는 것뿐이었다. 하루가 지나게 약해지고 있는 그녀의 모습을 옆에서 무기력하게 보고만 있는 것이 다였다.

슬픈 미소를 지어 보이며 시아가 말했다.

"울지 마, 난 괜찮으니까."

"……."

"오빠를 만난 건 내 인생 무엇과도 바꾸지 않을 축복이라 생각해. 우리 처음 만났을 때 기억나? 오빠가 수도로 가기 위해 여행을 떠나고, 그 도중에 날 만난 것. 정말이지 그건 기가 막힌 우연이었지. 오빠가 마법을 쓸 줄 몰랐다면, 그 사람들 손에 난 끌려갔을 거야. 가끔 그 모든 것이 다 운명이라는 생각이 들어."

시아는 작은 목소리로 속삭이듯 그의 귀에 대고 말했다. 조금이라도 더 체력을 아끼기 위해 그녀는 한차례 말을 멈추고 깊게 숨을 들이마셨다.

"오빠한테 말하지 않은 비밀이 하나 있어. 그거 들어줄래?"

"응."

"고마워, 그리고 미안해. 조금 눈치 챘을지도 모르지만 사실 난 인간이 아니야. 뭐라고 설명해야 할까. 오빠는 마법사니까 조금 이해가 갈 것이라 생각해. 실피안이라고 부르는 고대의 마법 생명체… 혹시 들어본 적 있어?"

"조금은……."

"아, 그럼 말하기 훨씬 쉽겠네. 여하튼 난 그 실험체 중 하나야. 자세히는 모르지만 최강이라고 하는 고대의 실피안을 토대로 만들어진 표본 중 하나인 것 같아."

덤덤하게 말하기 위해서 애를 썼지만, 시간이 흐를수록 눈에 띄게 그녀의 표정은 어두워지기 시작했다. 그것을 느끼며 베리는 이제 완전히 눈물을 거두고 정신을 집중하려 노력했다.

"하지만… 이제 뭐, 그건 별로 상관없는 것이라 생각해. 내가 나인 건 변하지 않는 일이니까. 처음에는 그 문제를 가지고 속으로 고민도 많이 했지만, 식당 생활이 점점 익숙해지면서 모두 날 얼마나 사랑하는지 알게 됐어. 내가 인간이 아니라 해도 변할 건 없을 테지. 그러니까 조금 홀가분해지더라고."

어색하게나마 미소 짓는 그녀를 향해 베리는 고개를 끄덕이며 동의했다.

"지금 이렇게 말하고 나니까 더 개운해진 느낌이네. 어쨌든 비밀은 그게 끝이야. 그리고 이번에는 부탁이 있어."

"그건 또 뭐야?"

"말을 하기 전에 한 가지 약속을 해줘. 무슨 일이 있더라도 반드시 들어주겠다고."

"……."

"보기보다 나 굉장히 이기적인 여자거든. 뭐, 듣고 싶지 않다면 강요는 하지 않겠어."

"응. 무슨 일이 있어도 지키겠다고 여기서 약속할게."

"다시 한 번 말하지만 무슨 일이 있더라도 꼭 들어줘야 해. 설령 목숨이 걸려 있다 해도. 만약 약속을 지키지 않으면 나 두 번 다시 오빠와 만나지 않을 테니까."

비장한 모습으로 베리는 고개를 끄덕였다. 잠시 고민하다 시아는 싱긋 미소 지으며 입을 열었다.

"지금은… 지금은 말하지 않는 게 좋을 것 같아. 미안하지만 조금 더 나중에 말하도록 할게."

갑자기 맥이 풀리는 느낌이었지만 어쩔 수 없었다. 베리가 고개를 끄덕이자 시아는 눈을 감고 다시 잠에 빠져들었다.

순간 베리에게도 엄청난 피로가 밀어닥쳤다. 며칠째 잠을 자지 않고 간호만 했으니 어찌 보면 당연한 일이었다.

거의 동시에 두 사람은 죽은 듯 잠이 들었다.

다음날 곧장 세 번째 발작이 시작되었다. 이번에는 피가 흐르거나 몸에서 균열이 생기거나 하는 일은 발생하지 않았다. 스위치를 껐다 켰다를 반복하는 것처럼 의식이 끊길 뿐 그다지 눈에 보이는 증상은 없었다.

시간이 흐를수록 그녀는 과거의 기억들을 하나둘 잃어가기 시작했다.

그건 완성된 퍼즐에서 조각들이 서서히 바깥으로 떨어져 나가는 것과 비슷한 일이었다. 며칠 시간이 흐르자, 방금 전의 자신이 무슨 일을 했는지조차 모를 정도로 그녀는 심각한 기억의 혼란을 느꼈다.

발만 동동 구를 뿐 모두 어떻게 대처해야 할지 몰랐다. 차라리 육체가 고장났다면 대응하는 것이 몇 배는 더 빨랐을 것이다. 하지만 뒤엉킨 기억들을 풀어주고 또 되찾아주는 방법은 일행 중 그 누구도 알지 못했다.

아이린은 바쁘게 식당을 오고 가며 무엇인가 정보를 얻는 듯했지만, 당연하게도 희망적인 답을 구할 순 없었다. 자룬 왕자는 여름 방학을 맞이해 고향으로 돌아간 지 오래였기 때문에, 사실 얻을 수 있는 정보의 양은 지극히 제한적이었다.

꽤 많은 시간이 흘렀음에도 기르디는 돌아오지 않았다. 베리나 셀브렛, 아이린은 절반 정도 그의 귀환에 희망을 맡기고, 외줄을 타는 것마냥 하루하루를 간신히 버텨내고 있었다. 아마 기르디가 큰 소득이 없다고 하면, 내색하진 않겠지만 무척이나 실망하게 될 것이 뻔했다.

잦은 발작으로 피로 얼룩진 침대에서 그녀는 아무렇지도 않다는 듯 미소 지었다. 베리와 셀브렛은 그 모습만 보아도 저절로 눈물이 날 것 같았지만, 겉으로는 내색하지 않고 그녀의 눈을 바라보았다.

헐거워진 붕대가 거추장스럽다는 듯이 시아는 얼굴 위로 손을 올렸다. 균열이 심한 곳에 출혈을 막기 위해 붕대를 감아놓은 것이었지만, 그녀가 그것을 싫어했기 때문에 큰 의미는 없었다. 얼마 못 가 또 헐거워질 것이 뻔했으니까.

"이제 괜찮다니까. 이러고 있으면 내가 미라라도 된 기분인걸. 답답하기도 하고."

엉망진창 균열이 온 얼굴을 맴돌고 있었지만, 이상하게도 그녀의 아름다움은 예전 그대로였다. 갑작스레 길어진 푸른 머리가 거추장스럽다는 듯 인상을 살짝 찌푸리며 시아는 다시 입을 열었다.

"아이린 언니가 오면 머리 잘라 달라고 해야겠어. 겨울이면 모를까, 여름에 이렇게 머리가 기니까 진짜 답답하다고."

"언니, 내가 묶어줄까?"

"됐어. 셀브렛에게 맡기느니 차라리 내가 직접 하는 게 나을 테니까."

"너무해."

"미안. 그치만 너, 이런 데에는 조금 심각하게 소질이 없잖니. 솔직히 말하자면 베리 오빠 쪽이 몇 배는 더 여성스러운걸."

"그건 베리 오빠 쪽이 이상한 거야."

"셀브렛도 언제까지 어린아이가 아니니까 조금 반성하는 게 좋아."

"알았어. 그러니까 언니가 빨리 나아서 이것저것 가르쳐 줘."

"그래."

싱긋 웃으며 대답하는 시아를 향해 셀브렛은 약속이라도 하는 것처럼 고개를 힘차게 아래위로 끄덕였다. 거절하는 기미가 보인다면 당장이라도 울음을 터뜨릴 기세로.

기분 좋은 얼굴로 눈을 감고 조용히 알 수 없는 노래를 흥얼거리더니, 자신을 바라보는 두 사람을 향해 그녀는 다시 입을 열었다.

"응, 베리 오빠 방학이 끝나기 전에 엘프의 숲으로 한번 놀러가도록 하자. 나 다시 가고 싶어. 기르디 오빠나 아이린 언니에게 부탁해서 베르니아 언니도 다시 만나 보고. 모두 함께 모여 신나게 숲에서 노는 거야."

"헤에. 그리고 보니 언니도 세레스, 티레스 둘 다 본 적 있지?"

"응. 셀브렛도 숲에 한 번 가본 적 있으니 알겠구나. 그 언제였더라."

"베리 오빠가 저 무서운 말 구하러 갔을 때였잖아. 기억 안 나?"

"아아, 맞아. 그랬지."

필름이 끊긴 사람처럼 멍한 눈으로 한참이나 생각하더니, 그녀는 이제 기억난다는 듯 고개를 끄덕이며 대답했다. 어색한 미소를 하고 있는 것만 보아도 평소와는 다르다는 걸 알 수 있었다. 오늘은 컨디션이 좋은 모양인지 꽤 많은 것을 기억해 내고 있지만, 그녀의 과거는 애벌레가 푸른 나뭇잎을 천천히 갉아먹는 것처럼 느린 속도로 소거되고 있었다.

한참을 멍하니 창밖만 바라보다가 시아는 싱긋 미소 지으며 베리와 셀브렛을 향해 말했다. 마치 이야기를 지금 처음 시작한다는 것처럼……

"있잖아. 기르디 오빠나 아이린 언니한테 내가 잘 말해 둘 테니까 우리 베리 오빠 방학 끝나기 전에 숲으로 한번 놀러가도록 하자."

참으려고 해도 주르륵 눈물이 볼을 타고 흘러내렸다. 셀브렛은 참을 수 없다는 듯 조용히 문을 열고 밖으로 나갔다. 시아는 그런 그녀를 이상하다는 얼굴로 한번 흘겨보더니 베리 쪽으로 고개를 돌리며 입을 열었다.

"셀브렛은 일이 있는 모양이네. 오빠는 어때?"

"응. 난 괜찮아."

"솔직히 말하자면 나 베르니아 언니도 다시 보고 싶어."

"그래. 모두 함께 모여 경치 좋은 숲으로 소풍이라도 가는 거야."

"그러면 진짜 좋겠다."

웃는 얼굴로 대답하더니, 다시 창 쪽으로 시선을 돌렸다. 그리고 다시 노래를 흥얼거렸다. 방금 전에 부른 것과 같은 멜로디였다.

베리는 의자에서 몸을 일으켜 책상 위에 준비해 둔 다른 붕대 뭉치를 집어 들었다. 그리고 눈을 감고 노래를 흥얼거리는 그녀의 곁으로 다가갔다.

길고 푸른 머리카락을 치켜세우고, 손수건으로 뒷목 쪽에 고여 있는 땀을 닦았다. 그리고 엉켜 있는 붕대를 걷어내고 새 붕대를 감았다. 수십 번은 반복한 모양인지 매우 익숙해 보였다.

빗으로 조금 흐트러진 머리를 손질해 주고는 가지런히 붉은 끈으로 그것을 묶었다. 방금 전에 비해 한결 가벼워진 얼굴로 그녀는 슬그머니 눈을 뜨고 미소 지었다.

“이런 건 내가 직접해도 상관없는데.”

“괜찮아.”

“그거 알아? 오빠가 셀브렛보다 몇 배는 더 여성스러운 거. 그 아이도 조금은 철이 들어야 할 텐데. 영원히 어린애일 수는 없으니까 말이야.”

“그래, 맞아.”

“……빠도 울어? 셀브렛도 그렇고 오늘은 모두 이상한 것 같네. 무슨 일이라도 생긴 걸까.’

“아니, 울지 않아. 난 남자니까.”

“거짓말. 벌써 눈이 빨갛게 변해 버렸는걸.”

그녀는 팔을 뻗어 작은 몸으로 베리의 머리를 껴안았다. 그리고 자장가라도 부르는 것인지 다시 노래를 흥얼거렸다. 조금씩 멜로디도 익숙해지기 시작했다.

안심이라도 된 걸까. 소리를 내진 않았지만 그대로 많은 눈물을 흘렸다. 더 이상 옆에서 지켜보는 것이 괴로울 정도로 슬펐다. 아무것도 해줄 수 없는 자신이 원망스러웠고, 동시에 왜 이런 일이 벌어진 것인지 신을 저주했다. 평범하게 살고 싶었을 뿐인데.

큰 집을 짓고 돈을 많이 벌면 좋겠다는 것, 그것이 내 로망이라는 소리는 모두 다 거짓말이었다. 그녀가 없으면 그 모든 것이 의미없다는 걸 알아버렸으니까.

작고 귀여운 얼굴로 부끄러운 듯 미소 지으며 날 바라보는 너무나 사랑스러운 푸른 머리의 소녀.

슬픈 멜로디가 귓속에서 맴돌았다. 어쩌면 두 번 다시 듣지 못할 작고 여린 목소리. 경쾌한 것임에 틀림없었지만, 이 세상 그 무엇과도 비교할 수 없을 정도로 애절한 노래였다. 지독한 모순(矛盾)…….

흐느낌과 더해진 그녀의 노래가 천천히 방에 울려 퍼질 정도로 강해지기 시작했다.

＊　　　＊　　　＊

기억은 모두 소거되었다.

어느 날 아침, 그녀는 눈을 뜨고 일어나 자신을 바라보는 모두를 향해 이렇게 입을 열었다.

"누구시죠? 여긴 어디죠?"

처음에는 그녀가 연극이라도 하는 줄 알았다. 하지만 그것이 사실이라는 걸 알아버린 순간, 베리는 당장이라도 쓰러져 버릴 것 같은 모습으로 한참 동안 아무런 말도 하지 못하고 멍하니 제자리에 서 있을 수밖에 없었다.

동시에 육체도 최악을 향해 치달았다. 깨어 있는 순간보다 기절한 듯 잠들어 있는 시간이 몇 배는 더 많아졌다. 시간이 흐를수록 눈에 띄게 그 비율도 한쪽으로 기울어가고만 있었다.

이대로는 더 버티지 못한다.

내일이 될 수도 있고 어쩌면 지금 당장 그녀가 죽어버릴지도 모른다. 베리의 자괴감도 미쳐 버릴 것같이 커졌다. 무슨 뚜렷한 대책이라도 있다면 설령 그것이 드래곤의 레어로 쳐들어가는 것이라고 해도 그는 주저하지 않고 실행할 자신이 있었다. 생명을 깎아서 나누어 주는 마법이라도 알고 있었다면, 아마 자신의 목숨 같은 건 좁쌀만큼도 신경 쓰지 않고 당장이라도 사용했을 것이다.

하지만 자신이 괴로워한다고 그녀의 증세가 나아지는 건 아니다. 아니, 이런 순간일수록 더욱더 힘을 내어서 옆에서 지켜보고 또 응원해 줘야 한다.

그 사실을 누구보다도 절실히 알고 있었지만…….

애초에 그건 너무 무리한 주문이었다. 제일 소중히 여기던 사람이 곁에서 아주 천천히 죽어간다. 세상 그 무엇과도 비교하지 못할 만큼 큰 고문이자 고통이었다. 어제까지만 해도 억지로 힘을 쥐어짜 내어 간신히 버틸 수 있었지만, 오늘의 충격은 당장 기절해도 이상하지 않을 만큼 치명적이었다.

추억을 수도 없이 나열하며 그녀가 조금이라도 생각해 주길 기원했다. 하지만 그 모든 것은 헛수고에 불과했다. 애초에 처음부터 타인이었던 사람처럼 그녀는 차가운 눈을 하고 주위에 대한 경계심을 풀지 않았다.

기절한 것처럼 쓰러져 잠들어 버린 시아를 눈앞에 둔 채 베리는 그대로 무릎 꿇고 주저앉아 오열했다. 정말 이제는 더 이상 버틸 자신이 없었다. 그녀가 죽지 않는다 해도, 이대로 가면 그 전에 자신이 먼저 지쳐 쓰러져 죽을 것이 분명했다.

그날 밤 황폐해진 식당의 문을 열고 모두를 향해 그는 처음으로 모습을 드러냈다. 그보다 좋은 타이밍이 없을 정도로 그건 절묘한 방문이었다.

허리까지 닿는 어둠과도 같은 길고 검은 머리. 턱 부분이 까무잡잡하게 털로 뒤덮여 있었지만, 그것이 지저분하다는 생각은 조금도 들지 않았다.

검은색 긴 가죽 코트와 어우러져 전체적으로 삭막한 분위기가 흐르는 중년 사내였다. 그는 잠겨진 식당의 문을 간단히 열고, 시아를 제외한 모두가 모여 있는 식당 한쪽 테이블로 빠르게 뚜벅뚜벅 걸음을 움직였다

일행 중 그의 존재를 눈치 챈 것은 살로빈과 티리엔뿐이었다. 창백한 얼굴 위에 날카로운 눈을 빛내며 그는 뚫어져라 모두를 훑어보았다.

"그녀를 데리러 왔다."

굵직한 그의 말에 모두의 시선이 한쪽으로 쏠렸다. 얼굴 표정 하나 바꾸지 않고 살로빈을 향해 그는 다시 말을 이었다.

"처음부터 무리인 일이었다, 드래곤."

"난 그녀의 마스터가 아니다. 어리석은 인간, 그것이라면 이쪽 멍청한 인간 꼬마에게 말해라. 그리고 한 번 더 내게 그런 말투를 사용하면

당장 죽여 버리겠다."

"드래곤이 아니었다고?"

중년 사내의 시선이 흥미롭다는 듯 베리에게 고정되었다.

"네가 그녀의 주인이었나?"

그가 무슨 말을 하는지는 잘 이해되지 않았지만, 일단 무기력한 얼굴로 고개를 저으며 베리는 입을 열었다. 정확한 사정은 모르지만 그는 시아의 이야기를 하고 있는 듯했다.

"전 그녀의 주인이 아닙니다."

"주인이 아니라고? 그럼 누가 그녀의 주인이었단 말인가?"

"아무도 그녀의 주인이 아닙니다."

"말도 안 되는 소리다. 제아무리 훌륭한 실피안이라고 해도, 주인에게 일정량의 마력을 기생하지 않으면 일주일도 버틸 수 없다. 그걸 나에게 믿으라고 하는 것인가, 소년?"

"믿지 않으셔도 좋습니다. 하지만 제 말은 사실입니다."

"흠. 니가 거짓말을 하지 않고 있다는 건 나도 알고 있다. 하지만… 만약 그것이 사실이라면… 그녀는 실피안이 아니다."

"그럼 무엇이란 말이죠?"

수염을 매만지며 중년 사내는 생각에 잠겼다. 순간 베리의 멍한 얼굴에도 살짝 의혹의 빛이 어렸다.

"일단 그 판단은 유보하는 것이 좋겠군. 그녀를 만나야 한다."

허락도 받지 않고 그는 뚜벅뚜벅 시아의 방 쪽으로 걸음을 옮겼다. 흥 하고 코웃음 치는 샬로틴을 무시하고 일행도 그의 등을 좇아서 몸을 움직였다.

방에 도착하자 조금 심각해진 표정으로 시아의 모습을 훑어보는 중년 사내의 얼굴이 모두의 눈에 들어왔다.

"인간이 아닌 건 확실하군. 내 발언을 정정하지. 그녀는 실피안이다. 아직 마스터가 없는 것도 사실이군. 능력을 단절하고 자신의 마력원을 갉아 생명을 늘린 것인가……. 정말 어처구니없는 녀석이군."

"살릴 수 있습니까?"

눈을 찌푸리며 그는 아이린의 얼굴을 한번 흘겨보았다.

"새로 뜯어 고치지 않는 한 힘들다, 엘프 정령사. 이렇게 육체가 엉망이라면 기능이 다시 복구된다 해도 얼마 못 가 폭주해 버릴 것이 분명하니까."

주르륵, 눈물이 볼을 타고 흘러내렸다. 베리는 당장이라도 주저앉아 버릴 것처럼 창백해진 얼굴로 절망적인 그의 말을 들었다.

"너에게 묻고 싶은 것이 있다, 엘프. 그녀가 마스터가 없는 이유는 무엇인가? 갑자기 왜 마력원을 차단하고 스스로 자멸한 거지? 확실히 이 방식이라면 엄청난 고통이 뒤따르긴 하겠지만… 몇 년 정도는 더 버틸 수 있었을 텐데."

아이린은 싱긋 미소 지으며 그의 말에 공손히 대답했다.

"그녀 자신이 그것을 원했으니까요."

"고통을?"

"아뇨. 그녀는 기다리고 있었습니다."

"무엇을 기다렸다는 소리지?"

"한 소년이 자신의 주인이 될 만큼 강해지기를요."

아이린은 슬쩍 베리 쪽으로 고개를 돌리며 말했다.

"제일 사랑한 인간, 제일 소중한 소년이 강해지기를 그녀는 천천히 기다린 겁니다. 아픔 같은 건 조금도 신경 쓰지 않고, 아무런 내색조차 하지 않고 그녀는 모든 고통을 감내했죠. 하지만 당신도 알다시피 그녀는 미완성작입니다. 하나의 육체에 두 개의 혼을 넣어버린 꼴이나 다름없죠. 봉인되어 있는 정신을 깨우지 못한 것에 한계를 느낀 어리석은 인간들은 그녀에게 새로운 정신을 집어넣었습니다. 이것이 그 결과입니다, 위대한 마법사."

"그렇군. 그럼 모든 것이 설명이 되는군."

조금 흡족해진 얼굴로 중년 사내는 고개를 끄덕였다.

"난 이 아이 몸 속에 잠들어 있는 혼이 필요하다."

"혹시 당신이 그녀의 마스터가 아니었습니까?"

"예전에는 그랬지. 먼 과거에는……. 그때 비록 육체는 소멸했지만 다른 차원에 남겨둔 의식을 모아 이렇게 난 다시 부활한 것이다."

회상하듯 그는 조금은 씁쓸한 미소를 지었다.

"너무 말이 길어졌군. 여하튼 난 이대로 그녀를 데려가고자 한다."

"그녀의 혼만 가져가실 수는 없겠습니까? 위대한 마법사."

"가능하다. 하지만 그렇게 한다면 육체는 그대로 파괴될 것이다. 너희는 그래도 좋은가?"

"아니오. 우리는 그것은 원치 않습니다."

"그럴 테지, 엘프 정령사. 그럼 당장 난 그녀를 데려가도록 하겠다."

중년 마법사의 손길이 닿는 순간, 푸른 기운을 밖으로 내뿜으며 둥실 그녀의 몸이 허공으로 솟았다. 그렇게 막 마법사가 다시 한 번 능력을 사용해 차원 밖으로 이동하려는 순간이었다.

"잠깐!"

모두의 눈이 등 뒤쪽으로 쏠렸다. 언제 나타난 것인지 그곳에는 중년 마법사를 노려보는 세 명의 불청객이 있었다.

"기르디 오빠! 델리만님!"

셋의 정체는 다름 아닌 기르디와 델리만, 그리고 예전에 티리엔을 데려왔던 정체불명의 한 괴인이었다.

"너희는 누구냐? 내 일을 방해할 셈인가?"

마음에 들지 않는다는 듯 노골적으로 불쾌함을 드러내며 중년 마법사가 말했다. 동시에 표현하지 못할 만큼 엄청난 마력이 그의 몸을 맴돌았다.

"아닙니다, 위대한 존재."

"그렇다면?"

"저는 그녀를 데려가기 전에 한 가지 부탁을 하고자 합니다."

"무슨 부탁이지? 늙은이 엘프 마법사."

"그건 그녀 자신에게도 선택의 기회를 주라는 것입니다. 무엇보다 중요한 건 그녀의 의지일 테니까요."

"건방지군. 난 그녀의 마스터다."

"하지만 그녀의 영혼은 하나가 아닙니다, 위대한 존재여."

"……."

델리만의 말에 마법사의 마력은 극에 달했다. 살로빈처럼 보는 사람을 경악하게 만드는 힘은 아니었지만, 그것에는 아무도 대적하지 못할 것이 분명하다는 '절대적'인 무엇이 담겨 있었다.

천천히 마법사의 기운이 수그러들었다.

"흥, 틀린 말은 아니군, 엘프 늙은이."

"감사합니다."

가벼운 그의 손짓에 거짓말처럼 시아의 눈이 뜨였다. 공중에 뜬 그녀의 몸을 지상으로 깃털처럼 가뿐히 내려주고, 마법사는 다시 천천히 입을 열었다.

"날 기억하느냐?"

착잡한 심정으로 베리는 그 광경을 지켜보았다. 이대로 그녀가 거절한다 해도 얼마 버티지 못하고 죽을 것은 분명한 일이었다. 반대로 승낙한다면 두 사람은 영원히 다시 보지 못할 것이 확실했다.

심장이 터질 만큼 두근거렸다. 베리의 마음을 아는지 모르는지, 시아는 마법사를 바라보며 천천히 고개를 끄덕였다. 동시에 고통도 잊어버린 듯 그녀는 화사하게 미소 지었다.

"그럼 나와 함께 가겠느냐."

미소에서 무표정으로 바뀌는 데는 긴 시간이 필요하지 않았다. 그녀는 한참 동안 아무런 대답도 하지 않더니 뚝 하고 방울진 눈물을 턱밑으로 흘러내렸다.

대답할 수 없었다. 긍정도 부정도 하지 못하는 그녀의 얼굴을, 한참 동안이나 심각한 표정으로 바라보다가 마법사는 다시 입을 열었다.

"그럼 이곳에 남겠느냐?"

이번에도 아무런 대답도 하지 않고, 시아는 고개를 돌려 베리의 눈을 바라보았다. 대화를 나눈 것은 아니었지만 둘은 서로의 생각을 읽을 수 있었다.

이대로 헤어지고 싶지 않다고. 영원히 널 사랑한다고.

마법사의 얼굴이 천천히 싸늘하게 식어들었다. 동시에 엄청난 마력의 폭풍이 주위로 휘몰아치기 시작했다.

쩌저적 하고 천장 위 공간의 경계가 갈라졌다. 혼돈으로 가득 찬 벌려진 틈으로 우아한 자태를 뽐내며 고고하게 그녀는 지상으로 내려왔다.

갑작스러운 그녀의 등장을 예상하지 못한 것은 일행뿐만 아니라 마법사도 마찬가지였다. 짙은 눈썹을 꿈틀거리며 그는 사뿐하게 자신의 옆에 서는 소녀의 단정한 얼굴을 노려보았다.

"왜 경솔한 짓을 한 거냐, 리아."

"죄송합니다, 마스터. 부디 용서해 주십시오."

타는 것처럼 붉은 머리를 어깨까지 늘어뜨린 그녀의 얼굴은 인간이 아닌 것이 당연하다는 느낌이 들 정도로 아름다웠다. 눈을 씻고 다시 보아도 결점 하나 보이지 않는 모습이라 해야 할까. 아쉽게도 일행 중 누구도 그녀의 단정한 외모에 신경 쓸 겨를이 없었지만.

붉은색의 셔츠, 검은색 계통의 재킷과 바지. 불꽃처럼 선명한 적발과 어우러져 전체적으로 화사한 느낌이 감도는 여성이었다. 머리 색깔처럼 선명한 붉은색의 눈을 빛내며, 그녀는 자신의 마스터를 향해 공손하게 허리를 굽혔다.

화가 난 것보다는 조금 놀라웠다. 실피안은 주인의 말에 언제나 절대 복종해야 한다. 하지만 그녀는 자신의 명령을 어기고 이 자리에 갑작스레 등장했다. 그 의도를 읽은 중년 마법사는 착잡한 표정으로 그녀의 얼굴을 노려볼 수밖에 없었다.

허리를 세우고 리아는 시아를 향해 뚜벅뚜벅 걸어갔다. 갑작스러운 그녀의 등장이 그다지 놀랍지는 않았던 모양인지, 시아의 얼굴은 언제나처럼 무미건조할 뿐이었다.

시아가 푸른색으로 점철된 이미지라면, 그녀는 전체적으로 붉은색이 감도는 소녀였다. 둘의 몸이 가까워질수록 냉정(冷情)과 열정(熱情), 차가움과 뜨거움의 대비도 강해졌다.

“만나서 반가워, 언니. 우리 지금 처음 보는 거 맞지?”

“…….”

“세상에서 제일 강한 실피안이라고 들었는데, 생각보다 꽤 초라한 모습이네. 그런 주제에 마스터의 명령을 어기다니…….”

천천히 리아의 얼굴에 미소가 어렸다. 세상 그 무엇과도 비교하지 못할 만큼 아름다운 미소. 그러나 그 안에는 모든 것을 불태울 만큼 강렬한 적의가 담겨져 있었다.

리아는 슬그머니 고개를 돌려 중년 마법사를 향해 시선을 옮겼다. 그리고 살짝 고개를 숙이며 다시 입을 열었다.

“마스터, 죄송합니다. 벌은 나중에 받도록 하겠습니다.”

“꼭 싸워야만 하겠느냐?”

“네. 그녀를 용서할 수 없습니다.”

아무리 훌륭한 마법사라 해도 부릴 수 있는 실피안의 수는 단 하나에 불과했다. 물론 그 능력은 제각각 천지차이였지만.

“마스터의 실피안은 나라는 걸 증명하겠습니다.”

영원히 이인자라는 오명을 가지고 사느니 그냥 죽어버리는 게 낫다. 게다가 누구보다도 소중한 마스터의 부탁을 그녀는 거절했다. 그것으로도 싸울 이유는 충분했다.

처음으로 자신의 의지를 벗어난 리아를 눈앞에 두고, 중년 마법사는 고개를 설레설레 저으며 다시 말했다.

"하지만 지금 이대로는 승패가 너무 명확하다. 너도 쇠약한 상대와 싸우고 싶은 마음은 없을 테지."

"네. 그러니 마스터가 도와주십시오."

조금도 물러설 마음이 없는 듯 리아는 표정 하나 바꾸지 않고, 주인의 얼굴을 마주 보았다. 중년 마법사는 처음으로 곤란한 표정을 하고는 일행을 향해 말했다.

"미안하다. 내 실피안이 그녀와 꼭 싸우고 싶어하는 것 같다."

"그건 안 됩니다! 시아는 마스터가 없습니다."

"맞는 말이다. 하나, 그것이 중요한 건 아니다."

황급히 말하는 아이린을 향해 마법사는 다시 한 번 자신의 마력을 사용하며 대답했다. 엄청난 기운이 그에게서부터 시아에게로 전해지자, 빛의 물결이 좁은 방 안을 가득 메웠다

"……?"

빛이 사라지자 병자(病者)처럼 쇠약한 몰골을 하고 있었던 그녀는 화들짝 놀라 갑작스레 변화한 자신의 몸을 훑어보았다. 방금 전까지만 해도 사기(邪氣)까지 감돌 정도로 지독히 망가진 육체였다. 하나, 지금은 빛이 새어 나올 만큼 멀쩡하다 못해 완벽한 제 모습을 찾아내고 있었다. 아무리 마법 실력이 대단하다 해도 상식적으로 생각해 보면 이런 기적에 가까운 일을 할 수 있을 리가 없는 것이 당연했다.

그 모든 것이 아무렇지도 않다는 듯 마법사는 표정을 굳히며 입을

열었다.

"아마 오래는 못 가겠지만, 이제 그녀도 힘을 사용할 수 있다."

힘이 전해지자마자 코웃음 치며 리아는 팔을 뻗어 시아의 손을 마주 잡았다. 동시에 엄청난 속도로 붉은색 오라가 사방으로 뿜어져 나오기 시작했다. 망막을 태울 것 같은 그 붉은 빛에 모두는 고개를 돌렸다.

눈 깜짝할 사이에 둘의 모습이 사라지자 착잡한 표정으로 마법사는 입을 열었다.

"이것도 운명이란 말인가."

"지금이라도 말릴 수는 없습니까?"

"어디로 사라진 겁니까?"

질문하는 델리만과 아이린의 얼굴을 한 번씩 훑어보고 마법사는 살짝 고개를 저었다.

"아무리 나라 해도 그녀의 결계를 파괴할 수는 없다."

"결계?"

"정확히 말하자면 자신의 세계로 이동한 것이다. 물질계는 아무래도 싸우기 좋은 환경이 아니니까."

중년 사내는 다시 한 번 능력을 사용하기 위해 천천히 눈을 감고 정신을 집중했다. 여러 차례 꽤 많은 마법을 사용한 모양인지, 그의 안색에는 조금 피곤한 기운이 어려 있었다.

잠시 후 마법이 완성되자 이번에도 엄청난 양의 마력이 그의 주위로 휘몰아쳤다.

"원래대로라면 마스터만이 실피안이 싸우는 걸 볼 수 있지만……."

마법사의 시선이 베리에게 향했다.

"너도 보고 싶으냐?"

단호한 얼굴로 망설임없이 베리는 고개를 끄덕였다. 뚜벅뚜벅 걷더니, 그의 손길이 베리의 몸에 닿는 순간 방금 전과 같이 엄청난 기운과 함께 거짓말처럼 둘의 몸도 사라졌다.

망연자실한 표정으로 아이린은 아무런 말도 하지 못하고 주위를 훑어보았다. 모든 것이 감당하지 못할 만큼 너무나 갑작스러웠다.

델리만은 뚜벅뚜벅 그녀에게 걸어갔다. 잠시 후 어깨에 닿은 그의 손을 계기로 아이린은 한결 나아진 얼굴로 입을 열었다.

"괜찮을까요?"

"생각보다 몇 배는 강한 아이다. 인간 꼬마 녀석도 마찬가지고."

동의한다는 듯 아이린도 그의 말에 고개를 끄덕였다.

"일단 저 녀석 치료부터 하는 게 좋을 것 같다."

"치료라니요?"

델리만은 살짝 얼굴을 찌푸리며 시선을 등 뒤에 있는 기르디 쪽으로 돌렸다.

"오빠, 다쳤어…?"

푸르기까지 한 창백한 안색. 기르디는 별거 아니라는 듯 고개를 좌우로 흔들었지만, 시간이 흐를수록 배 쪽의 출혈도 심해지고 있었다.

붕대를 빨갛게 적시는 것도 모자라 피는 천천히 바닥을 향해 떨어져 내렸다. 자세히 보니 여기저기 작은 상처가 수없이 나 있었다.

눈썹을 찡그리며 화난 것도 같고 슬픈 것도 같은 묘한 표정을 한 번 지어 보이더니, 아이린은 서랍을 열어 포션을 꺼냈다. 불행 중 다행인 것은 시아가 발작할 것에 대비해 꽤 다양한 종류의 성능 좋은 포션을 신전에서 미리 구비해 두었다는 것이다.

생각보다 훨씬 더 심각한 상처였다. 임시방편으로 출혈을 막기 위해 붕대를 묶어놓은 것뿐. 검 같은 예리한 무기에 베인 상처가 옆구리 쪽 부근에 기다랗게 나 있었다. 기적적으로 내장 쪽은 다치지 않은 모양이지만, 조금만 더 상처가 깊었다면 생명에 심각한 영향을 주었을 것이 분명한 일이었다.

기르디의 치료가 비교적 무사히 끝나자, 작게 한숨 쉬며 아이린이 델리만과 기르디를 향해 다시 입을 열었다.

"왜 이렇게 다친 것이죠?"

"자세한 이야기는 나중에 하지. 그보다 할 말이 있다."

한결 나아진 얼굴로 기르디는 구석에 서 있는 티리엔을 바라보았다. 갑작스레 모두의 시선이 자신에게 향하자, 그는 슬쩍 미소 지으며 말했다.

"저에게 해야 할 말씀이신가 보죠?"

"그렇습니다. 티리엔님, 그리고 그녀의 힘도 필요합니다."

남아 있는 여자라고 하면 셀브렛과 아이린, 그리고 살로빈뿐. 어느 정도 그의 의도를 눈치 챈 모양인지 아이린은 경악에 가까운 표정으로 입을 열었다.

"무엇을 할 생각인 거야?"

"제자의 목숨을 구하는 것도 분명 스승의 역할이잖아, 안 그래?"

기르디는 씨익 하고 하얀 이를 드러내며 웃었다. 그답지 않은 순수한 의미의 미소. 동시에 아이린은 참을 수 없을 만큼 지독한 불안을 느꼈다.

어둡고 척박한 땅. 그곳에 두 존재가 있었다.

보기만 해도 눈이 타오를 것 같은 뜨겁고 붉은 기운을 내뿜는 소녀, 그리고 잔잔한 푸른 기운을 주위로 흩뿌리는 소녀. 멀찌감치 묘한 대비를 이루며 둘은 그렇게 서로의 얼굴을 바라보고 있었다.

지독한 열기로 바닥까지 태우며 리아는 자신의 힘을 과시했다. 꽤 많은 거리를 떨어져 있음에도 불구하고, 시아는 천천히 공기가 답답해지는 것을 느꼈다.

힘은 충만했다. 하지만 정확히 그걸 어떤 식으로 사용해야 할지 몰랐다. 그런 그녀를 비웃으며 리아가 처음으로 입을 열었다.

"가장 강한 실피안에게 어울리지 않는 꽤나 어설픈 몰골이군요, 언니."

"……."

"미안하지만 죽어주세요. 뭐, 더 단란하게 대화를 나누고 싶은 마음이 없는 건 아니지만, 아쉽게도 시간이 부족하거든요."

"……."

"빨리 당신을 해치워야 제가 최강의 실피안이란 걸 증명할 수 있을 테니까."

"그런 건 제게 상관없는 문제입니다. 난 당신과 싸우고 싶지 않아요."

"싸움을 회피하는 겁니까? 수치를 아세요! 최강의 실피안이란 말이 부끄럽지도 않나요."

"말했듯이 그런 건 제게 중요한 문제가 아닙니다."

“그러니까 ‘내가 진 것으로 해도 좋다’ 라고 말씀하실 작정인가요?”

그녀의 말에 시아는 천천히 고개를 끄덕였다. 그 어떠한 도발에도 눈썹 하나 찌푸리지 않을 자신이 있던 리아였지만, 이런 식의 말은 예상하지 못한 듯 눈썹을 찌푸리며 한동안 아무런 말도 하지 않았다. 그건 그녀에게 있어 정말이지 엄청난 도발이자 동시에 굴욕이었다.

“꽤 재미있는 말을 하는군요. 언니는 자존심도 없는 겁니까?”

“아니요. 하지만 싸우는 건 싫습니다.”

“호호호. 싸우는 게 싫다고요? 거짓말도 잘하는군. 그 어떠한 저주보다 지독한 재앙이라고 불리었던 당신이?”

“과거에는 그랬을지도 모르겠지만…… 지금의 난 그때의 내가 아닙니다.”

“푸른 마녀, 이제 와서 평화주의자 행세라도 할 셈인가! 정말이지 뻔뻔한 언니로군요. 뭐, 좋아. 그런 건 중요하지 않지. 일단 죽을 준비라도 해두는 게 좋아요. 생각 외로 싱겁게 끝나 버릴 것 같으니까.”

말을 멈추고 그녀는 힘을 모았다. 동시에 붉은빛의 오라는 이제 푸른색에 가까울 정도로 지독한 고열을 내뿜기 시작했다.

공기가 뜨거워지고 주위의 땅이 급속히 흑빛으로 타 들어갔다. 감당하는 것이 불가능할 정도로 엄청난 힘이었다.

시아는 억지로 힘을 쥐어짜 내 다시 한 번 그녀를 향해 말했다.

“난 싸우고 싶지 않습니다.”

“난 싸우고 싶으니까 상관없어. 궤변 따위는 지옥에서나 하라고, 푸른 마녀!”

손에서 엄청난 고열의 불꽃을 내뿜으며, 리아는 슬픈 얼굴을 하고 자신을 바라보는 그녀를 향해 외쳤다.

"그럼 간다!"

팔을 앞으로 내지르며 엄청난 속도로 리아는 시아를 향해 뻗어 나갔다. 스스로가 화살이라도 되는 것처럼 온몸을 불태우며 앞으로 질주한 것이다.

꽤 멀리 떨어진 거리가 눈 깜짝할 사이에 좁혀들었다. 동시에 엄청난 굉음을 흩뿌리며 탄환처럼 자신을 쏘아낸 리아의 몸이 시아의 몸과 맞부딪쳤다.

주르륵, 기다란 자국을 남기고 시아는 미끄러졌다. 한줄기 피가 턱을 타고 흘러내렸다. 뱃속이 엉망진창 흔들렸고 정신이 혼미했지만, 그녀는 아무런 저항도 하지 않고 리아의 공격을 받아내는 데 성공한 것이다.

아름다운 얼굴이 찌푸려졌다. 분노가 강해질수록 주위를 태우는 불꽃의 힘도 그 끝을 모를 만큼 강해졌다. 슬픈 미소를 지어 보이며 시아는 그런 그녀를 향해 말했다.

"미안합니다. 난 정말 싸우고 싶지 않아요."

"바보… 입니까?"

"그럴지도 모르죠. 하지만 이건 진심입니다. 부디 믿어주세요."

찌푸린 얼굴이 냉소로 변하는 데는 긴 시간이 필요하지 않았다. 리아는 차가운 얼굴로 눈앞에서 피 흘리는 그녀를 향해 말했다.

"정말이지 상식이 없는 언니로군요. 그런 마음씨로는 훌륭한 실피안이 될 수 없어요."

"훌륭하지 않아도 상관없습니다. 단 한 사람만 지킬 수 있다면 충분합니다."

부축하는 것처럼 리아는 팔을 뻗어 허물어지는 시아의 목을 마주 잡았다. 그리고 똑바로 치켜세웠다. 쿨럭쿨럭, 피를 토하며 기침하는 그녀를 웃음기 가득한 얼굴로 바라보다가 리아는 다시 입을 열었다.

"정말 언니는 바보이군요."

퍽, 엄청난 고통이 복부에서 전해졌다. 경악에 물든 얼굴로 시아는 냉정해진 그녀의 모습을 바라보았다.

엄청난 고열을 밖으로 내뿜고 있었지만, 대조적으로 얼굴은 냉기가 감돌 만큼 차가웠다. 고통으로 괴로워하고 있는 시아의 곰을 향해 다시 한 번 인정사정없이 리아는 발을 내질렀다.

날카로운 발차기에 시아의 몸은 궤적을 그리며 저만치 날아갔다. 그리고 지렁이처럼 주르륵, 바닥에 미끄러졌다.

상상조차 하지 못할 만큼 엄청난 힘이었다. 몸이 부서지지 않은 것이 다행이라는 생각이 들 만큼 그녀의 공격은 강력했다.

"……."

그런 것을 정통으로 세 번이나 맞아버렸으니 몸이 엉망진창이 되는 것은 당연한 일이었다. 한차례 피를 내뿜으며 시아는 간신히 몸을 일으켰다.

"그래도 맷집은 제법인 것 같군요. 이제 조금 싸울 마음이 들었습니까, 언니?"

"……."

"그런 꼬마에게 의지하니까 당신이 이렇게 약해져 버린 것입니다."

"……."

"정말 최강의 실피안도 마스터가 엉망이라면, 아무 소용 없는 모양이군요."

재미있다는 듯 리아는 소리 내어 웃음을 터뜨렸다. 완전히 몸을 일으킨 시아는 그런 그녀를 향해 처음으로 매서운 얼굴을 하고 입을 열었다.

"그 말 취소하십시오."

"무엇을 말이죠?"

"그는 아직 내 마스터가 아닙니다."

"아, 그랬나요? 그럼 사과하죠. 그런 애송이 꼬마를 마스터라고 한 건 제 실수입니다. 이제 만족하나요, 언니?"

천천히 푸른 기운이 시아의 몸에서 뻗어 나와 매섭게 주위로 휘몰아쳤다. 그리고 어느새 그 기운은 붉은 기운을 대적할 수 있을 만큼 강해졌다.

"나는 얼마든지 욕해도 상관없습니다. 하지만……."

"하지만?"

"그를 모욕한다면 설령 당신이라 해도… 절대 용서하지 않겠습니다."

"……."

"그는 내 생명과도 바꿀 수 있을 만큼 소중한 사람입니다. 비록 아직 마스터는 아니지만, 그건 중요한 문제가 아니라고 생각합니다."

"그러니까 그를 모욕한다면 용서하지 않겠다고?"

단호한 표정으로 시아는 그녀를 향해 고개를 끄덕였다.

"호호. 정말 언니는 재미있는 것 같아. 그런 약해 빠진 마법사를 뭘 믿고 그렇게 자신있게 단언할 수 있는 거지?"

“……”

“마스터도 없는 네가 날 용서하지 않겠다고? 그럼 어쩔 건데? 그런 형편없는 몰골로 나를 응징할 셈인가? 아니, 설마 그전에 날 웃겨서 죽일 작정인 거야?”

순간 엄청난 힘이 시아의 몸에서 뿜어져 나왔다. 한껏 푸른 기운을 모으더니, 비웃음 가득한 리아를 향해 그녀는 그것을 날렸다.

갑작스러운 시아의 공격에 리아는 당황한 얼굴을 하고는 황급히 힘을 모았다.

콰콰쾅!

엄청난 굉음과 함께 푸른빛의 영체는 리아의 몸에 맞부딪쳤다. 엄청난 양의 먼지와 연기가 사라지자, 천천히 싸늘하게 식은 눈으로 시아의 얼굴을 노려보는 리아의 모습이 보였다.

“난 분명히 경고했습니다.”

시아만큼은 아니었지만 리아도 졸지에 꽤 흐트러진 몰골을 하게 되었다.

살기 가득한 눈으로 그녀가 자신을 바라보고 있었지만, 조금도 주저하지 않는 듯 시아의 눈은 단호했다. 둘은 한참이나 서로를 잡아먹을 것처럼 노려보다가 약속이라도 한 것처럼 동시에 기운을 내뿜으며 서로를 향해 몸을 날렸다.

일 합. 이 합. 삼 합. 엄청난 속도로 공격하고, 또 상대의 반격을 방어했다. 눈에 보이는 것은 푸른색과 붉은색의 불꽃, 그리고 그것의 폭발뿐이었다.

그녀들은 상식을 어긋나도 한참은 어긋난 전투를 벌이고 있었던 것이다.

“정말 제법이군요. 약하다는 말은 정정하도록 하죠.”

코웃음 치며 리아는 양손으로 힘을 모았다. 천천히 불꽃이 주먹에 어리기 시작하자, 그녀는 연달아 그것을 시아를 향해 쏘았다.

한 번, 두 번, 세 번……. 방어에 전념하다 보니 아무래도 시야는 좁아지는 것이 당연했다. 깔끔하게 다 막아내었지만 리아의 모습은 눈앞에서 사라졌다.

퍽—

인체의 부위 중 제일 강력하다는 팔꿈치와 무릎을 이용해서 리아는 연달아 시아의 등과 옆구리를 가격했다.

허공에서 천천히 지상을 향해 떨어져 내렸다. 간신히 엉망진창으로 추락하는 것을 모면한 시아는 벽에 기대서서, 다시 한 번 피를 토했다.

출혈이 심해지고 있다는 건 여러모로 안 좋은 일이었다. 게다가 체력도 상대방에 비해 떨어진 상태였다.

“……”

장기전으로 가면 불리하다. 아무리 실전 경험이 없는 시아라 해도 그 정도 사실쯤은 눈치 챌 수 있었다.

비웃음이 가득한 얼굴로 허공에서 자신을 내려다보는 리아를 향해 시아는 비축해 둔 힘까지 끌어올리며 화살처럼 몸을 날렸다.

순간 허공에서 엄청난 냉기와 불꽃의 폭풍이 서로 맞부딪쳤다. 굉음과 함께 고열로 녹아내린 얼음은 사방으로 물을 흩뿌렸다.

증기로 얼굴이 타버릴 것만 같았다. 서로의 기운이 부딪치자, 이번에는 다시 육탄전이 시작되었다. 방금 전보다는 한결 능숙해진 몸짓으로 시아는 주먹을 내지르고 발로 걷어찼다.

방금 전과는 달리 이번에는 지루할 정도로 긴 공방이 계속되었다.

"포기하는 것이 좋아요, 언니. 그럴수록 고통만 더 커질 테니까."

초조한 표정의 시아와는 달리 리아의 얼굴은 한없이 여유로웠다. 그리고 대치 상황은 시간이 흐를수록 천천히 일방적인 것으로 돌변하기 시작했다.

"이제 슬슬 끝을 봐야 할 것 같네요. 그럼 즐거웠어요, 언니."

퍽—

리아의 주먹이 다시 한 번 시아의 복부에 꽂혔다. 경악으로 물든 얼굴을 하고, 나풀거리며 허공에서 시아의 몸이 떨어지기 시작하자 공중에서 가볍게 그것을 낚아채고는 리아는 한 손으로 그녀의 멱살을 잡아 몸을 치커 올렸다.

퍽퍽퍽—

셀 수 없을 만큼 강렬한 공격이 연속적으로 시아의 몸에 파고들었다. 진득한 피가 사방으로 뻗어 나왔다. 피를 흠뻑 뒤집어쓴 리아는 쓰레기라도 집어 던지는 것처럼 바닥으로 시아의 몸을 내던졌다.

"나답지 않게 꽤 저속한 방법을 쓴 것 같네요. 뭐, 그것도 다 언니가 약 올린 대가라 생각하세요."

"……."

"처음치고는 잘 싸운 편이에요. 날 이렇게까지 만든 상대는 사실 몇 없었거든요. 그 점은 조금 자부심을 가져도 좋아요. 여하튼 미안하지만 슬슬 이제 죽어줘야 할 것 같네요."

강렬한 불꽃은 세상 모든 것을 불태울 정도로, 엄청난 열기를 내뿜으며 리아의 주위를 맴돌기 시작했다.

"그럼 영원히 안녕."

불꽃의 정령 이프리트라도 되는 듯 온몸으로 붉은 열기를 내뿜으며 그녀는 짧게 인사를 마쳤다. 그리고 그 모든 기운을 손에 모았다. 붉은 기운이 한 점으로 모이자 그녀는 주저없이 그것을 쓰러진 시아의 몸을 향해 쏘았다.

휘이잉—

불꽃의 탄환이 엄청난 속도로 시아의 몸을 집어삼킬 것처럼 지상을 향해 쏘아져 내렸다. 시아는 아무런 저항도 하지 못하고, 그렇게 그 공격을 온몸으로 받아낼 수밖에 없었다.

'뜨거워……'

땅이 새까만 색으로 타 들어갈 정도로 지독한 열기다. 육체가 잿더미로 화하지 않은 것만 해도 기적이라 할 수 있을 정도로, 그녀의 공격은 최후의 일격이란 말이 무색하지 않을 만큼 엄청난 파괴력을 지니고 있었다.

혼미해지는 의식의 끈을 간신히 붙잡고, 시아는 지독한 고통을 감내하며 몸을 일으키기 위해 전신에 힘을 주었다.

그러나 감각이 느껴지지 않았다. 시간이 흐를수록 지독했던 고통도 사그라지는 느낌이다. 눈꺼풀이 반쯤 감긴 채 그녀는 생각했다. 아픔이 줄어드는 이유는 상태가 나아지는 것이 아니라, 내가 죽어가기 시작하는 증거라고, 빨리 몸을 일으켜 눈앞에 있는 적과 맞서 싸워야 한다고.

하지만 온 정신을 집중해야 겨우 손가락 하나 꿈틀거릴 수 있을 정도로, 그녀의 육체는 표현할 수 없을 만큼 만신창이가 된 상태였다. 어떻게 해서 다시 몸을 일으킨다고 해도, 결정타에 맞아 다시 비참하게 쓰러질 것은 말하지 않아도 뻔한 일이었다.

'미안해요.'

바보같이 이렇게 비참하게 죽을 것 같아. 애초부터 불가능한 일이었을지도 몰라. 내가 다른 사람에게 상처 주는 일, 제대로 할 수 있을 리 없으니까.

그렇지만 분해. 더 잘 싸울 수 있었던 것 같은데……. 처음부터 안이한 마음가짐으로 적을 상대한 것 같아. 그렇게 순식간에 바보같이 쓰러져 버린 것이 참을 수 없을 만큼 부끄러워.

너무나도 늦은 후회였다. 참으려고 해도 한줄기 눈물이 볼을 타고 흘러내리는 걸 막을 수 없었다. 자신의 무능력함과 안이함이 자초한 완벽한 패배. 그러나 두 번 다시 되돌리지 못한다. 정정당당이란 단어가 나쁘다는 것은 아니지만, 생명을 다투는 전투에서 그것이 엄청난 사치라는 건 부정할 수 없었다.

불길이 사그라지기 시작했다. 지독한 고통을 참아내지 못하고 시아는 그대로 눈을 감았다. 그리고 그대로 의식의 끈을 놓았다. 불이 멈추자 리아는 그녀의 죽음을 확인하기 위해 천천히 지상으로 몸을 옮겼다.

"……."

그녀만 해치우면 가슴속의 답답함도 사라질 것이라 생각했는데, 막상 비참한 몰골로 쓰러진 시아의 모습이 눈에 들어오자 이상하게도 가슴속의 착잡함이 배가되는 느낌이었다.

멍하니 그렇게 엉망진창으로 널브러진 시아의 몸을 노려보던 리아는 등을 돌려 천천히 하늘을 향해 솟아올랐다. 마음이야 어떻든 이제 최강이란 칭호는 자신을 향할 것이 분명했다.

"미안하다. 그녀의 혼이 돌아오면 넌 다른 주인에게 가야 할 것 같다."

언제나 당당했던 마스터가 자신에게 슬픈 얼굴을 하고 그렇게 말했을 때 그녀는 처음으로 질투라는 감정을 느꼈다. 그러나 상대는 최강의 실피안이라 불리던 푸른 마녀였다. 자신이 감당할 수 없다는 생각이 들었을 때 그녀가 할 수 있는 선택은 단 하나뿐이었다. 아무렇지 않다는 듯 가면을 쓰며 말하고 미소 짓는 것.

따지고 보면 이 싸움 자체가 억지에 가까운 일이었다. 그렇지만 대용품은 싫었다. 마스터의 실피안은 세상에서 오직 나 하나야만 했으니까. 이기적이다고 남들이 욕한다 해도 그녀의 입장에서는 승낙을 했든지 안 했든지 간에 기필코 한 번쯤은 해야 할 싸움이었던 것이다.

다른 주인에게 가느니 그대로 죽어버리는 것이 그녀에게는 더 행복한 일이었으니까. 처음으로 마스터의 약속을 어기고 이렇게 억지에 가까운 싸움을 벌인 것은 당연했다.

'미안해, 언니.'

공간을 폐쇄하고 차원 밖으로 이동하기 위해서 다시 한 번 그녀는 힘을 모았다. 새빨갛게 될 정도로 몸 주위로 붉은 기운이 맴돌자, 그녀는 마법을 사용하기 위해 눈을 감고 정신을 집중했다.

미리 구축해 둔 공간이었기 때문에 처음 이동하는 것은 쉬운 일이었다. 하지만 그것을 다시 제로로 사라지게 하는 것은 아무래도 이래저래 시간이 필요했다.

지축이 흔들리고 하늘이 갈라졌다. 주위의 세상도, 그녀의 육체도 모두 다 불안정했다.

그리고 그때 거짓말처럼 하늘 아래에서 목소리가 들려왔다.

"언니를 내버려 두고 혼자 갈 셈이야? 정말 못된 동생이구나."

거짓말처럼 웃음기 가득한 말투. 동시에 집중이 흔들리면서 마법도 순식간에 깨졌다. 얼굴을 찌푸리며 리아는 고개를 숙이고 지상을 노려보았다.

운이 좋아서 죽진 않았다그 해도, 백 보 양보해서 아픈 기색을 보여야 정상이라 할 수 있을 정도로 방금 전 일격의 위력은 대단했다. 그러나 자신의 얼굴을 바라보며 눈썹 하나 까딱하지 않는 시아의 모습은 아픔은커녕 여유마저 묻어 있을 정도로 정상적으로 보였다.

푸른 기운도, 붉은 기운도 없다. 그러나 그녀의 얼굴에서는 자신감이 넘쳐흘렀다. 분명 손가락 하나 제대로 움직일 힘조차 없을 것이 분명한데도, 오만함이 느껴질 만큼 그녀의 표정은 태연했다.

동정심이 수치로 바뀌는 데는 긴 시간이 필요하지 않았다. 처음에는 전력을 다하지 않았던 것이 사실이었을지 몰라도, 적어도 마지막 일격만큼은 그녀의 힘을 100퍼센트 이상 끌어올려 사용한 것이었다.

"언니……?"

"그래, 세상에 하나뿐인 너의 언니란다."

"아직 살아 있어?"

"어라라. 설마 너 언니가 죽길 바랐던 거니? 정말이지 인정없는 것까지 나를 쏙 빼닮은 것 같네. 누가 네트 녀석 제자 아니라고 할까 봐. 정신적으로 꼭 이상한 실피안만 만든단 말야."

"……."

"아무 말도 하지 않는 걸 보니 너 비교적 최근에 만들어진 녀석인가 보구나. 하긴 마무리도 제대로 하지 않은 걸 봐서 대충 경험이 없다는 것쯤은 눈치 챘지만. 그래도 언니는 조금 슬프구나. 그런 마음가짐으로는 훌륭한 실피안이 되지 못할 텐데."

분노를 넘어 경악으로 물든 얼굴로 리아는 시아를 바라보았다. 비웃는 것처럼 잠시 소리 내어 웃음을 터뜨리다가 입 안에 고인 피를 퉤 하고 뱉더니, 시아는 아무렇지도 않다는 듯 다시 말했다.

"뭐, 그래도 그 자존심만큼은 마음에 드니 죽이진 않겠어. 네트 녀석 체면도 있고 하니까."

"너… 도대체 무슨 소리를?"

"어라, 생각보다 조금 머리가 나쁜 모양인가 보네. 그 점도 주인을 닮았나 보지?"

"뚫린 입이라고 마음대로 지껄이지 마, 푸른 마녀!"

"그래, 좋아. 어서 언니에게 방금 전처럼 그 화끈한 공격을 날려보라고."

인상을 가득 구기며 리아는 다시 힘을 모았다. 강렬한 적의만큼이나 그녀의 불꽃도 지독한 열기를 내뿜으며 주변의 온도를 상승시켰다.

대조적으로 시아의 육체는 보통 사람이라고 해도 믿을 만큼 변화가 없었다. 그런 그녀의 몸을 피식 웃음을 터뜨리며 바라보고, 리아는 한심하다는 듯 말했다.

“건방 떠는 것도 거기까지야. 힘 하나 남아 있지 않은 주제에.”

“지금 이 언니를 걱정해 주는 거니? 참 착한 아이로구나.”

“닥쳐! 죽여 버리겠어!”

흥분을 감추지 않고 눈살을 찌푸리며, 리아는 시아에게 다시 거대한 불꽃을 날렸다. 동시에 화룡(火龍)이라도 된 듯 불의 물결은 용솟음치며 엄청난 속도로 먹잇감을 향해 자신의 몸뚱이를 쏘아 날렸다.

내장이 타 들어갈 만큼 지독한 열기였다. 그 모든 것을 방관하며 시아는 리아를 향해 중얼거렸다.

“너, 내가 왜 푸른 마녀라 불리는지 알고 있니?”

단지 손바닥을 펴고 불꽃이 쏘아져 오는 방향을 향해 스윽 팔을 내뻗었을 뿐이다. 대답할 생각도 하지 않고, 리아는 비웃음 가득한 표정으로 고통스럽게 타 들어갈 그녀의 몸을 바라보았다.

엄청난 열기를 내뿜던 불꽃과 시아의 충돌.

이번에는 이상하게 소리조차 들리지 않았다. 흙까지 녹일 정도로 지독한 열기는 어디로 사라진 것인지 없어진 지 오래였다.

거짓말처럼 맹렬한 불꽃은 몸을 향해 빨려 들어갔다. 손바닥에 커다란 구멍이라도 난 것처럼. 아니, 원래 처음부터 그녀가 쏘아낸 불꽃이라도 된 것처럼 그 모든 것은 자연스럽게 이어지고 동시에 사라졌다.

“……?!”

리아는 당황해하는 것도 잊은 채 아무런 말도 하지 못하고 그 광경을 바라보았다. 불꽃을 흡수하는 능력? 타인의 에너지를 자신의 것으로 만드는 기술이 있다는 건 언뜻 들어본 적이 있지만, 그것도 고작 한정된 양을 충전할 수 있을 뿐이라 했다.

그럼 도대체 지금의 상황은 어떻게 된 것인가? 자신이 모르는 새로운 마법인가? 아니면 설마…….

"다시 한 번 물어보지. 내가 왜 푸른 마녀라고 인간들에게 불리는지 알고 있어?"

"……."

"모르는 건가? 뭐, 시간이 너무 많이 흘렀으니 그럴 수도 있겠지. 그래도 바보가 아닌 이상 예측 정도는 할 수 있잖아. 안 그래?"

"냉기의 힘인가? 내 불꽃을 흡수한 것도…….

"땡! 안타깝지만 틀렸어. 냉기로 자신의 몸을 감싸는 것도 한계가 있는 법이잖아. 물은 불을 이긴다고들 하지만 상식적으로 생각해 보아도 그런 무시무시한 불꽃을 상쇄시키려면 이 주변을 몽땅 물바다로 만들어야 겨우 가능할 정도잖아."

"그럼 도대체……?"

"답은 간단해. 너 자신이 인정하지 않을 뿐이야."

천천히 리아의 얼굴에 동요의 빛이 어렸다. 자신이 제일 인정하고 싶지 않은 힘. 모든 것을 불태우는 불꽃을 이길 수 있는 것은…….

"더 뜨거운 불."

"맞아. 역시 알고 있었잖아. 자, 이제 다시 질문, 내가 왜 푸른 마녀라는 끔찍한 별명을 얻었을까?"

"……."

뚫어져라 바라보는 것으로 리아는 대답을 대신했다. 더욱 짙어진 미소를 짓고 시아는 첫 번째 자신의 힘을 개방했다. 천천히 허공으로 떠오른 그녀의 몸 주위로 푸른 불꽃이 어리기 시작했다.

리아와는 달리 시아의 불꽃은 사방으로 뜨거운 열기를 내뿜지 않았다. 화려하고 강렬한 이미지도 없이 뚜렷한 푸른색만을 내며 그녀의 주위를 맴돌 뿐이었다.

리아의 힘이 분노한 야생마가 질주하는 것과 같은 힘이라면, 시아의 힘은 속으로 단단하게 갈무리한 열기를 은은하게 주변으로 내뿜는 힘이었다. 그러나 그 힘의 차이는 말하지 않아도 분명 알 수 있는 것이었다.

패배를 예감했다. 하지만 아직 포기할 수는 없었다.

리아는 자신이 가진 모든 힘을 끌어올리며, 천천히 자신을 향해 날아오는 시아를 노려보았다. 가지고 있는 원초적인 힘에서 차이가 난다면, 다른 방향으로 그것을 만회하면 된다.

두 주먹을 불끈 쥐고 공중에 몸을 날렸다. 붉은 궤적이 허공을 수놓으며 아래쪽으로 쏘아져 내렸다.

붉은 불꽃과 푸른 불꽃이 마주쳤다. 강렬한 붉은 열기는 푸른 불꽃에 닿자마자 거짓말처럼 사그라졌지만, 포기하지 않고 리아는 맹렬히 팔을 뻗고 발을 내질렀다.

"크윽!"

자신이 뜨거움에 놀라 공격을 멈추는 일이 발생할 줄은 꿈에서조차 상상해 보지 않았다. 그러나 어쩔 수 없는 일이었다. 더 이상 무모하게 공격을 한다면 화상을 입고 끔찍한 고통에 시달릴 수밖에 없을 테니까.

"이제 포기할 마음이 들었니?"

화들짝 놀라 손과 발을 거둔 리아의 모습을 흘겨보다가 시아가 웃음기 가득한 얼굴로 입을 열었다.

"넌 누구지?"

“네가 말했잖아, 푸른 마녀라고.”

“아니야! 넌 그녀가 아니야!”

“어라, 꽤 실례의 말을 내뱉는구나. 지금의 난 틀림없는 푸른 마녀야. 뭐, 정확히 말하자면 방금 전의 ‘난’ 푸른 마녀가 아니었을지도 모르지.”

“그게 도대체 무슨 소리지?”

“쉽게 이야기해 주면 난 푸른 마녀, 하지만 시아라고 불리던 녀석과는 조금 달라. 뭐, 엄밀히 말하자면 두 개 다 ‘나’ 라고 할 수도 있겠지만 말이야.”

“넌 푸른 마녀고 아까 전의 계집애는 시아라고 하는 녀석이란 소리야?”

“뭐, 그렇게 별개의 것이라고 생각하는 쪽이 이해하기 편하겠지.”

갑자기 싸울 의욕이 수그러지는 걸 느꼈다. 리아는 늘씬한 몸을 축 늘어뜨리며 자신이 가진 힘을 속으로 갈무리했다.

“내가 졌어.”

“의외로 깨끗하게 물러나는구나. 난 약속한 건 반드시 지키니까 걱정하지 않아도 돼. 절대 널 죽이지 않을 테니까.”

“…….”

“하지만 당한 만큼은 갚아줘야 하거든?”

불꽃의 기운을 조금 억제하고, 시아는 팔을 뻗어 리아의 멱살을 잡았다. 그리고 남은 한 손과 무릎을 이용해 가냘픈 그녀의 몸을 가격했다.

뼈가 부러지는 소리. 그리고 피가 튀기고 살점이 떨어져 나갔다. 동시에 퍽퍽 하는 둔탁한 소리와 함께 갈라지는 비명 소리가 사방으로 울려 퍼졌다.

표정 하나 바꾸지 않고 미소 띤 얼굴 그대로 시아는 입을 열었다.

"다 니가 자초한 일이란 걸 알고 있겠지? 어라, 입 안이 엉망이 되어 말을 하기 힘들겠구나. 뭐, 언니는 마음이 넓으니까 용서해 주지."

말을 하면서도 주먹은 멈추지 않았다. 샌드백이라도 되는 것처럼 축 늘어진 몸을 끊임없이 팔과 발을 이용해 두들겼다.

피와 섞인 눈물이 볼을 타고 주르륵 턱 밑으로 흘러내렸다. 아픔보다는 후회가 강했다. 하늘 높은 줄 모르고 뻔뻔하게 모든 것을 대하던 그녀가 자신보다 강한 무엇인가가 있다는 걸 확실히 깨닫게 된 것이다.

"뭐, 이제 팔 하나쯤으로 용서해 주도록 할까."

엉망이 된 몸을 더 때린다면 견디지 못하고 죽어버릴 것이 분명했다. 조금은 아쉬운 얼굴로 움직임을 멈추더니, 시아는 바닥을 향해 아무렇게나 리아의 몸을 내던졌다.

둔탁한 소리를 내며 축 늘어진 몸이 지상으로 추락하자, 조용히 앞쪽으로 팔을 뻗고 시아는 두 번째 힘을 개방했다.

세운 손날에서 빛이 뿜어져 나오며 천천히 푸른 기운이 어른거렸다. 푸른색 기운은 손을 넘어서서 허공 앞쪽으로 주욱 뻗어져 나가더니, 검처럼 날씬하게 허공에서 형상화되었다.

"아픔은 잠시뿐일 거야. 네가 진짜 내 동생이라면 참아낼 수 있겠지."

푸른 불꽃이 모든 것을 잘라 버릴 수 있을 만큼 날카로운 하나의 칼을 만들어낸 것이다. 사형수를 향해 다가오는 사형 집행자처럼 그녀는 유유자적한 표정으로 천천히 공중에서 떨어져 내렸다.

사뿐히 리아가 쓰러져 있는 땅 근처에 착지한 그녀는 뚜벅뚜벅 다가왔다. 리아는 공포를 느꼈지만 어떻게 대처해야 할지 몰랐다. 그저 경악하며 아무런 말도 하지 못한 채 그렇게 쓰러져 있을 뿐이었다.

자존심의 끈은 이미 놓아버린 지 오래였지만, 소리 내어 사죄한다는 건 그녀에게 있어 상식 밖의 행위이자 동시에 죽음보다 못한 행위였다.

승부를 포기한 시점에서 자신의 목숨은 시아에게 달린 것이다. 마음속으로 자비를 베풀 수는 있어도 그걸 강요할 처지는 되지 않았다.

막 시아가 푸른 칼을 허공으로 들어 올리고, 그것을 리아의 팔을 향해 내뻗을 즈음 기적과도 같이 엄청난 속도로 하늘 한 공간이 갈라지고, 동시에 두 사람이 지상으로 떨어져 내렸다.

결계를 찢어버린 것만으로도 엄청난 힘을 써버린 모양인지, 마법사의 얼굴은 피로로 가득 절어 있었다.

다행히 결계가 불안정했기 망정이지, 처음처럼 그 상태를 유지하고 있었다면 안으로 침입하는 것조차 불가능했을 것이다. 결계 밖과 현실의 경계 사이에서 그녀들이 싸우는 것을 엿보는 것만 해도, 상상조차 하지 못할 만큼 강대한 마력을 쏟아 부어야 할 정도였으니까.

"오랜만이야. 이 정도 자극쯤은 줘야 너도 나올 거라고 예상했어."

"마스터라고 부르진 않는군."

"너의 실피안은 여기 쓰러진 아이잖아?"

"……."

"한 번 정해진 실피안과 마스터와의 사이는 오직 죽음만이 끊어줄 수 있어. 예전에 너도 나한테 그렇게 말했지."

“…….”

“그렇게 노려보지 마. 미안하지만 넌 이제 나의 마스터가 될 수 없어.”

“넌 살아 있잖아?”

“타인의 몸뚱이를 내 멋대로 점령한 것에 불과해. 너무 답답해서 말이야. 한 번쯤 세상 공기를 마셔보고 싶더라고. 그리고 그렇게 따지면 여기 쓰러져 있는 아이도 죽지 않은 건 마찬가지잖아.”

“말 장난 하지 마.”

“아니, 말 장난 하는 건 너야, 레스틴. 위대한 마법사라면 조금 더 대범하게 굴라고. 살 만큼 살았고 이제 너도 어린아이가 아니잖아.”

“그럼 다음에는 어떻게 할 예정인데?”

“조금 더 자유로워지고 싶어.”

“소멸해 버리겠다는 이야기인가? 너라면 그 육체 정도 지배하는 건 어렵지 않을 텐데.”

“처음에는 나도 그렇게 생각했었지.”

“그리고 네가 소멸하면 그 육체는 버티지 못해. 그녀의 육체에 네가 기생하고 있다면, 그녀는 너의 힘에 기생해 살아가고 있는 셈이잖아.”

“뭐, 그럴지도 모르지. 하지만 그것도 운명이라고 생각해.”

“…설마 저 아이 때문인 거야?”

말을 하다가 갑자기 두 사람의 시선이 베리에게 쏠렸다. 결계 안쪽으로 침입하는 데는 엄청난 반발력이 뒤따랐기에 그의 육체도 많이 망가진 상태였다.

“계속 억지를 부리는구나. 아무리 네가 그래도 내 결심을 바꿀 수는 없어."

"그랬군. 좋아, 그럼 내가 이 아이를 죽이겠어."

"자신이 막을 수 없는 일은 최대한 망가뜨린다. 너, 어렸을 때랑 조금도 변하지 않았구나. 뭐, 좋을 대로 해. 그 아이가 죽으면 이 육체는 곧장 파괴될 것이 분명하니까."

"날 협박하는 거야?"

"네가 언제 내 말에 신경 쓴 적 있었니?"

"그 점은 항상 미안하다고 생각했었어."

"꼴사납게 질질 끌지 마."

"좋아. 그럼 네가 죽으면 저 아이도 죽이고 나도 죽겠어."

"호호호호. 제발 재미없는 농담은 그만둬. 그럴 마음도 없는 주제에."

둘은 서로 비슷한 눈을 하고 상대방을 바라보았다. 겉으로는 억지로 미소 짓고 있었지만, 안에 갈무리한 슬픔은 그 끝을 알 수 없을 만큼 컸다.

"이제 바꿀 수는 없는 거야?"

"절대."

"난 도와주지 않을 거야."

"알고 있어."

추호의 망설임도 없다는 듯 단호하게 그녀는 마법사를 향해 말했다. 그녀의 마음을 읽은 마법사는 시선을 슬쩍 내리깔고 한숨 쉬며 말했다.

"아아, 그런가. 그럼 뭐, 어쩔 수 없군. 여하튼 끝까지 널 지켜주지 못해 미안해. 이 사과 정도는 받아줄 수 있겠지?"

“아직도 그 일을 신경 쓰고 있는 거야?”

“나의 무능력함이 자초한 일이니까.”

“그건 네 잘못이 아니야. 처음부터 그렇게 될 일이었어. 네가 설령 살아남았다 해도 그곳으로 날 데리러 올 수는 없었을 테니까.”

“그래도 최소한 그곳에서 같이 소멸해야만 했어.”

“사과는 받아주겠어. 하지만 그 이상 말이 길어지면 곤란해.”

“그런가.”

말을 멈추고 시아는 베리를 향해 걸어갔다. 고통에 겨워하는 그의 얼굴을 조금 안쓰럽다는 듯이 바라보다가 그녀는 천천히 입을 열었다.

“꼬마야, 이제 널 보는 것도 마지막이구나.”

“……”

“내가 왜 이 육체를 지배하지 못한 것인지 혹시 넌 알고 있니?”

힘겹게 고개를 가로젓는 베리에게 씨익 미소 지으며 그녀는 말했다.

“그건 그 아이가 그걸 원하지 않았기 때문이야. 아주 간단하지? 내가 무슨 고통을 주고 악몽을 꾸게 한다 해도 너를 향한 애정으로 가득 찬 그녀의 몸을 지배하는 건 불가능했으니까. 비록 마지막은 조금 어긋나 버렸지만. 그것도 다 너에 대한 그녀의 사랑이 저질러 버린 일이지. 이 아이는 세상에서 제일 바보 같은 녀석이라 다가올 행복을 두려워하고 있었거든.”

“……”

“하지만 그 정도쯤은 너도 알고 있는 일이겠지. 뭐, 여하튼 이것으로 더 이상 미련도 없으니까 난 이쯤에서 슬슬 위로 올라가 봐야 할 것 같아.”

"저 사람을… 만날 수 있었으니까?"

"정말 너를 속일 수는 없구나. 그래, 마지막으로 한 번쯤 나의 마스터였던 자를 보고 싶었어. 모든 것이 다 내 이기심이 자초한 일이지. 하지만 그 소원도 풀었으니 이제 살아갈 이유가 없는 거나 마찬가지인 거지. 오래전에 난 죽었으니까."

"고마워요. 그리고 미안해요."

"사과해야 할 쪽은 나란다. 그리고 시아를 행복하게 해주렴. 안 그러면 나도 용서하지 않을 거야."

고통 탓인지 한줄기 눈물이 주르륵 볼을 타고 흘러내렸다. 그런 그의 이마에 살짝 키스하고는, 그녀는 다시 마법사를 향해 시선을 돌렸다.

"어리광을 들어줘 고마워, 마스터. 그리고 사랑해요."

"내 마음은 처음과 똑같아."

"그건 안 돼. 당신은 이제 저 아이를 사랑해 줘야 하니까."

한참이나 둘은 서로를 바라보았다. 마법사가 고개를 끄덕이자, 그녀는 꽃이 피는 것처럼 활짝 미소를 지어 보이더니 천천히 눈을 감고 자신이 가진 모든 힘을 개방했다.

푸른 불은 뜨겁지 않았다. 그러나 온 세상 가득 따뜻한 온기를 흩뿌렸다.

그렇게 한참 동안이나 주위를 향해 푸른 불꽃을 쏘아내다가, 그녀는 조용히 바닥으로 허물어졌다. 불꽃에 쏘아 올린 것은 자신이 가진 힘, 그리고 그녀의 혼 그 자체였다.

마법사의 눈에서 눈물이 떨어졌다. 슬픔, 후회, 자괴감, 그리고 사랑… 그 모든 감정이 그 눈물 한 방울에 담겨져 있었다.

몸을 일으킨 그는 마법을 사용해 천천히 리아의 몸을 치유하기 시작했다.

"죄송합니다, 마스터. 전 마스터의 명예에 먹칠을 했습니다."

"네 힘으로는 그녀를 이길 수 없었다."

"이길 수 없다면 차라리 죽는 것이 낫다고 생각했습니다. 마스터의 실피안이 될 수 없다면……."

"됐다. 더 이상 이 문제에 대해 말한다면 용서하지 않겠다."

"죄송합니다."

간신히 그녀는 끝까지 말을 이어 사과했다. 기절한 듯 다시 허물어진 리아의 몸을 안아 들고 마법사는 베리를 향해 말했다.

"많이 불안정해졌으니 조금만 기다리면 결계는 사라질 것이다."

"죄송합니다."

"네가 나에게 사과해야 할 필요는 없다. 여하튼 이것으로 다시 볼 일은 없겠지."

그는 작별 인사도 하지 않고 조용히 마법을 사용해 베리의 시야 밖으로 사라졌다.

아무도 없으니 고통을 참지 않아도 된다. 털썩, 소리 내어 바닥에 주저앉은 베리는 인상을 구기며 결계가 사라지길 기다렸다.

무슨 일이 벌어진 것인지 정확히 알 수는 없었다. 하지만 중요한 건 과거가 아니라 미래였다. 지독한 고통으로 희미해진 의식의 끈을 부여잡으며, 베리는 필사적으로 그렇게 생각했다.

"오빠?"

언제 정신을 차린 것인지 기척도 없이 몸을 일으키고, 조금은 놀란 어조로 시아는 베리에게 말했다.

그녀의 육체도 베리 못지않게 망가졌다. 아니, 장기적으로 보면 비교 자체가 불가능할 정도였다. 힘겹게 옆까지 다가와서는 그녀도 털썩 주저앉고 말았다.

"방금 전 일, 모두 기억하고 있니?"

"눈으로 볼 수는 없었지만, 대충 어떻게 된 것인지는 알고 있어."

"그래……."

"오빠는 바보같이 왜 여기까지 따라온 거야?"

"당연히 네가 걱정되니까."

"나한테 몸을 소중히 하라고 말할 자격 없다고, 그런 상태라면."

"곧 나아질 테니까 상관없어."

아무렇지도 않다고 말하는 베리의 얼굴을 흘겨보다가 시아는 그의 가슴에 얼굴을 묻고 속삭이듯 중얼거렸다.

"정말이지 오빠도, 나도 바보야."

"바보니까 바보와 어울리는 것이 당연하지."

"그래도 오빠 쪽이 나보다 두 배쯤 더 바보야."

"그런 바보에게 반한 바보는 어디에 사는 누구더라?"

"바보니까 바보랑 사랑하는 것이 당연하잖아."

"아아, 말을 하면 할수록 더 바보가 돼가는 느낌이다."

"오빠는 원래부터 바보였으니까 조금 더 바보가 된다 해도 상관없어."

지지 않고 웃음을 터뜨리며 시아가 말했다. 그 순수한 기쁨의 미소가 참을 수 없을 만큼 사랑스러워 베리는 팔을 뻗어 자신에게 기댄 그녀를 껴안았다.

"돌아왔구나."

"응. 너무 걱정 끼쳐서 미안해."

"이제 모두 끝난 거지?"

"응. 이제 모두 끝이야."

결계가 사라지면 다시 일상의 생활로 돌아갈 수 있다. 한가롭고 참을 수 없을 만큼 평화로운, 그래서 더욱더 소중한 나날들. 기쁠 때도 슬플 때도 있지만 중요한 건 언제라도 모두와 함께 있을 수 있다는 사실이다.

"사랑해……."

눈을 감고 행복에 물든 표정으로 베리는 그렇게 중얼거렸다. 차갑기만 했던 그녀의 몸도 어느새 이제는 따뜻한 온기를 내뿜고 있었다. 평범한 사실일지 몰라도 참을 수 없을 만큼 그 모든 것에 행복했다.

얼굴은 보이지 않았지만, 그녀도 기뻐하고 있을 것이 틀림없었다. 그러나 생각보다 몸이 많이 망가진 모양인지, 질문하는 것은 아무래도 이래저래 힘에 겨웠다.

"크으."

참으려고 해도 한줄기 신음 소리가 입 밖으로 새어 나왔다.

간신히 눈을 떠 의식을 잃지 않은 것일 뿐, 이대로 가다가는 더 버티지 못하고 쓰러져질 것이 분명했다.

"이제 곧 식당으로 돌아갈 수 있을 거야."

"……."

"전에 한 말 기억해? 몸이 다 나으면 다시 엘프의 숲으로 놀러 가자고 했지? 뭐, 기르디 녀석은 허락할지 모르겠지만, 아이린 누나한테 내가 잘 부탁하면 꼭 들어줄 게 틀림없으니까, 넌 이제 다른 걱정 하지 말고 몸이나 제대로 간수해. 쿨럭쿨럭. 아아, 미안……. 별로 아픈 건 아닌데 이상하게 머리가 뒤죽박죽이네. 이럴 줄 알았으면 가벼운 보호 마법이라도 걸어둘 걸 그랬나. 여하튼 지금 내가 한 말 듣고 있지, 시아야?"

"응."

"이제 두 번 다시는… 쓸데없는 생각 하지 마. 너도 나도 세상 그 누구보다 행복해질 수 있으니까. 아까 네가 한 말 기억하니? 바보같이 다가올 행복이 두려워 그걸 거부하고 있다고……. 그러니까 세상에서 제일 바보는 내가 아니라 너야. 쿨럭쿨럭. 아, 미안해. 오빠가 지금 너무 졸려서 잠시 자야 할 것 같네. 지금 내가 한 말 다 들었지?"

"응."

"그럼 얼굴을 보여줘."

순간 작은 몸이 흠칫하고 떨렸다. 육체는 비록 망가졌지만, 확신을 가지고 베리는 그녀를 향해 말했다.

"……."

"눈을 바라보고 거짓말 못하는 거…… 다 알고 있어. 넌 바보니까."

"미안해."

"그래서 이번에는 또 무슨 거짓말을… 하려고?"

"나 이제 오빠와 함께 살 수 없어."

"이… 바보야. 쿨럭. 이제 다른 걱정 하지 않아도 된다니까."

　너무 무리를 한 모양인지 자꾸 기침이 새어 나왔다. 머리가 흔들리는 것은 참아낼 수 있었지만, 바늘로 찌르는 것 같은 가슴과 목의 고통은 의지만으로 버텨낼 수 있는 성질의 것이 아니었기 때문에.

　베리의 기침이 간신히 멈추자 그녀가 다시 말했다.

　"미안해. 나 정말 못된 여자 아이지만 그래도… 이번에는 거짓말하지 못할 것 같아. 세상 누구보다 오빠를 사랑하니까."

　"처음으로… 사랑한다고 말… 했구나."

　"예전에는 오빠한테 상처만 준다고 생각했으니까. 그러니까 내가 죽으면 나에 대한 애정이 큰 만큼 남겨진 오빠의 고통도 클 것이라고."

　단 한 마디 말을 하는 데에도 엄청난 집중이 필요했다. 하나 자신이 입을 열지 않는다면 그녀도 여기서 말을 멈출 것이 분명했다. 혼을 쥐어짜는 심정으로 간신히 베리는 입을 열어 물었다.

　"왜……?"

　"하지만 지금은 사랑한다고 말할 수 있어. 오빠, 나랑 한 가지 약속한 것 기억해?"

　"네가 무슨… 말을 한다 해도 들어주겠다고… 한 거?"

　"응."

　"기… 억해."

　"그러니까 지금 내 소원을 들어줘."

　깜빡깜빡하고 램프가 반짝이는 것처럼 정신이 끊겼다. 그러나 그녀의 말은 뚜렷하게 귓속에 울려 퍼졌다.

　그녀는 단 한 번의 끊김도 없이, 독백하듯 긴 이야기를 꺼냈다.

　"처음 내가 세상 밖으로 나갔을 때 어떤 사람과 약속한 것이 있어.

그 사람은 세상 그 누구보다도 행복해지라고 내게 말했어. 하지만 나 그 약속을 도저히 지킬 자신이 없었어."

모든 것이 낯설었다. 자신의 과거를 말하는 걸 끔찍이도 꺼려했던 아이가 아무런 망설임 없이 무덤덤한 표정으로 그렇게 말을 이어가고 있었다.

"푸른 하늘, 그리고 끝없이 펼쳐진 대지……. 처음으로 나가본 세상 밖은 어린 내가 감당하지 못할 만큼 거대하고 아름다웠지만, 나 혼자서는 아무것도 할 수 없다는 걸 깨닫고 나서는 그 무엇도 의미가 없다는 생각이 들었어."

씁쓸한 표정이 그녀의 얼굴에 맴돌았다. 그리고 볼 수는 없었지만 베리도 그것을 느꼈다.

"끊임없이 날 추격하는 사람들이 있었어. 그들에게서 도망치면서 전에 한 생각은 곧 신념 같은 것으로 바뀌기 시작했지. 난 인간도 아니고, 저주받은 존재이니까 바보같이 나 같은 여자 아이를 세상에서 따뜻하게 감싸 안아줄 사람은 한 명도 없을 것이라고 생각했어."

그녀는 희미하게 미소 지었다.

"하지만 오빠를 만날 수 있었어."

베리의 얼굴에도 살짝 미소가 어렸다. 말속에 담긴 따뜻한 감정을 읽을 수 있었다.

"처음 본 순간 겉모습은 조금 날카롭지만 세상 그 누구보다도 따뜻한 사람이라는 걸 알 수 있었어. 오빠의 눈은 나와 비슷하다는 걸 느꼈거든."

말을 멈추고 그녀는 잠시 숨을 골랐다.

"무슨 짓을 해서라도 일단 살아남아야겠다는 생각이 들더라고. 그래서 오빠에게 지나칠 정도로 가까이 접근했지. 그래야만 더 살 수 있을 테니까."

조금 더 고개를 숙이자. 이제 베리의 눈에 보이는 것은 작은 어깨와 푸른 머리카락뿐이었다.

"이기적인 내 마음이 따뜻한 사랑으로 바뀐 것은 언제였을까?"

"……."

"한심스러울 정도로 날 걱정해 주는 오빠를 보았을 때, 몸이 만신창이가 되도록 고생하면서 힘들다는 말 한마디 제대로 하지 못하고 억지로 씩씩한 척 날 바라볼 때, 그리고 세상 그 무엇보다도 따뜻하게 날 감싸 안아줄 때……."

"……."

"이기적인 생각 같은 건 더 이상 할 수 없었어. 나 정말 못된 여자아이지만 오빠한테 만큼은 거짓말하기 싫었어. 착한 아이인 척 구는 것도 처음뿐일 줄 알았는데, 날 사랑하고 믿어주는 모두가 있었으니까 못된 마음도 가지지 못하고 바보처럼 그렇게 멍하니 있을 수밖에 없었어."

말을 멈추고 시아는 천천히 등을 돌렸다.

피에로의 녹슨 가면이 떨어져 나갔다. 병든 광대가 마지막까지 남은 관객에게 최후의 연기를 하는 것처럼 얼굴은 아무렇지도 않다는 듯 예전처럼 웃고 있었지만, 볼을 타고 흘러내리는 눈물만큼은 그녀의 의지로도 막을 수 없었다.

주체할 수 없을 만큼 가득 눈물이 볼을 타고 흘러내렸다.

"생각해 보니 그 모든 것을 알아챘을 때는 이미 늦어버린 후였어. 거짓말하는 건 얼마든지 할 수 있었지만… 내 감정만큼은 속일 수 없었어. 누구보다도 오빠를 사랑한다는 걸 알아버렸으니까."

사죄하듯 그녀는 고개를 숙였다.

"미안… 미안해. 미안해요."

"울지… 마."

"난 이제 곧 죽어요. 이번에는 내 의지가 아니야. 아주 조금 힘이 남아 있기는 하지만 그것으로는 얼마 버티지 못해."

"……."

"나 못된 여자 아이지만, 아픔 같은 건 얼마든지 참을 수 있지만, 힘들어하는 오빠를 마주 대할 용기만큼은 가지고 있지 않은 것 같아."

슬픔으로 심장이 터질 것만 같았다.

하지만 그녀는 억지로 입을 열었다, 영원히 후회할지도 모르는 마지막 약속을 하기 위해.

"그러니까 날 용서해 주세요. 이런 일을 할 수밖에 없는 어리석은 날 용서해 주세요."

눈물이 가득 고인 얼굴로 그녀는 베리의 입술에 키스했다. 그리고 조용히 몸을 일으키고는 그에게서 멀어져 갔다. 최후의 힘을 개방하자 그녀의 긴 머리카락만큼이나 푸른색의 불꽃이 그녀의 몸 주변을 맴돌았다.

베리는 마지막 남은 힘을 쥐어짜 고개를 가로저었다. 그리고 눈물을 흘리며 그녀의 기적을 방관할 수밖에 없는 자신을 원망했다.

"이제 당신은 날 기억할 수 없습니다. 우린 과거에 만나지 않은 것이고, 또 앞으로도 영원히 만날 수 없을 겁니다. 그러나 이것 하나는 알아주세요. 바보 같은 여자 아이가 당신을 누구보다도 사랑했다는 것을. 세상 그 무엇과도 바꾸지 못할 만큼 사랑했다는 걸… 부디 기억해 주십시오.”

그녀의 의지는 곧 마법이 되어 푸른 빛을 흩뿌리며 그에게로 날아갔다. 눈이 멀어버릴 것만 같은 그 강한 빛에 휩싸여, 베리는 그대로 정신을 잃었다.

마른 장작개비가 퍽 하고 땅에 부딪치는 것처럼 희미한 미소를 지으며 시아는 지면을 향해 천천히 곤두박질쳤다. 늙은 광대가 외줄에서 떨어져 내리는 것 같은, 애처롭고 슬픈 그녀의 마지막 추락이었다.

둔탁한 소리와 함께 완전히 그녀의 몸이 바닥으로 떨어지자, 동시에 이질감으로 가득한 결계도 서서히 원래의 것으로 돌아가기 시작했다.

공중에서 떨어지는 시아와 베리를 기르디는 상상조차 못할 움직임으로 팔을 뻗어 연달아 낚아챘다.

가뿐하게 침대에 올려놓고, 일단 준비해 둔 포션으로 외상(外傷)을 치유했다. 예상한 대로 육체는 말끔히 치료되었지만 중요한 것은 그 후였다.

티리엔이 시아를 향해 침대 쪽으로 걸음을 옮겼다. 그의 몸은 믿을 수 없을 만큼 강렬한 광채를 주위로 흩뿌리고 있었다.

“…….”

탐스러운 금발은 거의 흰색에 가까울 정도로 변했다. 인간이라고 할 수 없을 만큼 신성(神聖)한 의모는 예전 그대로였지만, 바라보는 것만

으로 몸과 정신이 치료될 정도로 주변을 향해 성스러운 기운을 내뿜는
건 분명 얼마 전과는 확연히 달라진 모습이었다.

델리만, 그리고 기르디는 자신들이 가진 모든 정보와 능력을 더해
기어이 티리엔의 뿔을 찾아낼 수 있었다.

상상을 초월할 정도로 엄청난 고난과 시련을 이겨내야만 했다. 그리
고 수많은 존재의 희생과 노력을 통해 그들은 그것을 구하는 데 성공
할 수 있었다.

뿔을 돌려받은 티리엔은 자신의 능력을 아낌없이 시아에게 사용할
것이라 약속했다. 설령 힘이 모두 사라진다 해도 그 모든 것을 감수할
수 있을 만큼 티리엔의 기쁨은 컸다.

스르륵. 거추장스러운 옷을 벗어 던지고, 능력을 사용해 자신의 원
래의 몸으로 돌아갔다. 간신히 몸을 웅크려 좁은 방 안에서 유니콘 본
연의 모습으로 변신하는 데 성공하자, 그는 뿔을 시아의 몸에 대고 치
유의 빛을 내뿜었다.

그물 같은 자국이 가득했던 육체가 원래의 것으로 돌아가는 데는 긴
시간이 필요하지 않았다. 깨끗하게 그녀의 몸이 치유되자 아이린의 얼
굴에도 미소가 맴돌았다.

한참을 그렇게 찬란한 빛을 내뿜다가 티리엔은 다시 인간의 모습으
로 되돌아왔다. 바닥에 떨어진 옷을 주워 입고, 그는 표정을 굳히며 모
두의 얼굴을 바라보았다.

“육체는 다 나은 것 같지만, 다른 문제가 있습니다.”

“무슨 문제죠?”

“의식이 너무 약합니다. 혼이 사라지고 있다 해야 할까. 어쨌든 지

금 이대로는 더 버티기 힘듭니다. 빨리 조치를 취하지 않으면 곧 죽을 겁니다."

식은땀이 주르륵 흘러내렸다. 인상을 찡그리며 아이린은 티리엔에게 물었다.

"어떤 방법을 써야 하죠?"

"그건 저도 잘 모르겠습니다."

숨이 약해지고 어느덧 얼굴빛도 천천히 어두워지기 시작했다. 아무리 티리엔이라 해도 기적에 가까운 마법을 현실화하기 위해 자기 혼마저 갉아먹어 힘을 사용한 시아를 치유할 수는 없었다.

티리엔이 고개를 숙이자 아이린은 다시 절망했다. 세상 어떤 상처도 치료할 수 있다고 하는 우니콘의 뿔, 그 엄청난 권능조차 불가능하다고 말할 정도면 그녀의 죽음은 신이라 해도 바꾸지 못할 것이 분명했다.

급격히 온기를 잃어가는 시아의 몸을 바라보며, 티리엔을 비롯한 모두는 아무런 말도 할 수 없었다.

바로 그때 침묵으로 가득한 방 안의 정적을 깨고, 한심스럽다는 듯 열린 문 쪽으로 걸어가며 그녀가 말했다.

"머저리들 같으니."

어디로 사라진 것인지, 식당을 샅샅이 뒤져 찾을 때는 없었던 그녀가 특유의 오만한 표정을 지으며 그곳에 서 있었다.

"일단 시간을 멈추게 하면 되잖아. 그대로 그 계집이 죽는 것을 그렇게 보고만 있을 거냐?"

"시간을 멈추게 한다고? 그건 불가능해."

“흥. 정령의 마법으로는 당연히 불가능하겠지. 하지만……”

“하지만?”

“나와 저 두 녀석이 힘을 합친다면 가능하다.”

로브를 눌러쓰고 벽에 기대서서 이쪽을 바라보는 괴한. 손가락질해 그를 가리키며 살로빈은 말했다.

“……”

그의 시선이 살로빈의 눈과 마주쳤다. 둘이 그렇게 한참 동안 신경전을 벌이자, 보다 못한 델리만이 먼저 입을 열었다.

“도와주겠나?”

로브를 벗어 던지는 것으로 대답을 대신했다. 칙칙하고 두꺼운 로브가 벗겨지자 베일에 싸였던 얼굴이 모두의 눈에 들어왔다.

“덜떨어진 자식을 위해 슬슬 힘쓸 때가 되었잖아.”

짧은 금발, 강인해 보이는 인상은 아니었지만 한 번 보면 절대 잊혀지지 않을 그런 얼굴이었다.

입과 목 주변을 막고 있었던 하얀 붕대를 모두 풀어낸 뒤, 그는 팔을 뻗어 빈정거리듯 말하는 기르디의 뒤통수를 가볍게 쳤다. 마법의 힘이 사라진 그의 목소리는 생각한 것보다 몇 배는 더 부드러웠다.

“말하지 않아도 이쪽에서 부탁할 생각이었다.”

“흥. 어리석은 인간 주제에.”

그는 살기를 풀풀 날리는 살로빈의 눈을 아무렇지도 않다는 듯 마주 대했다. 지금은 싸울 여유가 없다는 것이 아쉬울 뿐이었다.

가볍게 손짓하자 허공에서 기다란 나무 지팡이가 생성됐다. 그것을 받아 들고는 금발의 중년은 힐끗 고개를 돌려 살로빈을 흘겨보았다.

“발목 잡지 말라고.”

“빌어먹을 건방진 녀석 같으니.”

델리만까지 합세해 셋은 그렇게 한참 동안이나 주문을 외워 마법을 시전했다.

시아의 몸 주위로 수정 같은 결정체가 서서히 맺히기 시작했다. 점점 하나로 합쳐지고, 그것은 어느새 그녀의 몸 전체를 사로잡을 만큼 커졌다.

봉인이 다 끝나자, 걱정스러운 안색으로 아이린이 입을 열었다.

“다시 깨어날 수 있을까요?”

“기적이 일어난다면.”

지친 표정으로 짧게 대답하고, 살로빈 쪽으로 델리만은 시선을 옮겼다.

“왜 힘을 더해주신 겁니까?”

“차는 저 녀석이 끓이는 게 제일 맛있으니까.”

그녀는 코웃음 치며 말하고는 자신의 방으로 향했다. 모두 어처구니없다는 듯 바보 같은 표정을 하고 그녀의 등을 바라보았다.

티리엔까지 뒤쫓아 방을 나가자 좁기만 했던 방 안이 순식간에 넓어진 느낌이었다.

기도하듯 두 손을 움켜쥐고 아이린은 눈을 감았다. 비록 신의 존재를 믿지는 않았지만, 두 아이 모두 행복해질 수 있기를 간절히 바랐다.

장마가 그친 하늘은 높고 푸르렀다. 길었던 밤과 어둠도 끝나고, 새로운 태양의 빛이 방 안을 가득 메우기 시작했다. 입을 열어 겉으로 말을 하진 않았지만, 방 안에 남겨진 모두의 생각은 아이린의 그것과 다르지 않았다.

　두 아이 모두 행복해질 수 있기를……. 비록 지금은 눈을 감고 잠들어 있지만 언젠가 웃는 얼굴로 다시 만날 수 있기를…….

◆ Epilogue

Epilogue

“너는 누구지?”

소녀는 눈을 뜨고 바로 앞에 서 있는 청년의 얼굴을 바라보았다. 칠흑같이 검은 머리와 혼을 빼앗을 정도로 검은빛의 눈동자가 그녀에게 고정되어 있었다.

남자답지 않은 탐스럽고 긴 흑색의 머리카락, 기다랗게 뻗어나 있는 그것은 흑단과 같이 검었다.

바람에 휘날리는 그의 긴 흑빛의 머리카락을 바라보다가 소녀는 조용히 고개를 들어 푸른 하늘을 바라보았다.

바람 한 줌 없는 지독한 날이다. 한여름의 뜨거운 햇살 아래에서 둘은 그렇게 멍하니 서 있었다.

한참 동안이나 그녀의 모습을 훑어보다가 청년은 뚜벅뚜벅 그녀의 곁을 가로질러 갔다.

"……."

수십 번도 넘게 예상한 일이었지만, 그래도 그것이 슬픔을 희석할 순 없었다. 방울진 눈물을 뚝뚝 바닥으로 떨구다가 그녀는 천천히 등을 돌리고 반대쪽으로 걸음을 옮겼다.

첫 번째 저주(詛呪)는 모두 끝났다.

그러나 새로운 저주가 시작됐다. 자신의 목숨만큼 소중한 사람을 잃었다는 상실감, 그것은 죽음보다 더 큰 상처이자 동시에 고통이었다.

흑발의 청년은 정해진 목적지를 향해 뚜벅뚜벅 걸었다.

아직 완벽한 기사는 아니었지만, 그의 명성과 활약은 수도를 넘어 다른 나라까지 퍼질 정도로 대단했다.

평민의 신분으로 카이리온 기사 양성 학교 졸업. 검술 대회에서 우승하고, 공식적으로 '위자드'라는 호칭을 마법사 길드장에게 선언받았다.

단 하나조차 이룩하기 힘든 업적들을 어린 나이에 말끔히 해치워 버린 것이다. 우스갯소리로 동성애자라는 소리가 들릴 만큼 여성 관계도 깨끗했으니 소녀들이 동경의 대상으로 삼는 것도 무리는 아니었다.

의무적인 봉사 기간까지 거의 다 완료했으니 이제는 정식으로 기사 작위를 받는 것만 남았다고 할 수 있다.

자신감 넘치는 귀족 아가씨들이 프로포즈를 해오는 일도 드물지 않았으니, 이번에도 비슷한 일일 것이라 지레짐작하며 청년은 자신의 집을 향해 걸어갔다.

"……."

목적지가 가까워질수록 청년의 움직임은 눈에 띄게 느려졌다.

단정하게 생긴 여자는 드물지 않게 볼 수 있었다. 하나, 자신의 몸을 막은 소녀의 생김새는 상식을 넘어설 정도로 아름다웠다. 아니, 단지 아름다웠기 때문에 오랫동안 머리 속에 남은 것은 아니었다. 처음 본 사람이라고는 믿어지지 않을 만큼 그녀의 얼굴은 익숙한 느낌이었다. 오래전부터 잘 알고 지내는 사람을 거리에서 갑작스레 마주친 느낌이랄까. 그러나 그런 표현만으로는 조금 부족했다. 기억해 내는 것만으로도 심장이 두근거리고, 마음 한구석이 미친 듯이 아픈 느낌. '첫눈에 반한다' 라는 그럴듯한 표현이 아니라, 원래부터 좋아했던 사람을 갑자기 마주친 느낌과 닮아 있다고 하는 것이 더 옳았다.

게다가 그 미칠 것 같은 두근거림은 시간이 흐를수록 줄어드는 것이 아니라, 오히려 조금씩 조금씩 자신의 영역을 늘려가고 있었다.

사고를 마비시키고 가슴 한 켠을 갈기갈기 찢어버릴 것처럼 엉망진창 망가뜨렸다. 무엇인가가 속삭이는 듯 거기에서 더 이상 기억하지 말라고 요구했지만, 타인의 것처럼 제멋대로 생각하기 시작하는 머리, 그리고 감정은 어느새 이미 청년 스스로도 주체할 수 없을 만큼 한도 끝도 없이 커져 있었다.

'도대체 뭐지?'

자신의 집을 눈앞에 둔 채 의식을 잃은 것처럼 한참 동안이나 청년은 그렇게 서 있었다.

웬만한 일에는 눈 한 번 깜짝하지 않을 정도로, 마음을 컨트롤하는 데 자신이 있었던 청년이었지만, 주체할 수 없을 만큼 강한 슬픔은 천천히 정신을 넘어 육체까지 통제 불능의 상태로 치닫게 할 정도로 모든 것을 엉망진창으로 망가뜨렸다.

이유는 알 수 없었다. 하지만 슬펐다.

뚝뚝.

바닥으로 눈물이 떨어졌다. 청년은 울고 있었다. 수많은 위기와 고통 속에서 냉철한 얼굴로 아무렇지 않다는 듯 맞서 싸운 자신이 처음 본 소녀의 모습을 잊지 못하고 이렇게 바보처럼 눈물을 흘리고 있었다.

사파이어처럼 아름답고 하늘처럼 푸른 머리와 눈. 꼭 껴안아주고 싶을 정도로 귀여운 작은 몸을 빛내며, 소녀는 그렇게 그의 얼굴을 바라보았다. 그리고 안타까워했다. 사랑하는 연인을 전쟁터로 떠나보내는 것처럼 슬픔을 참아내며 바보같이 아무렇지도 않다는 듯 그렇게 미소지었다. 그리고 그 모습은 머리 속에서 한참이 지나도록 사라지지 않았다.

종종 꿈을 꾸었다.

꿈속에서는 언제나 한 소녀가 눈물을 흘리고 있었다. 아무것도 볼 수 없는 지독한 어둠. 그녀는 그 좁은 공간에서 한없이 밖을 동경하며, 그렇게 슬프게 소리 내어 울었다.

행복해질 수 없다고 생각했다.

자신을 구원해 줄 사람은 아무도 없다고 생각했다.

이 어둠은 영원히 계속될 것이라 생각했다.

저주받은 아이니까 고통받는 것은 당연하다고 생각했다.

그래서 울었다. 천천히 죽어가는 자신의 병든 육체를 원망하며, 한없이 무력하고 어리석은 자신을 원망하며, 꿈조차 꿀 수 없는 황폐해진 정신을 원망하며, 감옥처럼 좁은 그곳에서 어둠을 두려워하며 그렇게 울었다.

청년은 손을 뻗어 소녀의 머리를 쓰다듬어 주었다. 고통스러워하는 여자 아이는 천천히 고개를 들어 그의 눈을 바라보았다.

눈과 눈이 마주쳤을 때, 거짓말처럼 소녀는 눈물을 그치고 미소 지었다.

주위는 너무 어두워 아무것도 보이지 않았지만 그 미소만큼은 각인된 듯 뚜렷하게 기억해 낼 수 있었다.

그리고 꿈에서 깨어났다. 환상에서 깨어났다. 팔을 뻗어 자신의 머리를 매만져 줄 것이라 기대했던 소녀는 사라졌다.

"바보······."

털썩.

주위의 시선은 조금도 신경 쓰지 않고 청년은 그 자리에 주저앉았다. 그리고 모든 것을 기억해 내기 위해 필사적으로 머리를 부여잡고 생각했다.

언제나 미소 띤 얼굴로 자신을 바라보던 작은 소녀.

자신이 강해진 이유와 목적.

무엇을 기다리는 것처럼, 가끔씩 한없이 슬픈 눈초리로 창밖을 바라보는 가족들.

엉망진창으로 뒤엉켜 있던 퍼즐들이 빠른 속도로 머리 속에서 재조합됐다. 추운 것도 아닌데 파르르 몸이 떨리고, 눈물이 볼을 타고 흘러내렸다.

기억할 수 없는 자신, 기억해 내려고 하는 자신, 그 지독한 모순 속에서 한참 동안이나 청년은 맞서 싸웠다. 터질 것처럼 머리가 아팠지만, 그런 고통쯤은 얼마든지 참아낼 수 있었다.

"……."

눈물을 멈추고 청년은 억지로 몸을 일으켰다. 그리고 서서히 앞을 향해 뛰었다. 왜 자신이 이런 행동을 해야 하는 것인지 잘 설명해 낼 수 없었다. 하지만 지금 소녀를 만나지 못한다면… 모든 걸 앞으로도 영원히 기억해 내지 못할 것이 분명했다. 그리고 분명 후회하게 될 것 같았다.

"나 이제 오빠와 함께 살 수 없어."

"생각해 보니 그 모든 것을 알아챘을 때는 이미 늦어버린 후였어. 거짓말 하는 건 얼마든지 할 수 있었지만… 내 감정만큼은 속일 수 없었어. 누구보다도 오빠를 사랑한다는 걸 알아버렸으니까."

"미안… 미안해. 미안해요."

"난 이제 곧 죽어요. 이번에는 내 의지가 아니야. 아주 조금 힘이 남아 있기는 하지만 그것으로는 얼마 버티지 못해."

"나 못된 여자 아이지만, 아픔 같은 건 얼마든지 참을 수 있지만, 힘들어하는 오빠를 마주 대할 용기만큼은 가지고 있지 않은 것 같아."

"그러니까 날 용서해 주세요. 이런 일을 할 수밖에 없는 어리석은 날 용서해 주세요."

주변의 풍경이 바뀌는 것처럼, 과거의 기억들이 주마등처럼 빠르게 차례차례 머리 속에서 떠올랐다가 사라지기를 반복했다.

안타까움과 슬픔의 감정들이 청년의 얼굴에 맴돌았다. 한참 동안 미친 사람마냥 거리를 질주해 다시 소녀와 만난 장소에 다다랐지만, 그곳에서 찾을 수 있었던 건 거리를 오고 가는 의미없는 타인들의 모습뿐이었다.

턱까지 차 오른 숨을 고르며 청년은 슬퍼했다. 비 오듯 흐르는 땀과 함께 눈물도 볼을 타고 흘렀다.

너무나도 맥이 풀린 모양인지 털썩 무릎을 꿇고 차가운 거리에 주저앉았다.

소녀의 저주를 풀어주지 못했다. 그때 소녀의 몸을 안아주지 못했다. 차가운 눈을 하고 아무런 말도 하지 않은 채 그렇게 그녀의 곁을 지나쳤다.

그러니까 벌을 받는 것은 당연했다. 이제 앞으로 영원히 소녀의 모습을 찾을 수 없다 해도 원망할 수 있는 상대는 없었다. 신이 준 기회를 자신이 외면했으니까.

절망에 빠진 채 소년은 그렇게 하염없이 눈물을 흘리며 그 자리에 서 있었다. 속죄해 줄 수 있는 존재는 아무도 없었다. 저주해야 할 대상은 타인이 아니라 자기 자신이었다.

푸른 하늘…….

그녀의 눈동자와 같은, 한없이 선명한 푸른색의 하늘로 청년은 천천히 고개를 들어 올렸다.

그리고……

그곳에 그녀가 있었다.

현실이 아닌 것처럼 갑작스레 불어오는 한줄기 바람에 길고 푸른 머리를 흩날리며, 다소곳이 감긴 눈을 뜨고 그녀는 미소 지었다.

"……."

푸른 하늘.

천사처럼 그곳에서 그녀의 몸이 떨어져 내렸다. 청년은 아무런 말도 하지 못하고, 머리 위에서 자신을 향해 다가오는 소녀를 바라보았다.

"행복해질 수 있을까요?"

소녀의 물음은, 곧 청년 자신의 물음이기도 했다. 이제 행복해 질 수 있을까?

절망이 가득한 얼굴에 천천히 미소가 어렸다. 그리고 그는 확신을 가지고 고개를 끄덕이며 대답했다.

"이제부터 행복해지자, 영원히."

기적이 일어나도 이상하지 않을 만큼 높고 푸른 하늘 아래에서,

따뜻한 온기만큼이나 포근한 햇살 아래에서,

두 번 다시 떨어지지 않을 것처럼 둘은 그렇게 서로의 몸을 감싸 안았다.

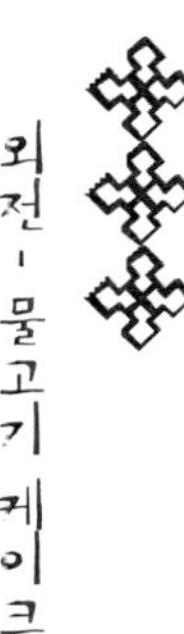

외전 ― 물고기 케이크

"내일 우리 집에 오지 않을래?"

아무리 포커 페이스로 이름 높은 그녀라 해도, 이번에는 제법 충격을 받았던 모양인지 아무런 대답도 하지 못하고 순간 멍한 표정을 할 수밖에 없었다.

"뭐, 다른 할 일이 있으면 어쩔 수 없지만."

'검술 훈련 및 2─C반 임시 담당 선생'이라는 무시무시한 직무에 시달리고 있는 그녀의 동료는 여느 때와 다름없이 피곤한 안색을 하고 자신의 어깨를 두들기며 입을 열었다. 찰나의 시간 동안 어느 정도 데미지를 회복한 펠시는 평상심을 가장한 표정으로 물었다.

"무슨 일 있어?"

"아아, 별거 아니지만 작은 파티… 비슷한 것을 하게 될 것 같거든."

"그래."

"각자 한 사람 이상 데려와야 하는데, 내가 좀 이런 일을 부탁할 사람이 없어서 말이야. 그렇다고 학생을 데려갈 수도 없고."

곤란한 표정을 하고 있는 걸 보니, 그녀답지 않게 살짝 심술이 났다.

"뭐, 그냥 귀여운 아이들한테 사정을 말해 보는 건 어때? 도를 넘어 범죄 수준 이상으로 선생님을 사랑하는 제자들이니까."

"농담이겠지. 아비규환의 현장 따위는 만들고 싶지 않다고. 파티가 아니라 내 집을 전쟁터로 만들 셈이야?"

살짝 코웃음 치며 그녀는 베리로부터 고개를 돌렸다. 여자에게 우유부단한 건 정말 평생 고쳐지지 않는 몹쓸 병임에 틀림없었다. 몇 년 동안 옆에서 지켜보고 또 도와준 사람에게 긍정적인 관계로의 진전은커녕 말투 자체도 바뀌지 않았으니까.

어쩔 수 없다는 듯 작은 한숨을 내쉬며 펠시는 입을 열었다.

"어쩔 수 없지. 그 대신 나도 한 가지 조건이 있어."

"무슨 조건? 검술 연습 상대라도 해줄까?"

"…그런 건 눈곱만큼도 필요없어."

"아니면 돈이라도 빌려줘?"

"그, 그게 아니라!"

"그럼 뭔데?"

"그러니까……."

"그러니까?"

"데……."

"데 뭐? 미안하지만 잘 안 들려. 크게 좀 말해 봐."

"데, 데이……."

각오를 굳힌 듯 두 주먹을 불끈 쥐고 그녀는 말했다.

"선생니임! 여기서 뭐 해요?"

동시에 시끌벅적한 소녀들의 외침 소리. 그리고 그녀의 고백은 이번에도 복병의 수비에 맞아 그렇게 묻혀졌다.

"야, 너희 빨리 집에 안 돌아가면 혼난다!"

"……."

"미안. 방금 전에 뭐라고 했어?"

"아무것도 아냐. 나중에 말할게."

"싱거운 녀석."

실없는 웃음을 한 번 지어 보이더니, 방금 전보다는 한결 가벼워진 얼굴을 하고는 베리는 그녀에게서 천천히 멀어져 갔다.

경계하는 듯 쫑긋 위로 솟아오른 부드러운 귀, 그리고 기다란 꼬리.

몇 년이라는 시간이 흘렀다 해도 셀브렛의 성장은 인간과는 비교할 수 없을 만큼 빨랐다. 몸은 늘씬하게 뻗었고 눈매도 조금 가늘어졌다. 쭈뼛거렸던 갈색의 정돈되지 않은 머리카락은 이제 허리에 닿을 만큼 부드럽고 기다랗게 이어져 있었다.

게다가 지금은 다시 돌아온 시아보다 오히려 키도 더 큰 상태였다. 불과 몇 년 전만 해도 반 뼘 정도 차이가 날 만큼 적지 않은 차이였는데, 그 엄청난 갭을 묘인족이라는 특권 하나만으로 후닥닥 단숨에 패스해 버린 것이다.

같이 길을 걸어가면 오히려 시아보다 셀브렛 쪽이 연상이라는 느낌이 들 정도였다. 게다가 예전과는 달리 지금의 그녀는 척 보는 순간 미인이라는 말이 나올 정도로 아름다웠다.

"…혹시 결투라도 신청할 셈?"

난생 처음 보는 정체 불명의 한 청년이, 그런 그녀의 바로 앞에 마주서 있었다.

계절은 겨울에 다다라 있음에도 청년에게서는 한줄기 식은땀이 이마에서 턱을 타고 목 아래로 흘러내렸다. 게다가 표정도 부모님의 원수를 처음 맞닥뜨리는 사람마냥 한도 끝도 없이 경직되어 있었다. 진지한 셀브렛의 질문에 청년은 고개를 저으며 처음으로 입을 열었다.

"부디 저와 교제해 주십시오."

늦은 오후, 손님으로 시끌벅적거렸던 식당이 거짓말처럼 조용해졌다. 모두의 시선이 쏠리자 청년의 표정이 순간 더욱더 붉게 달아올랐다. 그리고 모든 것이 마음에 들지 않는다는 듯, 셀브렛의 인상이 천천히 구겨지기 시작했다.

셀브렛의 표정이 험악해지자 청년의 얼굴도 자연스럽게 딱딱히 굳어졌다. 일반적으로 저런 표정을 하고 프로포즈에 승낙하는 소녀는 세상 그 어디에도 없을 테니까.

제일 먼저 정적을 깬 것은 작은 한숨 소리였다.

"이봐, 좋은 말로 할 때 불어. 이거 누구의 사주를 받고 한 일이야?"

"…저의 의지입니다."

"혹시 너 변태?"

"평생 단 한 번도 그런 말을 들어본 적은 없습니다만."

"보아하니 너 귀족인 것 같은데, 묘인족인 나한테 그런 말을 해도 되는 거야?"

"충분히 각오하고 있습니다."

추호의 거짓도 담겨 있지 않은 듯 귀족 청년의 말은 그 표정만큼이나 진지하고 심각했다. 조금 수그러진 얼굴을 하고 셀브렛은 방금 전보다는 한결 부드러운 투로 말했다.

"딱 한 번만 말해 줄 테니까 부디 잘 듣기를 바라."

"…네."

"방금 한 말이 모두 다 거짓이었다면, 아마 네 허파에는 실프 수십 마리가 단체 서식하게 됐을 거야."

"……."

"여하튼 일단 숙녀로서 대답해 줄게. 난 네가 무지막지하게 싫어. 아마 순위를 매기자면 '올해에 제일 끔찍했던 녀석 베스트'에서 8위쯤 될 거야. 그러니까 이건 일종의 운명이라 할 수 있어."

넋이 나간 채 청년은 그렇게 셀브렛의 눈을 멍하니 바라볼 수밖에 없었다. 확인 사살하듯 추호의 망설임 없이 그녀는 말을 이었다.

"아마 너도 인생을 살면서 처음 본 타인에게 '와, 저 녀석 참 재수 없다'라고 생각한 적이 분명 한 번 정도는 있었을 거야. 비록 마이너스적인 이미지이긴 하지만, 어쨌든 그런 충격이 강한 만큼, 상대방의 모습도 머리 속에 강하게 남는 법이지. 그런 점에서 볼 때 너는 충분히 나에게 영향을 끼친 인간이야. 이건 조금 자부심을 가져도 좋아."

말을 제대로 이해한 것인지 하지 못한 것인지, 짐작조차 할 수 없는 그런 얼굴로 청년은 살짝 고개를 끄덕였다.

처음으로 셀브렛의 얼굴에 미소가 어렸다. 바람의 정령, 실프를 소환해서 쉽사리 청년의 몸을 일으키고, 그녀는 팔을 뻗어 툭툭하고 그의 어깨를 두어 번 두들겨 주었다.

"고양이 공주님에게 차인 걸 축하하네!"

"아마 이번이 서른두 번째였던가?"

좀비마냥 혼이 빠져 버린 얼굴로 청년은 그렇게 식당을 넘어 어디론가로 몸을 움직였다. 그것도 주위 단골들의 열렬한 환영을 받으며.

자신을 향해 환호하는 관중에게 사뿐히 가운뎃손가락을 펴 보이며 답례하고, 조금 피곤한 표정으로 셀브렛은 자신의 방을 향해 걸음을 옮겼다.

"어떻게… 생각해?"

구석 한 켠에서 조용히 감자를 깎는 기르디를 향해 걱정스러운 눈빛을 하고 아이린이 물었다.

"저것도 나름대로 나쁘지 않아."

"뭐가 나쁘지 않다는 거야! 이게 다 오빠가 셀브렛한테 검술을 가르쳐 줘서 그래! 사람들 말대로 '무적의 고양이 공주님' 이 되어버렸잖아! 으으, 저래가지고 시집이나 제대로 갈 수 있겠어."

꿍얼거리는 아이린의 눈을 슬쩍 쳐다보더니, 어이없다는 듯 기르디는 살짝 웃음을 터뜨렸다.

"저 녀석 걱정보다 자기 앞가림이나 일단 제대로 하는 게 어때?"

"시끄러워. 누구는 남자 사귀고 싶지 않아서 안 사귀는 줄 아나. 적당한 대상이 없을 뿐이야."

"그럼 조금 더 눈을 낮춰."

"내 눈은 충분히 낮은 편이라고 생각해."

조금 더 실없는 웃음을 지어 보이다가, 그는 조용히 다시 감자 깎는 일에 몰두했다. 바로 그때 퍼뜩 아이디어가 떠오른 모양인지, 입을 샐쭉 내밀고 삐쳐 있던 아이린이 갑작스레 입을 열었다.

"그러고 보니 오빠도 꽃십 년 동안 혼자서 지내고 있잖아?"

"난 괜찮아."

"헤에. 얼마 전에 데이트 한 번 했다고 기고만장한걸?"

"그건 임무였다."

"쉬운 일치고는 지나치게 오랫동안 숲에서 같이 머물렀던 것 같은데?"

"…너 죽인다."

며칠 전 베르니아와 함께 엘프의 숲을 탐색한 일을 가지고 가볍게 찔러본 것인데, 생각 외로 효과가 있었다. 분명 찔리는 구석이 있긴 있는 모양이다.

살기 가득한 얼굴, 게다가 손에는 무기까지 들고 있었다. 더 이상 자극해 봤자 이득될 것은 없다고 판단하고, 아이린은 어색한 미소를 지어 보이며 셀브렛의 방으로 갔다.

잔뜩 붉어진 얼굴로 화난 것처럼 중얼거리고 있을 셀브렛을 상상해 보면, 참으려고 해도 저절로 얼굴 가득 미소가 머금어졌다.

눈치가 빠른 녀석이니 잽싸게 방 안으로 들어가는 게 좋을 듯했다. 삐쳐서 문이라도 걸어 잠가 버리면 조금 더 골치 아파질 가능성이 있었으니까.

"아래층이 조금 소란스럽네요. 가서 보고 올까요?"

"아아, 됐어. 보나마나 또 셀브렛 녀석이 저지른 일이겠지."

"뭘 그렇게 열심히 보고 있는 거예요? 설마 러브레터?"

"그런 걸 네 앞에서 볼 만큼 어리석은 남자는 아니라구."

갑작스레 허리에서 느껴지는 엄청난 압박감. 등 뒤에서 껴안고 있던 시아가 아주 살포시 힘을 넣은 것뿐인데, 베리가 느끼는 고통은 갈비뼈가 으스러질 만큼 컸다. 뭐, 육체적인 것보다는 정신적으로 느끼는 감각이었지만.

"으으. 항복할 테니까 이제 그만! 이건 그냥 아는 친구 편지야."

"편지?"

"예전에 너도 카루 녀석 본 적 있지?"

"응. 잘 생각은 안 나지만."

"바로 그 녀석한테 온 편지야."

"헤에. 편지 같은 거 쓸 타입은 아니었던 것 같은데."

"뭐, 그렇긴 하지. 나도 좀 당황해서 자세히 읽고 있는 중이었어."

"그래서 뭐라고 적혀 있어?"

대답을 바란 건 아니었던 모양인지, 그녀는 빼꼼히 고개를 내밀고 등 뒤쪽에서 베리가 손에 든 편지를 훔쳐보았다. 가벼운 이미지치고는 상당히 고풍스럽고 세련된 필체의 글들이 편지지 가득 적혀 있었다.

안녕. 사랑하는 나의 친구여.

이 몸께서는 현재 엘프의 숲에 와 있다. 왜 내가 이런 곳에 오게 된 것인지 궁금하겠지? 그러나 자세히 설명하려면 그 이야기만 써야 할 테니, 일단 그건 나중에 만나 이야기해 주도록 하지. 케이크 위의 딸기도 맨 나중에 먹어야 더 맛있는 법이니까.

여하튼 난 몸 건강히 잘 지내고 있다. 뭐, 요 며칠간은 스틸 넘치는 나날의 연속이었지만……. 여학생들 사이에서 행복에 겨워할 널 생각하면, 정말이지 드래곤이 눈앞에 있다 해도 죽지 않고 싸워 이길 자신이 생기거든. 그 점은 정말이지 감사하게 생각하고 있다. 여하튼 이것도 나중에 만나 이야기하도록 하자.

일단 내가 어울리지 않게 이런 편지를 쓰게 된 이유를 말해 주도록 하지.

그녀… 그러니까 펠시와 잘 지내고 있겠지? 몇 년 동안 꼬박 붙어서 지냈을 텐데. 아무리 숫기없는 너라 해도 뽀뽀쯤은 했을 거라 추측해 본다. 뭐, 그것마저 하지 못했다면… 정말이지 세계 최강의 바보라고 이름 붙여 주마.

남의 일에 이래저래 간섭하는 건 실례이니까 그 이야기는 더 적지 않으마. 여하튼 한 가지만 덧붙이자면, 더 이상 질질 끌어봤자 피차간에 상처만 크다는 거다. 그러니까 때로는 좀 남자답게 밀어붙이는 것도 나쁘지 않다는 말을 하고 싶다. 뭐, 목숨이 아깝다면 순순히 그녀와 사귀는 게 좋을 테지만 말이야. 참고로 말하자면 베르니아 씨도 지금 이 숲에 머무르고 있다. 아직 완전히 너와 펠시의 관계를 눈치 챈 것은 아닌 모양이지만… 몸 조심하는 쪽이 좋을 거라 생각한다.

그리고 이건 세레스, 티레스가 특별히 부탁해서 적는 건데, 너 빨리 오지 않으면 평생 용서해 주지 않겠다고 옆에서 지금 이를 갈고 있다. 얘네들 진짜 무서워. 친구로서 갈해 주는 건데 이건 장난이 아니다. 진짜 빨리 오지 않으면 통째로 삶아서 눈깔을 파내고, 아리따운 구슬을 박아 집 안에 장식할지도 몰라. 너도 알다시피 이건 절대 과장이 아니다. 농담 한마디 잘못 했다가 나도 살인 태클에 맞아 즉사할 뻔했다.

마지막으로 나의 사랑 에린 씨가 곧 식당에 갈 예정이라 하던데, 어쩌면 나도 거기에 끼어 수도에 한번 갈지도 모르겠다. 이런 미녀를 홀로 쓸쓸히 늑대들이 흘러넘치는 수도로 보냈다가는… 나 같은 녀석에게 몹쓸 일을 당할지도 모르니까 말이야. 여하튼 확실하지 않으니 큰 기대는 하지 말고 기다려 주길 바란다.

생각나는 건 얼추 다 적은 것 같으니 슬슬 이제 글을 줄일까 한다. 오랜만에 펜을 잡아보니 학창 시절의 기억들이 생각나 나름대로 즐거웠던 것 같다. 여하튼 긴 글 읽느라 수고했다.

ps. 내 두근두근 모험담은 나중에 빠짐없이 모두 들려줄 테니, 사춘기 소녀처럼 얼굴 붉히고 그날이 오길 기다리도록.

쉬지 않고 단번에 글을 끝까지 읽어 내리고는 그녀는 의심스러운 눈으로 베리의 얼굴을 흘겨보았다.

"했어?"

"뭐, 뭘?! 너 지금 무슨 소리를 하는 거냐!"

"펠시라는 사람이랑 뽀뽀했냐고."

"…그럴 리가 없잖아!"

"지나치게 당황하는 걸 보니까 수상한데."

어울리지 않게 살짝 얼굴을 붉히며 부정하는 베리. 영 의심스럽다는 표정으로 시아는 말을 이었다.

“그치만 짧은 시간은 아니었잖아. 우리가 만나지 못한 나날들은…….”

“뭐, 그렇지.”

“게다가 오빠는 기억을… 잃어버리고 있었으니까. 다른 사람에게 그런 감정을 가졌다 해도 내가 뭐라 할 권리는 없다고 생각해.”

“그렇… 겠지, 아마.”

“그러니까 지금 순순히 자백하는 게 좋을 거야. 다 용서하고 이해해 줄 테니까.”

“…….”

“뽀뽀했지?”

“아아, 볼에만 살짝.”

퍽—

복부에 느껴지는 엄청난 펀치에, 순간 베리의 내장도 갈기갈기 터질 것만 같았다. 방금 전의 허리를 조르는 공격이 애교에 가까운 수준이었다면, 지금은 극악무도한 필사의 일격으로 정말 피를 토하고 뼈가 쪼개질 듯한 고통을 주었다.

“우욱— 치, 치사해.”

“미안해. 나 원래 못된 여자 아이잖아.”

겉으로는 웃고 있지만, 속으로는 지옥 밑만큼이나 강렬한 적의를 불태우고 있었다.

인정사정없이 자신의 배를 공격한 그녀를 향해 베리도 한마디 쏘아붙여주고 싶었지만, 아쉽게도 그럴 용기는 가지고 있지 못했다. 목숨은 하나고 무엇보다도 소중히 여겨야 한다는 지극히 합리적이고 당연한 생각이 먼저 들었으니까.

"……."

지금 생각해 보니 내일 파티에 펠시를 초청한 것 자체가 죽음을 자청한 일이었다. 가랑비 피하려다 물바가지 얻어맞았다고 해야 할까. 호랑이와 용을 한자리에 맞닥뜨리게 하다니……. 파티가 아니라 두 여자 간의 진검 승부가 될 가능성이 높다.

뒤늦게 그 모든 것을 후회했지만, 이미 때는 한참이나 늦었다. 후회는 아무리 빨리 해도 늦은 법. 일단 지금은 어떻게든 그 자리를 탈출할 잔꾀를 모색하는 쪽이 옳았다. 단 하나뿐인 목숨, 젊은 나이에 비참하게 두 여자 사이에서 밟혀 죽을 순 없었으니까.

슬슬 날이 어두워지기 시작하자, 식당의 영업이 중지되었다. 황급히 테이블을 한자리에 끌어 모아 더 큰 자리를 만들고, 그 위에 멋들어진 촛대와 꽃병을 장식해 나름대로 분위기를 살렸다.

남은 것은 음식과 음료를 준비하는 것뿐이었다.

"……."

비장미까지 흘러넘치는 진지한 눈을 하고, 셀브렛은 천천히 주방 쪽으로 걸어갔다.

"어, 언니! 완성됐어?"

"아아, 거의 다 됐어. 조금만 더 기다려."

"으으, 사람들 올 시간 됐으니까 빨리 완성하라구!"

"어차피 맨 나중에 디저트로 먹을 거잖니."

"아냐! 그건 오늘의 메인 디쉬란 말이야!"

"…너 그러다가 기르디 오빠한테도 맞는다."

"내가 다 책임질 테니까 걱정하지 마!"

죽음이라도 각오한 사람처럼 셀브렛의 굳은 얼굴에는 한 치의 망설임도 보이지 않았다. 질린 눈을 하고 아이린이 슬쩍 고개를 끄덕이자 그녀는 감격에 겨운 눈으로 다시 식당 쪽으로 걸어갔다.

시간이 가까워지자 음식도 하나둘 완성되어 테이블 위로 옮겨졌다. 준비를 마치자 기다렸다는 듯 식당의 문이 열리고 사람들이 쏟아져 들어왔다.

베리, 아이린, 셀브렛, 시아, 기르디. 여기까지는 고정 멤버라 할 수 있고, 특별히 초청받아 온 사람들은 펠시, 자룬 왕자. 그리고 리체와 엘리였다.

"…너희가 어떻게 알고 여기 온 거냐?"

"저번에 식당에 들렀을 때 아이린 언니가 살짝 말해 주었는걸. 그나저나 베리 녀석 말 한번 엄청 삭막하게 하네. 안 그래, 엘리야?"

"부끄러워하고 있는 거니까 너무 뭐라고 하지 마."

"내가 뭘 부끄러워하고 있다는 거야!"

"초대한 손님에게 그런 말투는 실례잖니."

마지막으로 아이린이 싱긋 웃으면서 덧붙이자, 어쩔 수 없다는 듯 살짝 인상을 구기며 베리가 말했다.

"…이상한 사람을 더 부른 건 아니겠지?"

"일단 초대한 손님은 이게 끝인 것 같은데, 어쩌면 더 올지도 모르겠다."

"그럼 다음에는 악마라도 튀어나오려나."

악마와 동격화된 것은 좁쌀만큼도 신경 쓰지 않고 미소 지으며 리체
와 엘리도 준비된 의자에 앉았다. 모두 다 빠짐없이 자리에 앉자, 음식
이 나누어지고 본격적인 파티가 시작되었다.

"그런데 펠시도 와 있었네. 참 오랜만이야."

"베리가 특별히 초대했단다."

"아아, 그래요? 호오, 두 사람 수상한걸."

음흉한 눈빛으로 리체가 베리의 얼굴을 바라보았다. 예리한 송곳이
순간 내장을 후비는 것 같았지만, 아무렇지도 않다는 표정으로 베리는
태연하게 그녀의 시선을 받아넘겼다.

꾸욱—.

옆에 앉아 있던 시아가 슬쩍 발을 밟았지만, 그런 고통쯤은 이미 수
십 번도 넘게 예상한 일이었다. 태연을 가장한 얼굴로 손에 든 포크조
차 떨어뜨리지 않고 조용히 음식을 입에 넣는다.

"자룬 왕자님은 얼마 전에 공주님이랑 약혼했다고 들었는데… 정말
축하드립니다."

"뭐, 뭐라고?!"

"어라, 베리야. 너 설마 몰랐던 거야?"

대답하는 것조차 잊어버린 채 베리는 슬쩍 자룬 왕자의 얼굴을 바라
보았다. 쓴웃음 지으며 왕자는 살짝 고개를 숙여 사과했다.

"미안. 그런 자리는 싫어할 것 같아서 부르지 않았네."

"네, 괜찮습니다. 그래도 조금 놀랍군요. 그런데 여동생 분은……."

여동생의 이야기가 나오자 순식간에 자룬의 표정이 굳어들었다. 괜
한 이야기를 꺼낸다 싶어 화제를 전환하기 위해 베리는 어색한 웃음을

터뜨리며 말했다.

"자, 식기 전에 먹자고! 우리 같이 건배라도 할까?"

"오우, 그거 좋지."

급하게 써먹은 수법이었지만 그럭저럭 나름대로 잘 통한 것 같았다. 슬슬 사람들이 빈 잔을 치우기 시작하자, 베리는 한숨 쉬며 뭐라 건배를 해야 할지 생각했다.

빠짐없이 와인이 잔에 채워지고 사람들의 시선이 자신에게 쏠리자, 머리를 탓하며 베리는 다급하게 생각에 몰두했다.

그 어색함을 참지 못하고 막 누군가가 말을 하기 위해 입을 여는 순간이었다.

"사랑하는 내 친구여! 이 몸께서 왔도다."

갑작스레 벌컥 식당의 문이 열리고, 엘프 세 명과 인간 한 명이 차례차례 안쪽으로 들어왔다.

"이 불쾌한 목소리는 설마……."

아니나 다를까, 큰 소리로 웃음을 터뜨리며 자신을 향해 다가오는 그 인간의 모습은 분명 편지를 보낸 카루였다.

"편지 도착하고 다음날 오는 녀석이 세상에 어디 있냐!"

"으응?! 편지는 틀림없이 일주일 전쯤에 붙였을 텐데."

두 사람의 시선이 순간 기르디에게로 쏠렸다. 왕자만큼이나 굳은 얼굴을 하고 그는 조용히 침묵을 지켰다. 흡사 엄청난 비밀을 간직하고 있는 사람처럼…….

"아아, 그게 말이지."

아이린이 사정을 말하기 의해 입을 여는 순간, 그는 번개같이 뛰쳐나가 그녀의 목에 나이프를 겨눴다.

푸른 동맥에 차가운 금속의 느낌이 느껴지자, 어쩔 수 없다는 듯 아이린은 입을 다물었다. 어느 정도 사정을 눈치 챈 사람은 일행 중 베리와 셀브렛 정도밖에 없었다.

갑자기 분위기가 험악해지자, 테이블을 손바닥으로 쿵쿵 두들기더니 셀브렛이 말했다.

"자아, 그럼 오늘의 메인 메뉴를 먹도록 하자."

몸을 일으키고 후닥닥 주방 쪽으로 황급히 걸어가더니, 셀브렛은 수상한 냄새를 풍기는 커다란 갈색의 무엇인가를 사람들 앞에 들고 나왔다.

"그, 그게 도대체 뭐야?"

"묘인족, 엘프, 인간도 먹어보면 깜짝 놀라 자빠지는 셀브렛 표 특선 물고기 케이크입니다!"

기르디가 아이린의 목에 나이프를 겨누었을 때보다 더 심각한 정적이 식당 안을 감돌았다. 동시에 살짝 열려져 있는 문밖으로 한줄기 서늘한 바람이 휘몰아쳐 들어왔다.

"확실히 깜짝 놀라 쓰러지기는 하겠다."

"죽을 만큼 맛있어서 쓰러지는 겁니다!"

"잘못하면 진짜 죽을지도 몰라."

"에잇, 직접 먹어보고 말해 주세요!"

"저기… 저희 둘은 이제 가봐야 할 것 같은데."

"자기 몫을 다 먹어야 나갈 수 있어요."

베리, 시아, 그리고 엘리까지 순서대로 질린 눈을 하고 중얼거렸지만 셀브렛의 표정은 한결같았다.

수상한 냄새를 풍기는 잿빛의 덩어리가 모두의 접시 위로 올라왔다.

"베리 오빠, 나중에 차근차근 이야기하도록 하자구"

어느새 자리에 앉은 서레스와 티레스 쌍둥이 엘프 자매는 천사처럼 단정한 미소를 빛내며 그렇게 베리에게 처음으로 입을 열었다. 펠시와 시아의 표정도 심상치 않게 자신을 향한 채 굳어 있었다.

"여하튼 건배나 하자고."

한없이 어두운 얼굴로 베리는 그렇게 자리에서 일어나 모두의 얼굴을 훑어보았다.

기쁨, 의심, 분노. 그리고 경멸(?)까지. 저마다 다양한 표정을 하고 자신의 눈을 바라보고 있었다. 다가올 걱정은 나중에 생각하기로 하며, 테이블 높이 잔을 들어 올리고 청년은 소리 높여 외쳤다.

"물고기 케이크를 위해!"

각양각색의 무기와 공격이 그의 몸을 향해 날아왔다. 짧은 비명을 터뜨리며 청년은 그렇게 일상 속의 작은 행복을 만끽했다.

〈5권 완결〉

후기

3년에 가까운 연재 기간 동안 이 '금단의 페트' 하나에 끙끙거린 것을 돌이켜 생각해 보면 정말이지 잠을 자다가도 벌떡 일어날 정도로 괴롭습니다. (—_—;)

조금 더 재미있게 잘 쓸 수 있었는데…… . 안타까움도 있지만, 일단 지금은 처음으로 장편을 완결했다는 성취감이 더 강하게 드는 것 같습니다.

연재 기간 동안 묵묵히 지켜봐 주시고, 격려해 주신 청어람 출판사 담당자 여러분과 독자님들에게 제일 먼저 감사의 말씀을 드리고 싶습니다. 이 모든 분이 없었다면, 이렇게 무사히(?) 완결하는 일도 분명 없었을 겁니다.

배진환, 친구, 가족, 그리고 판타지 사이트 피망의 모두에게도 역시 감사의 말을 전하고 싶습니다.

후기에 쓸 건 역시 이것 하나면 충분하겠지요.

더 좋은 작품으로 다시 찾아뵐 수 있도록 노력하겠습니다.

배진국